诺曼·马内阿
作品集

Norman
Manea

囚徒

Captivi

[罗马尼亚]
诺曼·马内阿 著

陈东飚 译

新 星 出 版 社　NEW STAR PRESS

诺曼·马内阿，罗马尼亚最受推崇的小说家与小品文作家之一，任美国巴德学院欧洲文学专业教师，同时为驻校作家。自 1966 年开始在米伦·拉杜·帕拉斯基韦斯库的杂志《言语的故事》中发表作品起，直到 1986 年离开罗马尼亚，诺曼·马内阿在此期间共出版了 10 部作品（5 部长篇小说、3 部短篇散文集、2 部随笔集）。1979 年，马内阿获得罗马尼亚作家协会奖，后获作家联盟奖（1984 年获奖，后被社会主义文化与教育委员会取消）。

1986 年后，诺曼·马内阿的作品被译为 20 多种语言，广受褒奖，在美国出版的作品被《纽约时报书评》评选为"最重要的出版作品"。1992 年，马内阿获得古根海姆奖学金，并获著名的麦克阿瑟"天才奖"（该奖被称作"美国版诺贝尔奖"）；1993 年，纽约公立图书馆为他颁发图书馆"文学大师"荣誉奖；2002 年，马内阿获得诺尼诺国际文学奖；2006 年，凭借《流氓的归来》（*Întoarcerea huliganului*）获法国美第奇外国小说奖，同年，因在文化领域杰出的统领地位，他被罗马尼亚总统授予文化功勋，并当选为柏林艺术学院和诺尼诺国际文学奖评审团成员。2010 年，法国政府授予他"法兰西文学与艺术骑士勋章"。2011 年，诺曼·马内阿获得内莉·萨克斯文学奖并受邀成为英国皇家文学会荣誉会员。

由罗马尼亚 Polirom 出版社出版的马内阿作品有：《流氓的归来》（2003 年第 1 版、2006 年、2008 年、2011 年第 2 版），《信封与肖像画》（*Plicuri și portrete*，2004 年第 1 版、2014 年第 2 版），《法定幸福》（*Fericirea obligatorie*，2005 年、2011 年第 2 版），《论小丑：独裁者和艺术家》（*Despre Clovni: Dictatorul și Artistul*，2005 年第 1 版、2013 年第 2 版），《傻瓜奥古斯都的学徒生活》（*Anii de ucenicie ai lui August Prostul*，2005 年第 2 版、2010 年第 3 版），《黑信封》（*Plicul negru*，2007 年、2010 年第 5 版），《逃亡者的抽屉：里昂·沃洛维奇谈话录》（*Sertarele exilului. Dialog cu Leon Volovici*，2008 年），《分离之前：索尔·贝娄访谈录》（*Înaintea despărții. Convorbire cu Saul Bellow*，2008 年），《与石头的谈话》（*Vorbind pietrei*，2008 年），《中庭》（*Atrium*，2008 年第 2 版），《一幅自画像的变体》（*Variante la un autoportret*，2008 年），《巢》（*Vizuina*，2009 年第 1 版、2010 年第 2 版），《东方信使：爱德华·坎特里安访谈录》（*Curierul de Est. Dialog cu Edward Kanterian*，2010 年），《流亡的话语》（*Cuvinte din exil*，与汉尼斯·施泰因合著，2011 年），《囚徒》（*Captivi*，2011 年第 2 版），《儿子的书》（*Cartea fiului*，2012 年第 2 版），《日子与游戏》（*Zilele și jocul*，2012 年第 2 版），《黑牛奶》（*Laptele negru*，2014 年第 2 版）以及《在边缘》（*Pe contur*，2014 年第 2 版）。

2012 年，罗马尼亚作家协会授予马内阿国家文学奖。2013 年，作家协会向诺贝尔文学奖提名马内阿，2014 年，协会再次提名。

我们只有做梦的权力,发疯的权力,最终是回忆的权力。

——诺曼·马内阿

目录 CONTENTS

再版序   1

"她"   1

"你"   63

"我"   113

再版序

《囚徒》（*Captivi*）这部小说是由一家新出版社，罗马尼亚图书出版社（社长马林·普雷达，总编辑亚历山德鲁·伊瓦西乌克）于1970年出版的，责任编辑为杜米特鲁·采佩内亚格。本书的书名和此前一年所出版的《漫漫长夜》（*Noaptea pe latura lungă*）有相似之处，都不符合党在文学领域所提倡的指导方针，至于内容方面就更不符合了。我在《囚徒》中进行了相对激进的尝试，这种尝试自然是存在极大政治风险的，更存在文学审美与鉴赏方面的风险。这部小说想要表达对封闭的拒绝与反抗，诺伊卡[①]或许会说，这是一种"无法开放的封闭"，这不仅仅是在面对凋敝的多边社会主义的封闭社会，或是在面对要求文章要有"战斗性"的指导与辩证的审美，同时也是在面对文学交流本身的传统与习惯，以及与阅读密切相关的接受性和消耗性。我认为我们日常像是在"喘息"之中，

[①] 康斯坦丁·诺伊卡，罗马尼亚著名哲学家、散文家、诗人。

像是被一把虎钳所追赶着，它会在写作节奏的拥挤中找到一种相关性。假大空的话语似乎在不断地膨胀，我们已经被灌输了太多这样的空话，你总是能在其中找到类似的、不知所云的表达。而文中的讲述者仍会独自蜷缩起来，正如我自己一样，总带有着一种提防而坚定的戒备心，当面对周围环境与自身时，都会感到无比的陌生。在本书中我并没有使用所谓的"正面英雄形象"（抑或是那种可重复使用的形象）。反之，我把那种没有任何机会的、饱受"欺压与欺凌"的失败者、输者、残疾、囚徒的形象搬上了舞台，还有那种恰如其分的失败审美，而它本身就带有着部分的失败，和毁灭的忠诚保持一致，这也正是我想要在书中有所安排的。

当前流行的"文本主义"与法国新小说派，都多多少少是为某种目的而服务的。通过持续的描写主义，有时会让人觉得这更像是某种"目录清单"，而它看起来却缺乏精神或社会的土壤，无法成为传统的或革新的、能够确立新体裁的先例。

考虑到我写此书的时间与地点，我无法站在完全中立的视角，然而对于我而言，这不只是一种审美的夸张，而是一种未愈合伤口的内在感受，不太愿意去接受一些所谓的玩笑。我不否认策兰①不及物②的诗歌，它被囚禁在大屠杀的黑暗之中，总带有着一种惶恐的、规范的伪病态，正如我始终欣赏的表现主义，而这一次却更为偏颇、伤痛、曲折、多产。还有就是我的文字不够清晰明了，这与当时官方在文化方面所不断提倡的精神不相符合。此类大大小小的挑衅就像是一针兴奋剂，有时会到达一种晦涩难懂或是不可理喻

---

① 保罗·策兰，犹太人，父母死于纳粹集中营，二战后最重要的德语诗人之一。
② 在策兰的诗中，常会让一个不及物动词后面接直接宾语，由此变成及物动词。

的谵妄。

倘若这些文字出现在诗歌中,还是相对可以被接受的,例如现代的以及现代化的封闭,这是一种抒情革新的、迷宫般的语言探索。但若是这些文字出现在了小说的片段中,却变得难以令人接受。周围环境的以及环境所需要的文学的反抗,最终都成为了一种"接收人"自己的、也就是读者自己的怀疑与反抗,即便是最为边缘与孤独的人,也仍要坚持穿过这趟繁冗而昏暗的文学探险,一直走到最后。

对于读者接触到本书,并有了神秘与恼怒的感觉,我并不感到惊讶。我惊讶于拉杜·埃内斯库《家庭》(*Familia*)一书中绝妙的编年史写法,以及利维乌·彼得雷斯库笔下巧妙的隐喻,我还很惊讶地得知本小说有机会同奥古斯丁·布祖拉的《缺席》(*Absenţii*)一道竞争作家联盟奖。当然还有来自于一些朋友的批评指责,记得有一位执拗而又严厉的编辑在大街上将我拦下,并提醒我不要一直使用那些"小把戏",因为审查部门早晚会察觉到这些字谜并会将其销毁的。事实也确实如此,审查部门并非对本书内容以及其他我所写的东西漠不关心,如果我没记错的话,《囚徒》被删减了80多页。还让我颇感意外的是,尽管如此,本书还是通过了审批并出版。虽然我们那时已处在文化"自由化"的时代,但我所感到的这种意外也还是有一定原因的。

我且用福克纳[①]所说过的话来安慰我自己,文学需要通过它所要承担的风险以及它所面对的"失败范围"来进行评判。

[①] 威廉·福克纳,美国文学史上最具影响力的作家之一,意识流文学美国代表人物,1949年诺贝尔文学奖得主。

40多年之后，本书的再次出版也并非易事，因为这要让作为作者的我再次面对自己多年前的作品，而当前的我早已身处另外一个空间与时间，同时也已经到了另外一个年纪，后来写过了不少其他作品。还有一点需要强调的是，为在美国翻译并出版我的书刊，我与纽约颇有名望的新方向出版社签有10年的合同。而在这段期间，我甚至连一次都没有再翻开过这本曾飘洋过海带来的、1970年出版的《囚徒》。

为了保利罗姆出版社此次系列作家图书的出版事宜，我最终还是翻开了首版的《囚徒》。

当然，我已经记不得当时审查部门强迫净化过的内容，我反而在当年的印刷版本中很轻易地看到了一些过于阴暗的描写、过多的形容比喻、故意而又喋喋不休的重复，这不仅仅是给读者的更是给我自己所设下的陷阱，通过一种施虐与受虐的描写进而加深了理解的难度。

再版修改的过程并不轻松，我做了一些删减，使之读起来更为清晰浅显，同时我在修辞方面也做了一定的简化。但小说的情节与三位主角仍与首版保持一致，"囚徒"们也都有着创伤的历史以及各自的创伤。

第三人称"她"（莫妮卡·斯曼塔内斯库）很直接地接替并承担了作为讲述者的意图，并成为一种流浪汉小说[①]中的角色，但是还不能将其称之为荒诞的角色。这个角色捕捉到了或是创造了过分

[①] 产生于十六世纪中叶的新的小说流派，以描写城市下层的生活为中心，从城市下层人物的角度去观察、分析社会上的种种丑恶现象。

廉价的爱情,以及一种享乐与荼毒的虚伪,在补偿感觉中以找寻到每天可笑的浪费。作为大屠杀的结果是母亲的失踪,在精神疾病的庇护下,教法语和钢琴的肥胖女教授,向那些和她一样能够理解快乐无法满足自己过剩能量的人坦白。她需要痛苦、谦卑、失败,她用一种艰苦的伪真诚体验着这一切,直到荒谬与闹剧的出现。这歪歪扭扭的避难所里,堆满了荒唐而又邋遢的物品,这里就像是一个不断收缩且令人窒息的宇宙。正如莫妮卡的房间所展示的那样,静态的描写,没有动词(虽然在当前的版本做了一定妥协的处理)表明了一种简笔画式的疏远,在小说接下来的两部分以及角色中会有更为深刻而清晰的描述,这也使得整部小说变得更有吸引力。

通过这样一间像是被压碎了的、狭小而黑暗的房间进入小说,它看起来就宛如一个特别设计的闸门,用以呈现这没有叙事的讲述。在这样一种断层的真相中,叙事被粘连在或是关押在叙事语言的失落、傲慢与破裂之中。

前炮兵上尉博格丹·祖布楚的女儿,没有姓名的妻子和讲述者,是对白的、兄弟般的、理想与失败的第二人称"你"。她也是一名孤儿,却有着完完全全的不同:厌世、孤独,她由于父亲的自杀而身陷自闭症之中。敬爱的父亲从战场上回来后身负莫须有的罪名,他在被新权力机关的代表抓走之前做了自我了结。

最后是第一人称"我"的大篇幅独白,此部分聚焦在一个年轻工程师的命运上,他笼罩在幼年时集中营的回忆中,在种族灭绝的焚烧炉里他痛失了两位亲姐妹。他最初被共产主义乌托邦式的醒目标语所吸引,后来内心则充斥着作为反叛者莫名的焦虑与不安,太多的问题在身边纷扰,他孤身处于社会的死胡同里,然而这里的统一化和机会主义却很乐于被他人接受。

在1970年版本的基础上，我应该将"清晰"与"开放"修改到什么程度呢？

在被实用主义和简单主义所支配与侵袭的今天，人们的阅读节奏也同以往大不相同，政治与文化方面新的不确定性决定了人们对书籍的兴趣，本书的旧版是否能仍然能够在当今存活下去，这确实值得怀疑。

极端的暗示和迷惑的用语，曾经作为对极权主义环境的反抗，而当面对今天消费主义的粗鄙，自由社会令人悲伤的倒退，以及资本主义的竞争力时，是否还能够证明它依然存在合理性呢？若放任本书留存在遗忘的洞穴中，是否也只能证明了昨天的我拥有敢于自杀的勇气呢？

历经了40多年的沉寂，这部小说的再次出版也意味着一定的风险，作为作者我有这样的意识。但尽管如此，本书并没有丢失我赋予其中的情感，而书中的内容或多或少也代表了我少年时期的雄心与迷惘。

2011年10月于巴德学院

（王中豪译自罗马尼亚文）

"她"[①]

长长的,断断续续的雨丝,破碎的,零散而延迟的雨感。他的外套是胳膊和肩膀上透湿的绷带。街道在大楼的一角会合,尽可以给日后那些触目惊心的叛乱作背景:年轻的基督投身于反讽的行乞,失去了暴力,由于他自弃的姿态中缺乏固有的暴力而触目惊心——他狂野蔓生的胡子,盖住脖颈和耳朵的乱发,拢在一起的长发卷被雅致的天蓝色花朵点亮——在全新一天的迷惘中目空一切。

他站在街角,在雨中一动不动,这么多双眼睛被他的奇特外表震住了,都在仔细打量着他,而他的双臂也了无生气,有如他的目光在乞求一个微笑、一朵花、某个肯定信号的支撑,或是——简单,但却更不可思议——身体的暴力,诅咒,或对他未曾修剪的乱发、肮脏的胡子、雨中筋疲力尽的蹒跚之躯的责骂。这流浪汉茫然地注视着墙上的一个地方,在那里砖块的空隙形成了一个鳄鱼状的洞孔。或许哪个路人会想要劝劝他说他看错了:那只是某个粉刷匠留下的一抹生石灰,一小块生石灰,无论如何不是一个洞。

[①] 全书正文由陈东飚译自英文。

这徘徊的大地之子渴望和雨成为一体，要再看一眼被雨滴舔亮的石灰斑点；只是后来，在他已经开始淡忘的时候，他身边的一个老太太才会想起来：几年前那儿真有一个洞，恰巧就在墙上的那个地方，什么时候被他们填掉了。他的手颤抖起来。恐怖再次透身而过。随后那自弃的眼光就又回来了：忘掉了双手，头脑空空，以一无所知为幸，什么也不确定，没有什么可以保留或拥有，除了疏离与睡梦以外一无所有，遥远而又孤独，仅此而已。

　　在雨中一动不动。被刻在街角上如同一段肮脏的铭文，留着胡子和长发，对周围所有勇敢体面公民的嘲讽表情和侮辱无动于衷，一连几个钟头久久地待在雨中，沉默，困倦，挡住每个人的路：这事的意味岂止于那唯一、笨拙、口吃、不得体的句子，掷入他刚刚离开的办公室真空的那句："我再也受不了打字机了。"

　　当然，旁观者的恐惧原本还会加倍扩展他的句子：我再也受不了我自己了，我再也受不了你们了。我想要别的……像你们一样，害怕自己的意识……表面上似乎是不可能的，我想要一种绝望的东西：诗篇，手榴弹，火焰……另外，还要歌曲和鲜花——天真的歌曲和无辜的鲜花，平和的，老式的花朵，野花，品味很差的花，在父母、乞丐、邻居、同事、老师、这方面那方面的主管手里的花——从打字机里长出来的花，把它们关掉，打得它们一声不吭。只有在那时候路人才会惊惶起来——不知怎的或许那肥胖的教授本人已经出现了，那个被扼杀者的滑稽标志，连同她令人窒息的舒适用品，以及从摇篮哼到妓院的眼泪汪汪的歌曲。

　　这个街角原本可以是一场更加触目惊心的反叛的场所，不只是那些留在身后这间装潢考究的办公室里的言辞，但这个年轻人已经要走了，耳聋而又心虚，仿佛他已经忘掉了自己说过的话。

高大的铁门扣响它的门闩；狭窄、蜿蜒的旋梯将自身吞噬。手搭上冷冷的金属扶手，攀登者在自身之内绕圈。上去一层。又一次，梯级又一次呈扇形均匀旋转：沿着一个圆的半径匀速流动的一点，均匀地旋转着，缓缓地绕着圆周，被弧形的轨道转晕了，登楼者的身体径自内转，向着一个痛苦闭合的中心。

门口：椭圆形的，酒椰纤维的门垫。垫子下面会有一小团捏皱的纸，里面藏着钥匙。门上，矩形的小纸板：M.斯曼塔内斯库教授。金属的钥匙紧贴着他的手掌。"你会在垫子下面找到钥匙的！"门真的存在，垫子和钥匙也是。M.斯曼塔内斯库教授。法语和钢琴。安静。还有其他租客。

会有时间的，至少有时间回到街角，从那里，悠然迈步，无聊而犹豫地，走到现已明亮、干燥、空寂的街上，在高树长长的枝条下面，一条穿过树叶的隧道，经过半隐在绿荫中的屋宇。

这座建筑的楼梯：梯级，立板，梯级，立板——碎冰块。最后的门槛，蔓藤花纹覆盖的木门，宽阔的边框上从这头刻到那头的天使。门开向堆在沉重铁架上的书籍，插着细长花朵的瓶子，一张窄桌，一把高脚椅，一架抬起斜尾的钢琴，漆有淡色方块的天花板，滑溜的镶木地板：每一样都以一个童话故事的安详聚拢在一起，直到混乱强行介入，直到必须再次取道从街角开始的路径，将白日梦杀死，重新确立事物的残暴，驱除神秘化，直到街道重申它的污秽，用雨水浇淋之下参差不齐的小房子，和狭窄、扭曲的窗户；大门的格栅将会潮湿而又冰冷，铁栏杆的长度会让手发凉，窄梯的螺旋沾满了泥巴，平台有两扇门：前面那扇上面有一个玻璃窗，右边那扇整个都是木头的。

门必须慢慢打开，这样才不会有人听见，这样才不会有人跳出来，中断或阻止这逃亡者的脚步,并且像在过去一样,应该把门小心翼翼地拉到门框里,平顺而不发出一点声音。

门关上了:非常合意——挡在他的追击者面前的一道障碍。逃跑——即使是从这里——是毫无意义的。

不可能将无可避免之事一直推迟下去。这里,进了门,逃亡者又回转到自身:一具颤动的躯体——那众所周知的战栗——悬停在熟悉的物件与重新发明和重新安排它们的需要之间。一只手顺着他咽喉移动着——那反射性的动作——持久不断的恐怖,害怕重演博格丹·祖布楚上尉的身体悬在死亡的摆锤上时撕扯着它的痉挛,上尉在投入赎罪的大火堆之前也曾做过同一个动作……然后是他女儿的流浪和这个逃亡者如今的放逐,挣不开这两个幻影的锁链。

一把椅子:身体流入自身,流入不可避免的惰性。绿色的陶炉,细细的煤气管。导管的螺旋开关上的阀门钥匙。向左转是关,向右转是开,松开的话,就会,有可能……尘封的钢琴。钢琴前面的椅子,堆成一堆的乐谱。符号和线条,逗号,横线和大括号:重重灰尘下的莫扎特和车尔尼[①]。一个塞得满满的书架:竖的,横的,斜的,对齐的,倒放的,高的,薄的,小的,鼓的,破的——互相枕藉,互相窒息的书:被忽略与丢失的书,从一边到另一边都蒙着灰,每个表面的灰尘。有玻璃罩的橱柜:更多的书,家庭相册——一个伪家庭的伪图像——怀旧的殡葬遗物,故纸:一部虚构的历史,一出闹剧。

一个奇怪、局促、扭曲的处刑地:圆桌覆盖着柔软的织物,它

---

①Carl Czerny(1791—1857),奥地利作曲家,钢琴家。

的流苏垂到菱形和矩形图案的地毯上；围着桌子，一圈小圆椅上堆放着衣服、笔记本、乐谱、纸张、破布、夹子、铅笔。

手一直在他的脖子上被遗忘了，一个常规动作的幻影。惊惧中，手撤了下来。逃亡者拒绝认出自己。

* * *

早晨一直潜伏在阴霾下面。闹钟尖叫，衬衫窸窣作响。冷空气抽打迷迷糊糊的行人，邻居们冲进阴暗的街道。门卫简略的躬身；风吹的行列静静地呈现；栏杆上不情愿的手指；登记册前面的长队，签名，椅子。

踝关节和膝盖之间的僵硬，被昏睡重压的眼皮，貌似无心的瞥视，滑向公文包的手——抽屉的钥匙。棕色皮套里的尺，在桌上展开的图画。纸的粉色光泽：横截面A-A，B-B的二维冶金炉；纵截面C-C；细节，埃普西隆[①]；列有漏斗、气柱、料斗、集尘旋流器、排气管、鼓风机的栏目。

早晨的晕眩：沿着骨头爬上来的潮湿和爬下去的疲劳，像灌了铅的保龄球柱一样肿胀的脚僵硬地撞击着发臭、干净的镶木地板。有毒的咖啡，夜一般黑，还有方糖解药。他的眼皮会扑闪起来。这名办公人员会认出自己的同事，戴着一副微笑的面具，请求，坚持，在言语和微笑之间躲躲藏藏，窥探，不停监视，报告。房间对过，一阵微弱的嗡嗡声；那特务的单调声音支支吾吾，随后又带着些许的狡猾归于微微的颤动。

---

①Epsilon，希腊语的第5个字母。

——谢谢你。是，是。现在我明白了。我以前没有搞过这种炉子。

　　烟，雾，蒸汽，声音，一个电话在某处响起。

　　——你记得吗？这种地形的支撑是按1:25还是1:50的比例做的？

　　——1:25。

　　——斜坡的角度呢？

　　——到四米是2:1，超过四米是4:3。

　　怠惰，冷漠，疼痛慢慢升上毛细血管。八点三十分，麻木的驯服姿态以慢动作播放，懒惰的一天自我延伸。

　　在他面前，同一个邻座变成了监视者：面色灰黄，以及日渐稀少的、花白的头发，和中性、平静、驯服的眼睛。他老练的平庸外表——双重生活的脚手架：八个小时在办公室超然地扮演傻瓜给了他自由，可以比别的笨蛋探索更多无可企及的领域。

　　——我一直在想，他们说的关于肯尼迪的事情都是放屁。罗伯特[①]，他弟弟，还藏着尸检的照片，说它们要到71年才会披露出来，就因为它们很可怕？

　　不张扬的声音，凝固的目光，满是惊讶。

　　——究竟是什么东西可以这么可怕？是打死他的奥斯瓦尔德[②]还是另外一个人，谁在乎呢？什么东西这么可怕？

---

①Robert Francis Kennedy（1925—1968），美国政治家，美国总统肯尼迪（John Fitzgerald Kennedy，1917—1963）的兄弟，1968年被刺杀。
②Lee Harvey Oswald（1939—1963），美国前海军陆战队员，因涉嫌刺杀肯尼迪总统而被捕，后在转狱途中被达拉斯夜总会老板鲁比（Jack Leon Ruby，1911—1967）枪杀。

他自问又自答，把意在困扰对方的难题摆出来又加以解析。

——很明显是约翰逊①射死了他。不然的话，就根本没什么可怕的了。

肩膀宽阔，笨手笨脚，硬塞进一件破旧的海军蓝西装，这个高个子是一个丑角，他也不装腔作势掩饰这一点：他提出清晰、自信的观点，他不经意地发言，他当众打盹。温和，甚至谦逊，只为他到塔什干②留过学而自豪。

——告诉我，溢出阈值是怎么算的？

这个公式可以在任何手册里找到，但这个请求并不让他感到意外，他把这认真地记下来。

——如果我把它算成十厘米呢？

——取决于借项。你有公式。把它算出来。

——嗯，我有一个每秒十升的借项。

——好啊，看看结果是多少。

——我认为二十厘米应该可以了。

——如果你不想计算的话，无论你多喜欢都放弃吧。如果你只想猜的话，提问没有什么意义。

他沉默了几秒钟。他仅仅微弱之极地感觉到了他同事的恼怒。

——事实就是，理论是一回事，实践是另一回事。我会放到三十厘米。

米哈依·布尔拉库在苏联东部把教科书全背下来了。他隐忍命运的无常，把负担当作最终会以某种方式实施的惩罚接受了下来。

---

①Lyndon Baines Johnson（1908—1973），美国政治家，在肯尼迪总统被刺之后从副总统升为美国第36任总统。
②Tashkent，乌兹别克斯坦首都。

他唯一的美德是懒惰；是它阻止了他升任总干事，或是更高职位。开着他在外国大使馆里当专员时便宜淘来的伏尔加牌高级轿车跑来跑去，他已经逐渐沦落到了这样一个位置，仅仅容身于这个普通部门的晦暗之中。平静，将就，谦和，他习惯了接受无论什么任务，把它放在桌子上，在文件、手册和图纸中间原封不动。在项目到期前十天，他会宣称没有足够的时间。项目必须保住，所以老板会向无论哪个接手这项工作的人提供一份特殊津贴，那原本是给工程师布尔拉库的。十天就赚到自己通常要挣一两个月的钱对接替者来说不算差了，而布尔拉库对他的正常工资一直就很满意。他拒绝了调去别处的建议，似乎比所有想要照顾他的人都聪明。

——你知道明天是巴西对加纳的比赛吗？

何必要回答呢？

——我觉得巴西会赢。

总是提供平庸的意见和信息，米沙（都知道他是这样的），宣布早已人人皆知的事情，用略感惊讶、消息灵通的语调来陈述它们："我认为我们明天七点钟会到办公室的。"把平常的跟轰动的消息合在一起，他用同样的电影般的嗓音传达一切。

一张带有标题和符号的方形纸片出现在桌子上。米沙的邻座也得到了一个副本。主统计单。所有工作都应该附有这张表单：从昨天开始。

抽样签名单。时间单。再使用材料单。标准项目单。工人保护单。短缺材料单。奖励单。财务单。批准单。申请单。完成单。计算单。防火单。新技术单。统计单。

现在——统计单。（模型）统计单。项目编号：39。受益人：C. S. G. D. 热技术中心（10）。条目：0700（冶金石灰厂，3号和

4号炉)。工作类别：470（水）。执行车间：21（T4）。交货日期。已签订。已完成。记录用时。重新使用节省时间。投入值。平均用时。记录用时：P车间。平均用时。计录用时：E车间。平均用时。记录用时：D车间。平均用时。整机。特殊件。吨数。石棉水泥板。吨数。泵房表面。平方米数。电路数量。总计单位。流速。每小时立方米数。抽水高度。柱形计量器：水。装机功率。

电话响起：一次，又一次，再三再四。有人站起来，说得很急，听上去有点恼怒，然后压低了调门继续，玩笑地耳语起来。两只手指轻敲一个肩膀。平躺在桌子上，听筒等待着。

——有人打来电话——在找你。

椅子打转，撞到桌角上。

——哈罗！亲爱的，我在打电话别生气啊。我想请你帮个大忙。

——您想跟谁讲话？

——什么？我想问你今天晚上可不可以……

——夫人，您想跟谁讲话？

刹那间就窒息了，嬉戏的呢喃消失了，被禁止了，随后再次出现：蜿蜒，轻闲，娇宠。

——怎么，这不是I. S. P. S. H. C.吗？这里不是T4AII部门吗？还有……这位同志不是……什么，不是？对不起，你知道（声音转为正式通话的形式），你在电话里听上去跟他一模一样，一般都是他接的。不过你可不可以？你太好了。是的，我的声音的确很年轻。不，不是的，毕竟。接近吧。不，不可能的，拜托。好吧，既然电话就在你桌子上。有时候。是。好啊。我会打的。是的。尤其是。

嗓音消失，目瞪口呆：

——什么，科瓦尔斯奇？你说什么？

——什么？格尔……？格尔-斯坦-斯奇，格尔斯坦斯奇。是的。是的。格尔斯坦斯奇。是的。是的。格尔斯坦斯奇。不，不，有件事情把我吓着了。好吧，我不明白。是的。

——是的，当然。我保证。拜托。我不挂。是的，谢谢你。

或许他们交换了名字、地址、家庭电话号码。或许他们在打趣、咒骂、互开玩笑。无论他是谁，他那时都不可能抵挡这样一个从童话的云朵里下凡而来的嗓音。那位女士也不可能抵挡这样一个利用自己嗓音的机会而不贸然一试，拥抱它，吞食它。

然后听筒被传递给期望的接听者。

——对，是我。对，是一个同事。是的。他们的办公室都搬了。我应该录？——晚安，孩子们的广播？文字，为什么要我再检查一遍？也许吧。我不能保证。我明白。但我没办法。我保证不了。可能吧。在门垫下面？在门口，垫子下面？包在一个纸团里？

椅子转回来，撞到抽屉上。前面：海军蓝的袖子，桌子上摊着图纸、表格、铅笔。白痴的微笑，流汗的脸颊，水汪汪的，无精打采的眼睛。米沙。特务米沙。

流速。每小时立方米数。装机功率。千瓦。五号电路。总数。运转流量。每小时立方米数。抽水高度。水柱计量器。装机功率。千瓦。六号电路。总数。参考流量。

松弛。这也是让上尉完蛋的东西。突然之间：就放弃了。博格丹·祖布楚上尉想要用一根绳子上吊结束自己的日子，但是他们不让，于是他把自己扔进了一座冶金炉，在那里他终于烧掉了——逃脱了——映现在他女儿眼里的那道创伤，把它们烧尽了。松弛。放弃。

高度。抽水高度。水柱计量器。每小时立方米数。空气压力。

徘徊在女儿的记忆之中，祖布楚上尉再也没了空气。计量器。容量。立方米数。移注总量。移注用时。小时数。径向移注表面。平方米数。流量。每秒升数。立方米数。网络长度。通向上尉，通向火堆的路的长度。需要有一张来自首长的批准条子——圣塞巴斯蒂安首长。埋葬深度。米数。预应力混凝土管。公里数。等效直径。规划局首长。首长，会计处。集团首长。副首长。首长主席。什么地方的首长，什么单位的首长，什么事的首长。

找首长。最后，找首长！快去那儿，找到塞巴斯蒂安。椅子敲打着桌角。米沙打瞌睡。门砰地关上。首长。楼梯。攀登。登上楼梯见首长。

* * *

他的微笑像一道狭缝，塞巴斯蒂安·卡巴亲自打开了皮垫装潢的门。和蔼、庄重、善意，他立刻就明白留在门口，拒绝上前会让访客不顾一切地急着诉说、乞求、和盘托出；这样他就必须提供保护、安抚、理解。庄重地立定在门口，卡巴将客人迎了进来。

走到桌子后面，他抬手指了指自己右边的扶手椅。热诚的古老游戏一定要不惜任何代价保留下来，连同众所周知的攻击、防御和包围路线。他知道如何调用热诚的古老法则。它们是卡巴最有名的奖项。

——发生了什么事？

"要粉碎你的意愿了，"卡巴本可以这么说，就像他本可以继续木然地说："这位原来很优秀的同事本该是他们这一代人的明灯。究竟是什么不受监管的邪恶游戏让所有这些希望和前程远大的信号都化为乌有了？"

原来很优秀的同事，如今是一个谦逊的公务员，显然忘掉了卡巴的弱点或是如何利用它们的诀窍，相反他毫无效果地用铅笔旋转的圈数来测量那静默，一圈圈盘旋在他的现任首长——塞巴斯蒂安·卡巴的两根修长而秀气，为翻动羊皮纸、包装纸、纸币而生的手指之间。

——我再也受不了打字机了。

这几个字从门口传到桌前，仿佛一个被雇用的演员发射了一句即兴的台词。跟白说一样，尽管那份尴尬确保了它的真实性。

塞巴斯蒂安·卡巴无法容忍他的访客长时间陷于困惑、争论，或是开不合时宜的玩笑，总是尽可能地挽救谈话，努力为对抗的陷阱找到方便的解决方案。优雅的手指抛开铅笔。卡巴的手掌向上一翻。他耸耸肩表示无能为力，因为圣塞巴斯蒂安必定已尝试过恰当的言辞，安慰性的三段论……甚至于将他的下属诱到门边，押着他穿过小小的门厅，停留在自己办公室的门槛上，悲伤，沉思，忧心忡忡（达必要的程度）于对方和他自己的烦恼……结果只是呈一道剪影站在他软垫装潢门的框内，凝望向后退的楼梯，此刻它们似乎正在访客的脚下崩塌，后者已经用完了他的真话或"truquage"①，也许是一个伪装成确有其事的骗人把戏，太快了，不过是匆匆一瞬……这个办公人员奔下楼梯，忘了自己的手还勾着自己的咽喉。

楼梯，街道：迟来的雨点。手插在口袋里，雨流下他的前额，他的鼻子，他的嘴唇，潮湿的墙上那个形如一头鳄鱼的洞孔。垂落着双肩，寒冷，恐惧，手再一次举起来伸向自己的咽喉。他侧目而

---

①法语："花招，特技"。

视,随时准备行乞或是蹲起来扑向无动于衷的斑驳天空。

突然:这条街呈现为无用的自由,疲劳。湿手勾拢咽喉……迷宫般的狭窄街道在雨水之下,懒惰之下,沉默之下。徘徊的大地之子把自己扔到街上像一个外国流氓,一个空想家,一个弃儿,惶恐不已,庆幸自己归属于这雨水、泥土、天光的时刻。

就在这时莫妮卡·斯曼塔内斯库从一辆有轨电车上走下来,正要攀登那座小山;在她左边,学校的骚乱正一触即发,那场小食人族的袭击。

*　*　*

电气开关在门右侧。开关旁边是一个计量器:一个闪闪发亮的,黑色塑料的小块,上有一个表盘和红色的数字。计量器上边,框在白色大理石里面,是四个锯齿边的陶瓷钮:电保险丝。窗户,窗帘,纸堆下面的大桌。一个没有花的花瓶,黑漆漆的印满了油油的指纹。一把大裁缝剪刀。一个小小的空瓶。两个柠檬,一个切成了两半。覆盖着灰尘的旧报纸。一个有提手的大红手袋。手袋里面,蓝纸包裹的笔记本。书籍。*Tous le Monument de Paris, Prix 2f50*[①]。《G. 科曼博士。罗马尼亚语-德语辞典》(小开本,封面已脱胶)。*Marcel Saras: Lectures en français facile*[②]。书籍。

这房间让流浪者陷入一种盲目、要命的暴怒之中。然而,那可能只是一个圈套,刺客陷在里面就不能再杀人了。教授会用她的硕

---

① 法语:《巴黎纪念碑大全》,价格2f50。
② 法语:《马塞尔·萨拉斯:轻松读法语》。

体碾死她的俘虏。用她那对解开的硕乳盖没他的脸,她会以仙女般的嗓音轻吐无稽的细语,把他埋到燠热、柔软、汗湿的山脉之下。

一顶帽尖有个大纽扣的红帽子挂在一个挂钩上。每天晚上,女巨人都要整一下她上嘴唇那几撮毛,拉上红帽。有点调皮,对自己的暧昧、粉红的肤色、孩童般的微笑、糖果般的嗓音十分满意,她在夜间寻找被禁止的消遣:躲在她那条胖乎乎胳膊下面的黑色小钱包里藏着粉饼、安全套、新磨的厨刀。油光光的胳膊会像触手一样围拢俘虏。潮湿的双唇会粘住他的嘴。巨型的裸体会降落在他的疲惫之上,窒息他的肉体,满足他的饥渴。这俘虏会在肉体翻卷中迷迷糊糊,被她平淡无味的母性呻吟所吞噬:"忘掉它,赶走它,把它整个抹掉,上尉变成了烟,他寂寞的女儿也是,我们就是烟,爱抚我吧,忘掉它,晚安,宝贝,忘掉吧,你是烟,宝贝,忘掉吧。"于是这懦弱的俘虏就会忘掉他要杀死她的欲望,会死去 *une petite mort*①,被她的呜咽所击败,会忘掉一切。

在房间当中,圆桌上盖着厚厚的刺绣,像一块蓝色的床单铺在沙滩上。打字机,一张白纸后面是一枚炭精片,因匆忙启程而被打断的文本:La bonne aventure. Je suis un pe-tit gar-çon De bel-le fi-gur-re / Qui ai-me bien les bon-bons / Et les con-fi-tures Si vousvoulezm'en donner Je sauraisbien les manger La bonn' aventur' Oh gai! / La bonn' aventure!②

在打字机近旁,一个小玻璃花瓶里装着一束纤细的红色和粉色鲜花:草叶在花朵之间萌发。一只黄色杯子边沿沾着咖啡渍,里

---

① 法语:"一场小小的死亡"。
② 法语(儿歌):"美妙的历险。我是一个小-男-孩/长得-很-漂-亮/喜-欢糖-果/和果-酱/如果你给我的话/我会知道怎么吃/美妙的历险!/好快乐!/美妙的历险!"。

面有一个茶匙。一个完整的烟灰缸。面包屑。一个果酱罐,吃掉了四分之一,一个茶匙从罐里伸出来。在阅读一场暗杀的两段指令之间:从果酱匙中吮吸一口。一条半透明的淡紫色围巾。女巨人用这条绑在她脖子上的淡紫色围巾点亮她夜间的居留,面料被得意地扭到一侧。一条被卷成一个球的丝袜。另一只在别的什么地方。就让这刺客发现这里的一切都被混合在一起,被覆盖了,被消灭了吧;人无法施压于任何东西,织物和灰尘,面点和黏稠的酱汁,水果糖浆和糕饼。绿色的陶炉,有一个螺旋开关的煤气管。向左转,向右转,向右,总是向右——向拯救——一直转到头!一把椅子,一块搁在钢琴边上的白毛巾。琴盖开着,被汗湿的手指弄脏的琴键。一本书:*La bonne aventure*①。一个金发小男孩在封面上微笑。他的右手举着一个流出*confiture*②的罐子,他的左边,一只折耳猫,用牙咬着匕首。三行五线谱配有音符和文字。*Je-suis-un-pe-tit-gar-con. De-bel-le-figure. Qui-ai-me-bien-le-bon-bons. Et-le-fi-con-fitures.*③

成堆的乐谱,*Bülow-Haendel: ZwolfleichteKlavierstücke*④。一只塑料小猴子在一棵小小的塑料树下。一个白瓷花瓶,上面画着鲜花,紫罗兰。另一个黑色花瓶,空的。连在钢琴边上,书橱。装满了书和杂志和乐谱的架子。K恰佩克⑤。佩鲁肖⑥。佩鲁肖。

---

①法语:《美妙的历险》。
②法语:"果酱"。
③法语:"我-是-一-个-小-男-孩。长-得-很-漂-亮。喜-欢糖-果。和-果-酱。"
④德语:《布洛-亨德尔:十二首钢琴小品》。布洛(Hans von Bülow, 1830—1894),德国指挥家,小提琴演奏家,作曲家。亨德尔(Georg Friedrich Haendel, 1685—1759),德国作曲家。
⑤Karel Čapek(1890—1938),捷克作家。
⑥Henri Perruchot(1917—1967),法国作家,哲学家,艺术史家。

佩鲁肖。*Märchen der Brüder Grimm*[①]。《爱斯基摩人》[②]。《光,引力和相对论》,《树脂飘香的加拿大》[③]。医生作家,作家医生。海顿[④]。《钢琴嬉游曲》。勃拉姆斯[⑤],《华尔兹》。车尔尼。*ErsterLehrmeister*[⑥]。

临时情人会被她有关鸟笼和小鸟的淫猥歌曲哄骗,而裸女巨人会抬起她短短的香肠手指,将手穿过一团假发,一团蓬乱卷曲的红色羊毛。因爱意或杀意而净化了的眼睛。假发会落在琴键上。

她会又大又裸又秃,像某个注定归于火堆的人,然后就会一无所有,只剩下沉睡;和平会覆盖大地,和平充满森林,夜莺和欧椋鸟和故事都是由此开始的。

房间里根本动不了。在这里,带镜子门的衣柜一部分开着。也在这里,四分之一步以外,是床。皱巴巴的蓝色床单,一双绿袜子,一卷卫生纸,一对胸罩,一条蓝裙子。电台节目表。一本薄书,*Humourenfrançais*[⑦]。蓝纸面的笔记本。一个贴墙书架顶上的收音机。报纸。两个小阅读灯。一只薄薄的蓝袜子。淡蓝色的内裤,一只白袜子。灯的电线在床上悬着。炉子。一个绿色的保温瓶。一个很大的,红色的荷兰烤箱。一个白色的长柄咖啡壶。一盒火柴。一个打开的盐罐。炉子上方,安装在墙上,一个放电视机的木架。靠近床边,一个床头柜。电话簿。一只薄薄的蓝袜子从它的边缘垂

---

① 德语:《格林兄弟童话》。
② 荷兰探险家,作家弗洛伊琴(Peter Freuchen,1886—1957)的著作。
③ 波兰作家,探险家菲德勒(Arkady Fiedler,1894—1985)的著作。
④ Joseph Haydn(1732—1809),奥地利作曲家。
⑤ Johannes Brahms(1833—1897),德国作曲家,钢琴演奏家。
⑥ 德语:《初等练习曲》。车尔尼的曲目。
⑦ 法语:《法语中的幽默》。

挂下来，收音机旁边那只的伴侣。水槽。长柄梳子。一把刷子。一个紫色的瓶子。狭叶薰衣草。另一个瓶子。小薰衣草。两个白色的塑料瓶：营养奶。一根管子。含洋甘菊精华的发泡牙膏。一把绿色手柄的牙刷在一个粉色塑料盒里。很有必要在这儿等着，在这个东倒西歪的猪圈里杀了她——干净利索，一劳永逸，一举捣毁这微不足道的垃圾盒。

床的另一头，在蓝色的枕头后面，一道印花的帐帘。它遮住了原来的一扇门，门上装有很窄的架子。盒子。罐子。瓶子。一支手电筒。一瓶干邑，空的。彩色的盒子。水果鸡尾酒。一个绿色塑料袋。一个盐罐。罐头食品。鹅肝酱。田蓟。猪肉。猪腰子。装着果子露的瓶子。一罐罐果酱。水果蜜饯。糖果。

不在场的女巨人丝毫不知道她必须为她的小世界所代表的污秽和丑陋付出代价，或者说她的救赎正在准备之中——子弹，绞索，毒药——后者将会在讣告栏中宣布，这样从她的钢琴课和摇篮曲中逃走的孩子们夜里就可以安睡了。她会找到安宁的，最终，在这个坟墓里，那么多东西在里面挤成一团：床，书架，钢琴，炉子，电视，收音机，大衣柜，水槽，书籍，乐谱，长统袜，糖果，脂肪——这里，不在场的居住者的精神将一切合为一体：犯错者的垃圾堆场，或谋反者的牢房，或是多彩的盒子，让孩子们扭扭拧拧地试奏出呵呵、嚯嚯的韵律，都是葬礼的调子。

* * *

法语和钢琴教授会停课一小时吃午饭。不过，首先到来的会是结结巴巴的几个钟头,气喘吁吁的 *je suis, tues, il/elleest*① 的钟头。娱乐。在教导和娱乐之前,早晨:急匆匆地醒来,面对全新一天的混乱,头不梳,脸不洗,奔下楼梯,忍受电车的窒息,然后滚下车并最终来到学校。

长长的高级轿车出现,在大厦的庭院里优雅地刹住:在广场正前方达到最高速,猛然间,完美地刹入最后一道,懒洋洋的,漫不经心的曲线——停得像一道涟漪般几乎不闻其声。司机从左边下车,砰地关上他的车门,从车前跑过,打开右边的门,茫然而瞌睡的小女孩下车,僵僵的默不作声,砰上车门,攀登学校前面的台阶。司机再一次绕过车前,打开左边的车门,给车挂上档,然后踩下油门将车开动向前……这出下车的哑剧在高级轿车、司机和孩子的连续队列中机械地重复着。

问题在于徒劳地调整了课程时间以避开这个难以忍受的庭院车队,宁可在第一个小时之后到校并在最后一个小时之前离开,免得看见那些怪物来来去去。然而,看不见的汽车依然会在那里,在它们的位置上,在它们的路上,挡着她的路,开进她充满困惑和沮丧的噩梦。它们驰入庭院;它们猛刹,司机左冲右突,开门再把门砰上。一个金发男孩在被憋住的笑声中走出栗色的汽车。从一辆白色的汽车里,一个瘦瘦的小女孩已经害羞地下来了,畏惧地迈着步。彼此齐步而行,男孩和女孩慢慢登上学校的梯级。司机们打开各自的门,坐定,发动他们的马达,轮子转动,消失。噩梦般的幻影:停止,启动,幽魂,高级轿车总是来而复去,抵达只为消失,清空它们精致、野性的负载并消失,仿佛这东西从来没有一样存在过。

---

①法语:"我是,你是,他/她是"。

收集笔记本，在登记册上签名，匆忙梳理，打扮，调整，微笑，问候。在广场被护栏挡住的右侧行动会受到阻碍。幽灵齐聚：一辆很长的高级轿车，小野人们嚎叫，爆笑，扯起嗓子嘶吼着冲向校门口。尖叫中，数十名入侵者把他们的背包抛到空中并向左右飞吻。车门砰响，奢华的栗色汽车轰鸣，开始移动，流星般抵达广场的弧线，消失。现在白色的轿车启动——蓝衣小女孩乘的那辆，她正依依不舍地跟她的女友们分别，叽喳不停，跟她们一一亲吻。小公主招呼她最后一个女友，从笔记本上撕下一页，在上面写些什么，把这张纸递出去。两人都甩一下自己的金发，咯咯娇笑，又再一次互相亲吻。白色轿车向前蹿去。随后出现一辆绿色的。有很多学生聚集着，肆无忌惮，汗流浃背，扔着自己的帽子、背包、围巾——一派震耳欲聋的欢腾。

现在！自由出现在一个难以捉摸的时刻，在幻影的行列之间。目光低垂下来，在日夜折磨着她的幽灵之间：就一刹那要考虑她的行动、谦恭、缺乏魅力，以及如何不受注意地穿到一个地方，超过汽车与它们喜欢侮辱她的司机——就一刹那要惊惶地一路跑到电车站，要什么也听不见，要撤离而变得无可企及，要将一只手掠过自己的头发，遮住自己的眉毛，遮住自己恐惧的双眼，要把自己公文包里漏出来的笔记本收起来，要整一整自己短上衣的领子，要在若干秒钟里不为人知与踪影全无，深吸一口气，在众神允许的一瞬间。

或许，在那时，午餐的一个钟头。只有那时。仅仅是那时。但莫妮卡总是做好准备去梦想一个全新的春日：丁香，温婉而甜美，温婉而甜美的高贵伴侣，与杜鹃和夜莺一同歌唱的猫头鹰，温婉而甜美，抚慰而阴险。

* * *

"抄稿在桌上的一个文件夹里面。你把广播录下来以后，请核对文字是否与录音一样，"她说过。要录制。在磁带上。在一台有黑黄格套子的过时的录音机上。

当日的大案是直播的，在现场，由电视摄像机捕捉并同时投向数百万双饥饿的、被催眠的眼睛。想象力正日趋衰弱，被幻觉的现实所羞辱。小小的黑色麦克风取代并记录着恐怖……磁带会单调地一直转下去，记忆，转录，存放，证明，鉴证。

门的开启，左转，右转，锁的咔哒声，头几步，经过时撞到的物件：椅子，钢琴琴键，玻璃杯——最后是静默。突然间，枪击——一，二，三——三声温柔忧伤的嘶鸣，一具沉重躯体的倒地，翻倒的椅子。沉闷、不确定的记录之后是门的旋转——打开，关上——下楼的疾奔，金属大门的铿响。留在身后：声音的印记，一件证明一位专业人士技能的纪念品，精确、干净、优雅的活儿——以戴手套的手和裹着橡胶的动作执行。灵巧的逃，步调均匀，没有一下顿挫，没有匆忙，没有恐惧。或者：门的开启；旋转——先左，再右——门锁转动，穿过空间的最初几步，把小挎包放在椅子上，一个罐子的滚动，一件雨衣的滑动。撞到的物件：椅子，钢琴琴键，玻璃杯，报纸的沙沙声，一台收音机的声音，椅子的吱嘎声，勺子在果酱罐里的叮当声。突然：倒下。短暂的抽搐，死后的僵硬。刺客想必预见到了一切细节，没有枪击，楼梯上的跑上跑下，没有开门和关门，只有恰到好处的一滴毒药滑到一个玻璃杯里，一只罐子里，面包上面——受害者路径上的随便什么东西。或者：门的开启，左转，右转：咔哒。关上了。迈过空间，衣服扔开,椅子撞到,窗帘拉起。突然:跳起来。最后的喘气,窒息,身体滚到地毯上。刺客怯怯地开门和关门,谨慎地攀下楼梯。金属门的摆动。消失了。镇静,精确,高效。

磁带记录——不仅是枪击,中了毒的居住者倒下,刺客从窗帘后面跳出来,还有自杀的仪式。

黑人女子的洪亮嗓音从收音机里传来:夏日时光①。夏日时光。痛苦的萨克斯风:在它边上,那嗓音进入它单调的哀鸣,随后是枪击——一,二,三——不,只发射了一枪,高效,温柔:平息下来的躯体,萨克斯风绝望的小夜曲,顺从地旋转的磁带,安魂曲。或是:萨克斯风灼热的金属音符提起歌手低沉的咕哝穿过她激昂的喉管;一个夏日午后的裂口——纯粹的苦痛,一个夏日午后上尉的女儿在一名歌手浓厚的低语之内,在萨克斯风口内的终结——突然间,翻倒的椅子,短暂拉紧的悬挂着的灯线,一次,两次;在萨克斯风口中是那个男人垂死的呼吸与女人的呻吟合为一体,用一种滴滴嗒嗒的声音在重铸上尉的离去:均匀地,单调地,浓厚地;那首歌,像一个夏日午后的消逝一样悲伤,像苦痛、黄昏以及夏天的缓慢裂口一样悲伤,它在巨大的赛璐珞磁带上旋转。或是:从阳台到虚无空间的一跃,或是刀,或是毒药,或是火堆。安魂曲送给赛璐珞磁带上捕捉到的自杀,上面旋转着呻吟、歌曲、呜咽、枪击、低语、沙沙声、击打、拥抱、阶梯、砰响的大门。或是:枪的咔嗒声……从一场无聊的收音机广播的中间、开始、结尾排练起。"晚上好,孩子们!""晚安,孩子们。"嗓音:慰藉,舒缓,性

---

① Summertime,美国作曲家、钢琴家格什温(George Gershwin,1898—1937)作曲,美国作家海伍德(DuBose Heyward,1885—1940)作词的咏叹调,后成为流行爵士歌曲。

感得令人不安。"晚安，孩子们，""睡个好觉，孩子们。"

磁带卡座——驯服的见证，高效，即时散布记忆，现场录音：最后一叹，枪击，名女人的呻吟，粉色与橙色的丝带，狼嚎，猫嘶，任何东西，任何地方，任何时候。即使居住者因为一个优伶，某个戏剧演员的良好意愿而不在家，都可以随时转录歌曲、爆炸、精致的睡前故事。确保真实，不设防的记忆，不变的情感。确保真实：新鲜的记忆，真情实感，一律现场，所有时间——生命，死亡，快乐：要什么有什么。

椅子全都盖着旧桌布。披在一个椅背上，一条白色毛巾触到钢琴的边缘。近处一个塑料垃圾桶：装满了皱巴巴污迹斑斑的纸团。书架。陶炉。睡袍，肮脏的破布，一个绿色保温杯。盒子，罐子，瓶子，一支手电筒，一罐雀巢咖啡，一个干邑空瓶，上写什锦水果的盒子，一罐盐，肝肉酱罐头，猪腰子罐头，青豆罐头，一罐罐糖渍水果。物品栖息着，随时准备向入侵者倾倒过来。

大衣柜。木门吱吱作响。内镜；盖满了苍蝇的污点。肮脏的床单，皱巴巴并且跟衣服混在一起的待洗衣物。床单下面，衬衫，套头衫。带有黑色和黄色格子，用一个拉链顺着三道边打开的沙发套子。沉重的金属手柄上的一个吊钩。掉在衣柜底部堆成一堆的东西。镜子消失。盖着帆布，有一道绿色边框的金属箱子，太重了提不起来。黑色的，缠裹住的麦克风被拿出来，然后又放回去。测试过——能用。两卷胶带。纽扣。必须小心、仔细处理；不可以碰撞或损坏：准备必须精确协调，操作必须在H点之前几分钟开始，并在这个钟点结束前几秒钟完成。录音必须捕获一切，必须囊括整个听觉的维度。谨慎，专注，监视，技能。

但现在，盖子必须关上。在椅子上，黑色的麦克风。谨慎，控制，秩序，技能，专注。

* * *

学校：恐慌充满了下课的最后几分钟。录音的第八或第九分钟增添的音响效果将增添压在可怜老师的厚肩膀上的畏惧，并淹没她的尖酸微笑与多疑侧目之间的闲扯。畏惧在膨胀的一层层暖肉下悸动。她的手机械地翻阅一本书的页面或匆忙伸进自己的钱包，头皮直耸，肩膀发颤，冒着唾液，双手移向窗口！——空气——或移向自己的咽喉，惊恐地试图让自己从短上衣或毛衣的领子里解脱出来：第八或九分钟标志着一记即将到来的铃响，休课的取消。铃声之后，还剩下两分钟多一点，一段虚空，在其中时间继续消磨那凝固的谛视，如今已没了人气，视而不见直到警报响起。突然间：小小的，野蛮的铃声——这还不是最糟的。巴甫洛夫的唾液分泌随铃声而至。钱包合拢，咽喉上的手，移向短上衣的纽扣。点名册粘在发僵的手指上，成为手的一种延伸。无声的步子，仿佛在踩棉花。教师休息室门口微微一亮。门在身后关上……随后意识开始涌动：激情穿过她的身体像电流一样。前面的走廊：又长又冷。这将是最艰难的一刻。教师休息室的门将被关上。走廊会像失眠一样寒冷：灰白色的墙，几乎是黑色，白水泥上脚步的凉意。虚弱的身体不再支撑白肉的重压；因恐惧而麻木与瘫痪，一只脚在另一只前面移动像个梦游者一般，直到左边第一扇门：筋疲力尽地进入教室，出于恐惧而神不守舍——但还要等到门前的最后一次犹豫。蓝色纸板封面的大点名册自己粘在了她汗淋淋的屁股上。

面包球的闪电战，或是角落里传来一声长长的老鼠似的吱吱叫，或是平静下来的吟诵和一场耳语的残酷唱诗班在一阵疯狂低语的合唱中爆发……大莫妮猪，小莫妮壮，发霉的莫妮果，莫妮头套，莫妮壮来了，莫妮猪来了，莫妮骚来了，小莫妮猪。又一轮面包球，老鼠吱吱叫，加上一段猫头鹰的呼呼齐唱。

更危险的：狡猾的沉默，精心计算的声东击西。教室静声，心不在焉地望向窗外。她会试着重建常态和控制，但他们已经了解她故作严肃的无力伪装，她膨胀过度的友善，她的惶恐，她慌乱的迷惘。小主人们个个强大，自由，无情：他们高音的尖叫或冰冷的沉默会将她迅速消灭。

打开教室门的畏惧。每一回。在暴虐的课时之后，恐怖又重新开始：在课间休息之后，又要惨遭肥脸蛋虐待狂们的再一次屠杀。他们会围住她，来回跳舞，一边跟她穿过走廊一边尖叫着绰号、问题和要求——用反叛让她瘫痪。走廊里会响彻他们的合唱："大姐，酸奶油小姐，酸牛奶做酸奶油；奶油有啥好？狗儿做啥梦？"他们会把她留在教师休息室的门口。头发蓬乱。失魂落魄。目瞪口呆。

大点名册湿湿地粘在屁股上——她无用的盾牌，来抵挡遵守纪律或是造反作乱交替出现的班级：她会等上一会儿，陷在她凌乱心神的旋涡里面，确定——一如既往——会失去盟友。他们会迅速转向快乐、有毒的阴谋——先前几天的一个回声——转变，达到他们稚气暴虐的极点，他们会针对想要驯养他们的当权者行使复仇，制服他们，令他们疲劳，使他们变老。

门前的恐怖，每一回，重复的动作：在窗边停留几秒钟，消失在教师休息室里，又猛然回到教室门前灰色墙壁的冰冷现实，昨天的幻影始终等在那里。

* * *

"抄稿在桌上的一个文件夹里面。"这是她说过的,"桌上,是抄稿。"不在桌上。在书桌上,靠近红色的包。在红色精装的小书下面。在其他打字文本中间的抄稿:在一片远离世界其他地方的树林里曾经有一只小鸟。虽然她在那片森林里忍饥受冻,但是鸟儿觉得自己属于那里。森林也很乐意知道这只亲爱的小鸟可以永远在那里。每棵树都欢欢喜喜,当小鸟……晴朗的一天,出乎意料地,一个爱鸟人穿过这片森林……这只小鸟,熟悉森林的饥寒,但更懂它的快乐,拒绝了爱鸟人的建议。为了证明他是一个言而有信的人,爱鸟人过了一阵儿带着一只新的金笼子回到了森林。

2月28日。我亲爱的达努特,瞧啊!终于到时间,可以写我长久以来一直想写的这封信了。您已经用这些电话交谈创造了一座天桥:燕子和信象征着……比我想给您写信还要早。

星期四,3月2日。我亲爱的蒂伯留。刚回到家,度过了一个您甚至不会希望您最大的敌人遇到的下午。

星期日,3月5日。我亲爱的蒂伯留,几乎没过多少时间,感觉却仿佛是永远,因为我相信您每天早晨都会打电话给我的。我害怕相信。可我觉得我必须相信……人的双眼什么都做不了,只有蒙上阴影,渴望哭泣,从任何角度来看……它会减弱你的力量……我会用在年底学校表演里的一则寓言……角色您很快就会认出来……它原本是非常适合晚间广播的。

斯曼塔内斯库小姐,我独自一人试图平复我的思绪,希望您写的一切都是真的:您写下的诗行已经唤醒了……要求一次传递,或者假如我领悟不到的话,那就凭借一份预算的终止……这取决于我,俗话说……凭借我拥有的意志力和雄心,我活在希望之中……因为我走在生活的道路上,像那个旅行者……像那个旅行者一样踏实地迈着步。此致最高的敬意,格里戈。

过去、现在和未来,鸣响着命名日,爱抚,彩色的牵线木偶,纷乱,和涌入电话听筒的事件,被冰冷的手势所缓和的躁动。

随后,突遭—惊吓的—畏缩,寻找—甜言—蜜语,呼告—庇护—收容所。

随后,信笺的缎带,爱抚的—抱拥的—甜蜜的—话语。

随后,黏糊糊的—用—从—前—开头—的—童话,女—播音员—温润的—嗓音,给—孩子们的—睡前—播音,学校—庆典,不忠实的—钢琴—上面—精心—梳理的—弹击。

随后,为—失去的—短暂—伙伴—花环—小饰物—而白流的—渐渐消失的—眼泪。

* * *

在那里,一个人游泳,溅起太多水。

水:稀薄而清澈,透明而轻盈。游泳者的节奏,几乎毫无效率,貌似只有最轻微的增益,继而是曲折的前进,结果却是立刻归零。在水中他的苦痛——他奇异的、极其不协调的动作——会被照亮,仿佛在一块银幕上一样。只是,多日积下的老油不容许壮观的波浪产生,将它们的振幅再度吸收。在厚厚的流层之下,细小的轻抚持续,草率而淫荡。船摇晃着。一道金属栏杆支撑着他们,一个挨着一个。他们望着地平线,和那座耸立于其上的山,被拘押的犯人等待着他们。一边：一个老人，长着一绺咖啡色的长胡子，拿着一台晶体管；一台便携钢琴。

——亨德尔的G大调恰空舞曲①。

男人一惊，向坐在他身边，嗓音可爱的女人转过身来。

——音乐是我的事业，你知道。这次访问后，我要动身去阿普塞尼山②。我转两次火车。我要去看一个老朋友。

他惊讶于自己邻座的健谈，她的多语症。他对交谈毫无胃口。相反，他想到穿着一件囚衣的父亲，他和父亲的关系，以及祖布楚上尉和他女儿之间的关系。等候的紧张造成一种随意交谈的倾向，他不想和这个陌生人谈论跟自己父亲再次见面，更不用说他禁不住思念的父亲和女儿了。莫妮卡·斯曼塔内斯库错过了这个了解上尉的自杀或这个她刚刚接近的人的机会。然而，她会在一小块包装纸上给他记下她的地址和电话号码。最重要的是，这个闷闷不乐的混蛋最终会打电话给她的。他也会遇见她的，着迷于她稚气的外表，她平庸的恶魔。值得一探究竟，很显然：以田园诗装饰的古怪；不妨假设的真实的面具；她可怜的激情——当然应该一探究竟，趁着还没被炸烂，应该一探究竟，手抓，指触，残虐，是的，趁着还没将它狂暴而迷醉地炸烂。莫妮卡已经在讲话，在坦白了，很自然；她要去见她的前同事和老板，蒂伯留·科瓦尔斯奇，这个倒霉的家伙，他终于坐完了监狱，就是说在一个劳动营里：这个可怜的疯子很值得同情。爱好音乐的女人知道同情是什么，还有温柔，以及性冲动是什么意思。

---

①Chaconne，欧洲巴洛克时期一种流行曲式。
②ApuseniMountains，罗马尼亚中部山脉。

也许曾经，很久以前，在最初的晶莹之水中，它们可能真的是这样——这些伟大的，可怕的，前所未有的尝试——或者真是这样的吗？或者它们可以再来一次么，假如往昔可以再次上演？

健谈的女人从眼前离开：几绺汗湿的头发从她脸上突出来，短粗的手指像一捆鼓鼓的香肠，一个男性化的公文包里塞满了笔记本和结皮。刚才她跨过门槛走进学校狭窄、阴暗的走廊。比她领先一步的是蒂伯留·科瓦尔斯奇，那时候的科瓦尔斯奇，那头鳄鱼。

莫妮卡同志会是什么穿着？或许像个青少年？冬天：一顶男性化的帽子，俄式有护耳的，或是更常见的那种有一个峰冠。夏天：简单的衣裙，有白色的小领子，在她膨起的袖子末端有蕾丝饰边，干净的颜色，淡蓝或是粉色或是白色，蒸汽般罩在她臃肿的身上。冬天：男性化的滑雪裤裹着她鼓胀的大腿像要爆裂开来，以及结实的黑色滑雪靴。夏天：花边的平底鞋，对于她的巨足来说也够大了，以及简单的、浅蓝色的、有蕾丝领的连衣裙，略微起皱——有一点油渍或墨渍隐藏在某处。总之不怎么干净，是从满溢出衣服的衣柜，从凌乱的床上，从报纸、笔记本和书籍下面，从满是肮脏器具、没削过的铅笔和丢下的手帕的桌子上仓促收集起来的。来自随便哪个钩子或衣架或屋角——过去、现在和未来的衣物在一个猪圈里排齐。

她会进去的：穿过学校的大厅，蹬着她那双一月份的皮靴，套着她的滑雪裤和毛衣，戴着她垂下流苏的红色贝雷帽。像以前一样，蒂伯留·科瓦尔斯奇会领先而行。这是他将局面弄得略微少一些荒谬的方式：粗鲁地带领她……她本来就应该有足够的常识，即使在当时，去怀疑自己的现身是否引发了粗俗，她是否在别人心中唤起了一种对残忍和羞辱的嗜好。她会走进大厅望着地毯，那三把黑色的皮椅，那张覆盖着玻璃的小圆桌，和那两本杂志。

太少了，才两本杂志！只是，在因为收集妇女杂志——付出了筋疲力尽的讨价还价才弄到的——而遭到申斥以后，反对就再无可能了。几天前，她曾经向老板同志展示过好几堆五颜六色排列在桌上的刊物，但根据科瓦尔斯奇同志的命令，杂志必须悉数退还。她购入的倡议似乎原本就是可耻的。我们不可以冒犯到这里来的女同志，科瓦尔斯奇裁定，望着母亲会与自己的孩子见面的大厅。母亲同志们不可以遭受一堆堆轻浮杂志的侮辱。桌上现在只有两册，遵照蒂比的决定。

第一位女督察员。莫妮卡：和蔼可亲地颤抖着。科瓦尔斯奇：疏远而静默，他作为一个狡猾侏儒的优势，藏身于自己的丑恶之中，对于那些混乱时代而言似乎是完美的。

——你把事情安排得很好。应该有更多的杂志。这样看起来很寒酸。如果来了三个人，就不够读了。

科瓦尔斯奇的目光平平地投向墙壁。莫妮卡开始口吃。

——您知道，我们原来打算只展示最近几期的。别的应该都已经很熟悉了，当然。

督察员的样子像被雷劈了一样：脸颊通红，在她的毛皮大衣里喘不出气。

——熟悉？多么愚蠢！好像我有时间似的，好像我有时间看杂志似的！好像我是谁知道哪个老卫兵长官的妻子找不到事情来打发我的时间似的。究竟有谁能想出这样一个愚蠢的借口？

最后一个字从她口中飞溅而出，外加一份唾液。鳄鱼的沉默让他得以思考。

——我一直抽不出时间到这里来转转。我正想自己过来检查一下。这是斯曼塔内斯库同志的倡议，一种缺乏……我们会纠正的——科瓦尔斯奇结结巴巴地说道，一脸煞白。来访者绷着脸听他讲。

——对！你就这样做，拜托。务必做到，立刻，紧急：马上！这是难以置信，不可接受的！

怯懦，恐惧，在科瓦尔斯奇的虚伪面前除了保持沉默以外没有什么事情可做。科瓦尔斯奇原本就可以自己处理的，归根结底。倘若他长得不是那样，或者倘若他从来不知道如何令丑陋为他所用，他就会像他唯唯诺诺、惊惶失措、晕头转向的同僚们一样脆弱：到访的督察，那个来势汹汹的上级会把他像任何其他下属一样碾碎，就如同她碾碎了莫妮卡·斯曼塔内斯库一样。然而，蒂比同志依然举止如常，用一副面具来掩盖他秘密的弱点和不可避免的背叛。他继续支持坚忍、默然、面目全非的人们。他丑恶的外表是对寻常轻浮的一个羞辱。他是对的：寻常的形式创造了含混、放纵和偏移的可能性。侏儒毫不眨动的双眼知道如何细察正在上演的奇景，用一个大天使面对一场尘世突发事件的警觉。

莫妮卡活在她甜美到令人恶心的性感之中，活在噩梦和懒惰的幻觉之中。总是企望有什么东西可以帮助她驱除那些记忆，不再回想学校、伙伴（这一类或那一类的），以及她在山里，在一所疯人院里发狂的疯母亲，对粗俗摔上大门是不可能的，这会让她像一只污秽的山羊一般投入某个邻人汗淋淋的双手，她的太阳穴像压力柱一样悸动，沉重的巨体随时会透过她肥胖的皮层爆裂开来。

科瓦尔斯奇对自己的直觉很有信心：他现在要做的就是把事情推给肥胖的梦想家，就是说等到那一天，等到那些小食人族终于越过了他们的常规界限，而小莫妮猪·斯玛塔尼瘫坐在教师休息室的沙发上，含泪哽咽，再也上不了她的下一堂课的时候。科瓦尔斯奇陪她走到家，一进门就倚在陶炉上目不转睛地看了她很长时间，微露笑意，现出他鳄鱼牙齿间的缝隙。房间里很暖和，暖和得过分，仿佛小食人族已经在她屋里点起了火一样。大致上，既定的计划就是温顺地倾听他同事的哀叹，并在算好的间歇平静地回应。她已经在他的粗俗笑话之间无力地凋谢了——想象的追求者们仍在追逐着她——只想过要在疲惫中倒下，像一头被饥渴与困倦折磨的惊恐野兽，急于得到一刻的安宁与恢复：她本会从自己的脚底融入大地的，只是那些笑话似乎总是那样轻轻地让她复苏过来，像一记温柔的爱抚：她几乎已是他的猎物。

今天，她易为自己的弱点所伤，只要风向稍稍一变就随时会被吹走。这事可以迅速地，出乎意料地发生。现在，她会相信科瓦尔斯奇的任何一个故事，哪怕说的是把催眠、虐待狂、盗窃癖或"预防性的，怪异的，必要的恶"作为常态的唯一替代。因为问题已经不再是要把这些故事看成简单化的、夸张的聒噪或是男人们通常的忸怩之态，急于将他们征服行动的单调性复杂化；不，将它们信以为真会少一些恐怖。在过热的，无序的房间里，蒂比同志眼中的闪光可以操纵任何一丝脆弱。

——你知道他们管我叫什么？*魔鬼*。难道我偷窃，撒谎，玩施虐狂游戏，恐吓，勒索，强奸么？是的，尤其是强奸。即使是像你这样感伤的胖子。你跑不了。我可以掐死你。

然后是迈向受害者的沉稳脚步，后者随时会尖叫起来，如果她依然可以的话，随时会自弃，屈服，逃走——随时会将整件事彻彻底底结束。一次，两次，再三再四，直到共谋变得坚不可摧，达到痴呆的地步，甚而至于达到宽恕的地步。准许和亲近猥亵地混合起来，将一切反对融化成为突然的咕哝，而结束于一个拥抱的悠然释放，气味有如淤塞的下水道。

这大概就像是一个球疾速滑下一道斜面。那些可以延缓下落的颠簸——悔恨、痛苦、反抗——会越来越无价值，在不可逆转地持续不停的诅咒之下，即使断断续续地会碰见消失的欢乐和更好日子的残余。主人会继续发明新的恐怖，因为这种经验不容许任何安静的权利，甚至没有堕落的权利：堕落是在玩弄停滞与平衡的承诺。对撕裂自己的恐惧，其他一切的风险，她自我厌恶的空想更加剧了日日夜夜的酷刑，只为罕见的善意姿态所暂时中止——微笑、爱抚、亲吻。被认可的虚弱……一个陌生人的无害笑容化为绝对的温柔，一个重复科瓦尔斯奇经验的邀请。

细节和机械分析的串珠将自身与第三人称缠绕在一起：她，第三人称——发明出来的，抽象的，虚幻的，承受着任何负担，任何赊欠，任何脚尖旋转——不过是一个胖乎乎的婴儿，有一道细微的胡子和蓝色的眼睛——天真而又不合逻辑——她顺畅而殷勤地传递主管的要求，野心，以及他光荣的骄傲，他的饶舌，他的迂腐，他的乖戾。不可预见之事的奴隶，对方的——或想象的——计划的奴隶，随时可以付出一切来交换一个微小、温柔、宠溺、体贴的保护承诺，以期通过某种途径将他抓住、占有、约束和俘获，好让她自己完整，定义她自己。

对于这个意义上的自我界定（或其他等值物），我们或许可以在其中认识到我们自身的幼体喘息——被其自身在睡眠时的疲惫所吸收的疾速相对动作所搅动——后台的同谋大概会相信自己有理由否定她，击碎她，牺牲她，同时担负起的不仅是处刑的责任，甚至还有为他自己在等式中看不见的，无用的角色寻找补救或是理由的义务，而在仓促中可能会试图忽略那虚构的另选方案，一场始于很久以前的失败的重新上演。

……她必须返回到这场向下的滚动的开始，从斜面的顶端而不是从荒谬的、假设的另选方案中。在她跟随无论哪一个骗人的召唤而晕眩地奔跑起来之前，在她毫无意义地飘向某个不知名的男人之前：乘着一艘装满了其他未知的船驶向那未知，置身于一节列车车厢与没有名字没有脸相的乘客同行。画报征友栏中的诡诈消息，给小姜饼钢琴师的童话故事。除非电话没有在关键时刻让她摆脱一个麻烦，结果却将她扔回另一个麻烦。

* * *

她会找到能量在任何传送带上生存下去的，从一处被带到另一处，从一个幻象到另一个幻象。乘出租车或是电车或是火车，方舟或是飞机或是汽车。那就乘任何列车吧，只要她继续拥有发出呐喊的力量，也这是说，继续呼吸下去：重生于每一场新的失败之后，她依然故我。

经验应该包括沿着走廊乱走，找人倾诉，随后翻寻他们的善意，他们温和的、废弃已久的梦想，匆匆穿过他们往昔的隔间——以及他们的当下——拼命想要倚靠在他们身边，怀着朦胧的欲望和阴暗的渴求。

她会寻找同类，梦幻般的生灵，习惯于像服从的士兵一样排着队，一个跟着一个，一连几小时，几年，几辈子。这旅程仿佛是一个解放的行动：她的邻座可能正是她在等待的那个人，她可能会跟他一起跑掉，一起逃走。在狭窄的走廊上，在长毛绒衬里的小隔间里，陌生人望着彼此，互相以逃亡者的眼光探询对方的隐秘身份，急着要掷骰子。

在她身边，那位绅士似乎是他自身沉默的一面镜子。对面的年轻女子，恰是一副迷途微笑的形象，她略微有点不适应的性格始终在寻找正确的位置，给她的行李箱、丰满的手、幻觉和小行李，后者零乱得就像她的头发：长长的，乌黑的，活泼的（太活泼了，太卷曲了）发卷。这个过于激动，过于富态，过于急躁的人尽可以是那个穷教授所戏仿的小天使的完美肖像。

反对或抵制将是徒劳的：这个丰满旅客的嗓音可能代表着她存在的真相。她对新事物、瞌邻关系和意外事件的焦躁渴望，可能——谁知道呢？——只是疲劳的爆发而已。她无法将她的精力——在她求索的曲折之中耗尽了：假的希望、假的绝望如同无雷的闪电——转变成另一种内在的潜能。如果她能在自身之内为另一种悲伤或尊严找到资源，如果这一切应当被发现，如果有价值并且真实的悲伤的确存在的话，她或许已经变成一个新娘，一个母亲，一个勤劳的家庭主妇了。

猜测围着她转。她成长于假想之中。她周围的人都试图对她风尘仆仆的外表，皱巴巴盖住她大腿的海军蓝滑雪裤，她的旧军靴无动于衷。但是对一位身披伪装，穿着借来的衣服的女神迷人的嗓音摒着不出大气想必是徒劳的吧。

她就在那里：从她近门的角落观望着，想要从塞得满满的公文包里抽出一本书，一份杂志，一张报纸。她会去到走廊上，从别的隔间之前经过，看旅客，并将自己呈现给他们的窥望。疲惫，颓丧，没有什么事情可做，除了倚靠在相邻隔间右边的窗口。旅程会结束于某个地方，某个时候；沉重的铁鸟会张开它生锈的喙，排出这一小群被欺骗者。被热病似的、幽灵般的姿态所撕裂，队伍会四散开来。最幸运的会迅速认清冒险的终结。只有少数迟到的梦想者会试图延长他们的擅离，推迟他们的回返，把他们的自由至少再延长一秒钟。他们也一样会被找回来的，会比以前更加顺从；她会看到自己乘以数百个孪生体排成他们旧日相同的行列，被未来的逃亡诱惑所惊吓，处于他们热切服从的保护之下。此刻互相站得很近，旅行者和伪装的女神倚靠着金属的窗栏。右手举着小晶体管收音机，他刚刚走出邻近的隔间。保持着沉默，他们眼望风景。

——亨德尔的G大调恰空舞曲。

她会先投给他一个四分之一侧脸的狡黠眼神，在送出自己嗓音的涟漪之前。

——这是亨德尔的G大调恰空舞曲。

于是他就会惊讶得发颤。

——是的，音乐是我的事业，你知道。我打算去哪儿？我？很远。一路去到阿普塞尼山脉。我要再转两次火车。去看我母亲。她在一家疯人院里。战争，营地。她丈夫是在她的眼前被杀的，就在他被迫为自己挖掘的坟墓前面。

在他们之间，车轮将期待转变成为不耐烦。她微微的哽咽会依稀可闻。走廊里的其他旅客会听见她的声音，他们会发笑。无论谁愿意跟这个不幸的女人交谈几句就会知道是什么在纠缠着她：她会告诉你她的故事，她会说服你死者已经死去，会想办法忘掉一切。为这样的事长途旅行是愚蠢的；遗忘可以在任何地方进行，尤其是在有众多人群、有各种各样可能性的地方。旷野并不为哀悼增色，死者并不存在，哪怕他们是我们的兄弟姐妹和父母，生命存在，存在，存在。

道路才刚刚将自己延伸出一点，时间遥远，在未来，容纳一切。她会尝试共谋，她会游戏般地忍受时间，她会在她肉体的僭越中找到乐趣。确实，目的无关紧要；身边有一个盟友，她永远可以随意漫游，奔跑——去到世界尽头的山脉，顺从，为奴，奉献自己，得以倾空他的情感、怀旧、秘密和悲伤，以深爱将他扼杀。远方，在遥远之处，越远越好，像童年那些骗人的幻象一样。铁鸟，它的腹中居住着囚徒，在疯狂地，疯狂地奔行。

* * *

腿在早晨的重压下陷进镶木地板。米沙闲着，在值班。统计表单，检验，计时，再利用，合同，编码，协调，装机功率，泵出功率，列柱，高炉，警报器，门铃，孩子们的睡前广播，磁带录音机。

钥匙，收音机广播，文本，磁带录音机。楼梯，螺旋，门垫。打字文稿和碳纸复写稿和打字机，震耳欲聋，湮灭一切，无所不在。塞巴斯蒂安·卡巴，委婉地要求文员快速完成所有东西。扣住咽喉的手和"再也受不了了"——句号。结束。梯级，街道，另一个房间，单间，或鸟笼。

雨中的陌生人，站在街角，双臂交叠。此刻的囚犯，一个挑衅的聋哑人，一个可疑的人，一个被放逐者，无人不惧：匆匆的过客、家长、教师、妻子、情人、严厉的母亲、阿姨、姐妹、邻居、搬运工、警方线人、机关工作人员和施虐狂侦探。他自弃于街市，藏身在这道以缓慢、蜿蜒的螺旋卷曲而行的金属窄梯之上；梯身循着一个点的螺旋,沿一道光的弧线慢移,从一个火热的中心盘旋而出。房间,像一场失败的航空探险的遗迹。囚犯被缺席的居住者的故事所迷惑。鸟儿,爱鸟人,森林,鹌鹑脱口而出的啁啾。每一个手势都毁坏物件,堆头——雪崩;每一步都引发撞击,触碰黏性的条纹,搅乱尘封的印痕。笔记本,书籍,乐谱,窗帘,椅子,鞋,果酱,罐头,笔记本,纽扣,书籍,茶匙,帽子,*je suis un petit garcon de belle figure*①。

长长的高级轿车蛇行穿过病恹恹的浓雾,穿过漫游者的思绪,进入学校正前方的一座广场,这时莫妮卡小姐便受到一列列癫狂的小野人的侵袭,他们摔上轿车门仿佛残暴的掌掴一般。长长的,官方的高级轿车,同志、知识分子和庄重而顺从的司机的幻影:令她头脑晕眩仿佛游荡的鬼魂一般的官员。

有罪的一方——流浪汉、临时的刺客、一毛钱一打的自杀——应该把他的行动记录在孩子们的睡前故事(被莫妮卡·斯曼塔内斯库的钢琴所折磨)中间:三颗温柔的子弹,被毒药抑制的饮泣,被绞杀者死去时的咔嗒一响,自杀的安魂曲,唱出来的是黄昏尽头嚎叫的黑人妇女的低音。

她,莫妮卡·斯曼塔内斯库,转着自杀的念头,它化身、体现于任何面具之下……有罪者现在将她驱逐,试图逃避、遗忘。她,第三人称,适应了她的发明者的重压,以各种各样的方式被过载,被使用,被玷污;成为她的角色的奴隶,为恐怖所支配,吮吸着任何人物的负担、绰号、激情、力量——或是不安、荒诞、沉沦或承诺。她:顽强地拖拽着她的特技,她痛苦的温柔之行,围绕着未

---

①法语:"我是一个小男孩长得很漂亮"。

知,毫不留意或措手不及。

第三人称,在一列列打字的文本里发明着自己的语言,在打字机里对齐的公文、回忆、呼喊、折磨,在两三份科瓦尔斯奇的副本之间。满足她对气味、臭气、颜色和假声,从这儿那儿的一个词里跳出来的小小红角的贪欲。她的文字:温暖悦人,丰满悦人,融化一切。山脉、蒂比、达努特、图多里卡、破瓷器、烈火——文字的糖粉色肉体继续繁殖着谓语、修饰语和形容词,断断续续地摄入怪诞、半发明的邪恶游戏,沥干的汁液,带有苦刑课程的秋日恐怖,以及静音的电话。列车奔行不停,字母偏离走向彼此,而包围这个空间的墙壁发酵并且变胖。钢琴教师女士希望碰见一位同类的先生:我等待一个保护者,一个伙伴,一场艳遇。

突然,一时间的麻木让她能够对自己的角色短暂地反抗一下,但对荒谬的否弃却掩藏到自身的接受之下——一种以古老的狡猾再次耍出来的两面手法,反向节奏。红色的蜡笔尖轻啄着句子,扩张它们,推进它们:疼痛应该更可悲、迂腐、滑稽,如这些偶然的对话者和刽子手期望的那样。她的小小报复带来瞬间自由的幻象,当她夸张她的鬼脸、感伤和尖叫,做出一个可怜的小女孩的样子:一个十三四岁的白痴,已经沉睡了二十多年,在此期间她长起了头发,还有她的指甲和乳房——同时一直保留着同一颗无瑕的心,同一个纯净、白痴、幼稚的头脑。

她会实施逃亡者指定的想象筋斗——那个蓄意通过扮成怪异小丑的迂回途径来操纵她的可怖之人——中了他的诡计,一个貌似真实的可信抽象,在他无法自拔的空间里出没的幽灵。她的临时刽子手的话语会得到使用:我尝试独自安慰我的思想。褐色的头发,就像1964年在锡纳亚①的公园里拍的照片，独行在人生之路上，像那个征友栏里的旅行者，有激光一般的眼睛。一切可以被发现或发明的东西都会被用到，而在这场考验的尽头他会攀上傍晚的蜿蜒阶梯，在这样一个梦里，他可以准备三颗救赎的子弹，装在果酱瓶里的毒药，绞杀的双手将她救赎、治愈。刽子手会不会像缓慢、蜿蜒的楼梯上面的一个新生儿那么温驯？她存不存在，存不存在？

她：可疑地很容易通过物件、思想、文字、彩色字母和修补的零碎来解读，总是可见于这个空间的混乱之中，在附近的指纹、在陈列的记忆、眼前的事物之中。

她真实得不太可能的痕迹难道不是骗局么，通过一个陷阱，一个背信弃义的轨道，一场入侵者希望由此逃脱的延迟？

* * *

星期四，1961年3月2日

我亲爱的蒂伯留，

刚回到家不久，度过了一个你都不想让你最大的敌人经历的下午。（不过这个以后再讲吧。）走进了房间，里面每一样东西都依然在你撇下它的地方（你离开之后，连吃饭的时间都没有，更不用说整理了）。

两个玻璃杯——小的和大的——在桌上紧挨着，靠得这么近，它们就像是我们结合的一个证明。烟头还在桌上的烟灰缸里，而另外那个烟灰缸还是放在床上，正是你撇下它的地方，就好像所有的

---

①Sinaia，罗马尼亚普拉霍瓦郡（Prahova）一城镇。

物件都想要在这些书籍中间确立你的持续存在，喝着橙汁，吸着烟以及……其他的事情（其他的事情以后再讲吧）——跟我们合为一体的时刻一模一样，从所有观点来看。你命令我忘掉你的电话号码（和其他东西）。就个人而言，我甚至不希望我们再说话。然而，你不能禁止写信。对谁也不行！感觉已经是春天了——丁香会开花，夜莺会歌唱，而且是从我的心里（仿佛在鲜花和星星之间），一样东西都不会被移除。我就像一条可怜的醉舟在一波波开花的丁香下面，没有什么高贵和美丽的东西在我心中动摇。

思想与情感的纷繁被统合成为一道旋风：我必须发起一场激烈的战斗，以免彻底失败。你应该知道今天下午旋风比我更强大，我90％被吹倒了。

"感觉已经是春天了"这句话下面划了红线，在打字稿的页边上有一行仓促手写的备注："蒂比不会明白的……他认为我是一头到处乱走的感伤的呆鹅，因此它不会带给他思想的食粮，相反，它会让他愤怒，就该是这样。"

经过我们今天所有的电话交谈（四次，打破其他所有日子的记录），我意识到，你想要成为我的，在你能力的范围内，这可能确实是件美事。我感觉到与你越来越联系紧密。这一点让我抓着电话不放。真的其他各种声音也寻路来到了那里（不要嫉妒！）。至少有温暖穿过电话而来（记住，昨天早上我始终没有放弃直到你又开心起来为止）。进食是不可能的，睡眠也是如此，即使身为一个认真的人。你的存在处处都感觉得到，更平淡却真实的是你依然让我与你融合为一，恰如那些迷醉的时刻，据你自己的断言，当你仅为了我的迷醉而牺牲的时候。我继续让自己相信上述的伤感之情,坚持主张同样的火焰燃尽了我,尽管一直将它们断然禁止。一堆火很容易点着,但它很难自己熄灭(这个以后再讲吧)。你会问我是怎样与我曾经在火车上点燃又远远带进山里的火相处的?它是怎样突然熄灭的,尽管它几天之前仍在燃烧,就像三月一日那封关于首饰的信所证明的那样,那是从我为你准备的,却被你粗暴地打开,没有得到我的允许?

我亲爱的蒂比,

总是有火,火,火。有的是闷烧,有的吞噬挡在它们面前的一切,刹那之间。山上的火始终没有燃尽。那时我好想你,尽管你深深地伤害了我,可我还是原谅了你。它是间歇燃烧的,没有暴燃,它以一种魔幻的方式照亮了我的人生,好像一个童话,不妨这么说,只是极其短暂。我有一回四个月都没有火,一回是六个月,有时就快要相信它已经永远消失了。它从没有带给我越来越有力地将我燃尽的感觉。所以你看,把我和达努连在一起的回忆被拉伸到超过五个季度学期,不过都是断断续续的。

"平淡却真实"和"好像一个童话"这几个词用红铅笔打了圈。

2月28日

我亲爱的达努特,

瞧啊!——终于到了写这封计划已久的信的时候了!冬天透过它们像狼一样嚎叫的高高雪堆开始融化了:证明高贵而甜蜜的一切是不可能死去的。难道真有必要清清楚楚地,为你把每样东西都写出来吗？我想不必了吧。你足够聪明，原来也生活在我身边，经历过所有偶然发生的事情，我甚至跟你一起去到了那么远，我都没想到过（这个以后再讲吧）。你那么敏锐，不会不明白火车头代表了我们相遇的列车，而晶体管收音机——我们讨论的出发点，一艘船里的心脏——是不断变得越来越大的细小波浪之上的心脏。在中间发生的事件以后，这颗心，你通过我们的电话交谈（对，你看，是电话），设法修复到了一定程度，从某种观点来看。经由这些电话交谈你也创造了通向我的来访的天桥，我的心就是从那里歌唱的，回回都是，特别是第二次来访（见音符和钢琴琴键的波浪）。你会意识到带来这封信的燕子象征着你期待已久的书简，而不是我已经成功地写信给你。钢琴是我的签名。爱意满载，你的

米卡

"高高雪堆"这个短语用墨水打了圈，上面写着："不用担心。这位是一个工程师！"同样打了圈的是"聪明""观点"和"特别是"这些词语。

星期日，1961年3月5日

亲爱的蒂伯留，

才过了这么短的时间——感觉却像是永远——不久前我还刚能相信你每天早上会给我打电话，相信我们会交谈一刻钟，至少。仿佛高贵的春天是昨天才到来的，而我们像一条醉舟正冲入火焰之中。烈火已经点燃，波浪载我同行。屋内的每样东西都是你撇下它的样子，试图保持，在一定程度上，你依然在此，自始至终，从未离开的幻象。但最重要的是，在试图将自己从痛苦中解脱开来的时

候，我却投身到我诲人不倦的使命之中，它正以最急迫的方式再造着我（以后再讲吧）。但愿你能够明白我致力在做的事情，在某种可笑的程度上，在学校里，全是因为这颗丢三落四的脑袋。不过似乎只有脑袋是拒绝的。我的所有器官都已经造反了：我的肝或胃，我几乎不知道是哪个，不履行它的职责；有时我的心会痛，有时它还刺伤我；我的眼睛除了总是朦朦胧胧以外什么也不做，尤其是在我最需要它们的时候。我的神经晚上在我实在太需要睡眠的时候跟我耍花样。你说必须连你的电话号码一起全都忘掉。所以我，你在悲伤欢乐梦想幸福时刻的亲密同志，在一定程度上，什么事都不可以知道——这个本该相信和理解的人。但你又怎能相信和理解呢，如果你不愿意知道？你又怎能知道呢，如果你已经在我们中间竖起了一道墙？——如果此时此刻我在凌晨五点写这封信的时候你可以在我的身边，至少是在你的能力范围之内。写信是不可禁止的，所以我写信，尽管有一百万个急需解决的问题（测验和笔记要改，而且务必要打扫房间并将东西规置整齐，因为真的不能再这样下去了；我有两节课要写，而且十一点钟我必须在学校里给女校长打一些表格（不过以后再讲吧）。我不知道我是否明白你一直说的棘手问题。它就这样找上了我，在乘电车以及徒步从一节课走到另一节课的时候，我可以在我每年夏天跟我私下教的孩子一起组织的年末庆典上把它用作一则寓言。你够敏锐的，能够看出它是我在这儿那儿添加的真实情况……现在，因为你又干起了你的专业，在教育电台这个领域，你或许可以把它塞进你的广播，放到你觉得最合适的地方——"晚安，孩子们，"我觉得。

你永远的，莫妮卡·S.

* * *

沾着点点糖渍水果的茶匙，脏污的笔记本，尘封的书籍，发霉的手帕。装在炉灶上方的电视，彩色杂志上面不成对的袜子，塞满毯子的衣柜，鞋子，破布。钢琴。缺席的女主人的灵魂在呼吸，从狭窄单间的每一个角落，从床单的每一道皱褶，从没洗的瓶子，随时可能倒向鲁莽的观察者的一堆堆锡罐，窒息于钢琴的玻璃质声音之下，腐烂的花边小桌垫之下，被乙醚弄晕的猫儿之下。夏夜的空气搅动着这个世界，里面充满居住者的食欲，贪嗜着酱汁、蜜饯、脂肪，在紧张、贪婪地啜饮着，上面是成堆重复的书籍——为她的伙伴预先购得的副本。

要不是因为我们简单化的分类需要——那种逻辑陷阱……紊乱，淫欲的污秽，对抚摸的恶心需求，流涎，言语的刺绣和故作多情的暴露，这一整堆东西都可能会被翻个底朝天。灰墙下的孤寂，屈辱的泪水，顺从于第一个电话又在婚姻广告的影响下弹回的嗓音：整个清单亦可呈现某个对于堕落和荒谬之事十分戒备的人的特征。这样问题就会涉及有意识的挑衅，让入侵者迷失方向——一个隐藏的报复游戏。接受自己全情投入地饰演一个角色，她会毫无顾忌给自己添加挣扎的戏份。真理和谬误会扩展为变态的闹剧，恶劣的共谋，幸存的悲伤。她会获赠一场双重的胜利：一重与她的脚本对囚犯的影响有关，另一重出自一个邪恶的掩饰。她的叛逆灵魂会导演整整一系列的故事、电话与情感的花招，让她变成无非是一个徒劳而微不足道的丑角而已。

这可以是一种揭露过于直接的信号及其庸俗、当下意义的方式么？抑或只是显而易见的证据，证明她是在一种恐慌状态，在精心计算的充满虚伪的恐慌之下扮演她的角色？抑或是迷惑受害者的战术，在他的通路上播撒昭然若揭的秘密，它们最终都围绕着一个缠结而隐秘的中心，自我，她终极的、真正的价值，她戏谑的孤单？她那些显而易见的失败的轨迹会在她的嗓音里找到救赎，这嗓音拂掠着她被篡夺的身体。也就是说，她真正的苦痛，显而易见而又骗人地平平无奇。但愿没有更多——多多少呢——树状的假设：蘑菇般生长的词语，掩饰而又隐瞒，也许只是另一个伎俩，要在更厚的墙壁之间抓住他虚幻的庇护所。但愿那不是她，事实上，或者只是她暴怒的幻想所包含的蟑螂。但愿没有词语。

* * *

披红色毛皮的婊子或许预示了对银行的攻击。旺加尔轮胎警告不同政见者现正被跟踪。西班牙语是不惜任何代价沉默的暗语。信件交流：钱会抵达其接受方的信号。中年妇女：行动会在两层楼的建筑中开始。只要奥雷尔：隐藏地点。两名工程师寻找一个配有家具的房间：一个为两只颠覆性的旅行包找到一个隐藏地点的指令。离婚手续：公众抗议的肇始。

从一份日报的征友栏上一段单纯的泣诉，或是一本封面上有某个金发明星的流行杂志开始，无害的词语可以触发奇怪的主动性，像一句密写的诅咒。

我要买由画家奥雷尔·文蒂莱斯库[①]的画作，只要奥雷尔。电话13.41.65（638662）。

[①] AurelVintilescu（1868—1930），罗马尼亚画家。

我教速记，斯塔尔①方法，用于外语，包括西班牙语。电话67.51.51（64280）。

出售三张燕皮：美，绝对新货。电话14.59.02（65.37.0661506）。

2月28日下午7点，圣尼古拉教堂附近走失，6月11日大街，狮子狗，白胸和白爪。呼其名皮琪即应。重酬。电话65.37.06（61506）。

卡兰塞贝什②县法院传唤利维乌·马内阿，最后定居于巴伊阿马雷③，克卢日街，25号，现居住地未详，于1968年3月28日上午7时与马尔塔·马内阿办理离婚手续（918460ME）。

本人为一中年妇女急寻贝鲁公墓④穹顶墓穴中一处永久安息之所。电话58.53.47或75.70.78（215）。

丢失：橡胶轮胎，旺加尔590x15及蓝色的文件夹内有阿拉伯语文稿。有酬。请致电47.55.06（69294）。

两名年轻的工程师寻一房间须有中央供暖，可辅导。诚意出价。电话62.38.83，下午4时后（64225）。

钢琴与法语教授，中年，求与相似爱好的严肃绅士通信及最终会面。电话13.31.37，晚间。

考特罗策尼区⑤：家具房出租，舒适，仅退休人员，知性，文雅。邮政信箱62990（62990）。

前途远大年轻工程师求通信者，任何领域之年轻女士（或接近

---

① Henri Joseph Stahl（1877—1942），罗马尼亚历史学家，小说家，速记专家。
② Carensebe ，罗马尼亚西部城市。
③ Baia Mare，罗马尼亚西北部城市。
④ Bellu Cemetery，布加勒斯特最大公墓。
⑤ Cotroceni，位于布加勒斯特西部。

者）期最终会面，性格严肃，仅限布加勒斯特。邮政信箱62936。

助理工程师及物理学者，本人辅导数学及物理：年轻女高考生及全日制或非全日制大学生。信件交流。电话。17.17.77（64437）。

电影《勇敢的米哈伊》的制片部门现正开办特技人预备课程。候选地点克勒拉希路11号（218）致信只要奥雷尔。

* * *

她会有一个小时吃午饭，会知道蛋黄酱、酱料和乳酸的平淡味道，任何能够将麻木的消化液唤醒的菜肴的气味或颜色：引发胃灼热的辣烤肉丸；撒上柠檬汁的白鱼，脊椎和小骨头在盘子一侧排齐，像在一座坟墓里一样。

——三个肉丸和一个肉卷。或者两个肉卷。

一手是公文包；另一手，一个盘子里盛有三个肉丸，一个绿色塑料筐，两个肉卷，一把刀，一把叉。领餐的队列很长。她的巨体在其他饥饿的人间蹭来蹭去。

——可以吗？

似乎他在对她微笑。他太年轻了——他甚至没有看到她。

——也给我鱼丸吧，一点烤肉，还有啤酒。再加两个肉卷和一个掼奶油酥糕。

公文包在她的位置上。年轻人已经离开了，取而代之的是一个频繁擦拭着汗涔涔前额的矮个子。淡红色的酱汁酸酸的；面包蓬软……小鱼丸，切成了两半，肉在酱汁里滚过。啤酒来得很准时：又冷泡沫又足。然后是那点嫩嫩的烤肉，嵌有吸胡椒的白脂肪条。

——您能朝那个方向挪一点吗,劳驾。

男人有一副低沉、温暖的嗓音和一个孩子的神情:矮胖,秃头,大汗淋漓。

肚子很胀:没有地方留给酥糕了。但至少起泡的掼奶油应该尝一下,多汁、芳香的壳儿的一角,再来一口,再来一口,就多一口。公文包,一定不要忘了公文包。再偷看一眼那个俯在自己盘子上的出汗的人。

雨已经停了。外面挺暖和的,如同满载而归的身体内部,它可以躺在一张大床上睡去,忘掉这个奴役的下午,被宠坏的小食人族,他们凶恶的笑容,在下午的狂乱中歇斯底里的臭小子们。

——您到底在看什么啊女士?

被甩进巴士里,被碾压,躬身俯在塞满卷子的公文包上,人言从身后传来:"瞧那个肥肥。"巴士在每一个街角猛刹又向前猛冲:不断地启动和停止,直到突然间把她扔到人行道上,烦躁得筋疲力尽。公文包落下,她的手推了个空,打在潮湿的鹅卵石上。叫喊。口哨。一步踏歪,恼怒加别扭。沿街而行。硬挤进男式鞋子的脚趾已经扣紧了。伸向前方的右手和左边的公文包保持平衡。已经焦虑地看过了汽车、行人和人行横道,已经成功抵达了街对面,这个法语和钢琴教授,将自己的动作放慢,喘过气来,细看小小的乳品部:鸡蛋,酸奶,奶酪,酸乳酪,牛奶。

——一个百事可乐有没有?

侍应生本应对那嗓音的温柔大吃一惊并赶忙端来两瓶直接从冰块里抽出来的霜冻饮品,然而无聊却只带来眼睁睁的听而不闻,因此他错过了她天使般的嗓音,心不在焉地示意她坐下。

——好,我会带过来的。

薄薄的纸片在她的公文包里沙沙作响，依然不知不觉地浸染着发送者的气味和呼吸。侍应生不紧不慢，而现在客人肯定已经打开了她的皮包，大概正在把表单放在她的胖手指之间捻弄，并且像每天一样，迟到的快感正穿过她的脑海——在信的词语和每个词语里的字母之间，形容词和昵称重现了模棱两可的喜悦：痴呆，故意地痴呆。

侍应生通过侧门出现了，端着一个玻璃杯和一个金属盖的窄瓶。他把杯子放在桌上，打开瓶子，放到玻璃杯边上。现在，终于，到了她独自一人的时刻：将公文包拉近，将自己的手移过笔记本，用两个手指抽出为通信准备的纸片，解开她的短上衣最上面的扣子，把纸边拉直，将愉悦延缓几秒钟，一边用她鼓鼓的手指摩挲等待着词语的低诉的小纸片。一个孩子的爱抚，蠢笨的天真。

先在阿普塞尼山脉，然后又在德古拉酒店里点起的火——当你伤得我这么深而我却原谅了你——从未燃尽。它大致是间歇性地燃烧的，曾经像一个童话照亮了我的人生，只是极其短暂。当我有一回四个月没有它，有一回是六个月，我差点就以为它已经熄灭了。我并没有感觉到它正在越来越强烈地将我燃尽。将我与达努特连结在一起的回忆散布在断断续续的五个季度。一个人不能独自活在断断续续的回忆里，更不用说断断续续的有问号的回忆了。

一个笑容的开始。胖女人读着这些话，似乎对它们的荒谬有所不满，这样谦恭和单调，于是从她的公文包里挖出一支粗粗的红铅笔：想了一想，写下一个字，然后再写一个字，并继续重复那个众所周知的游戏——写一个字，修改，擦掉。可以说写的全都是大致间歇性的燃烧，在一个从不激烈的低水平上。随后是片刻的犹豫，寻找合适的噱头，并迅速加上：在一定程度上。

看着纸片，效果似乎并不太好。

它大致是间歇性地燃烧的，在一个从不激烈的低水平上，并且在一定程度上，曾经照亮过我的人生，以一种魔幻的方式，像一个童话，只是极其短暂。没有它的时候……它一点点啮咬着岸滨，但锲而不舍，随后逐渐横扫路上的一切。我看到危险实在是太晚了——我也没有把它当成一回事——比以往任何时候更有力地征服着我，照耀着那团烈火，接着无非是最终的一击。我成了一艘醉舟穿过波浪的符咒，在码头的眼睛下面，起火燃烧，撞得粉碎。

她用右手推开公文包，继续看着纸片。婴儿般的喜悦充满她的全身。

……从一切观点来看都比以往任何时候更有力地征服着我，照耀着那团烈火，接着无非是最终的一击。我成了一艘醉舟穿过波浪的符咒，在码头的眼睛下面，起火燃烧，撞得粉碎——波浪将阻挡我们重聚的最后障碍全都抛到一边。你在电话里跟我说话时我们依旧属于彼此。

有人在她身后。这瓶本来早就应该喝掉了。迅速倒上一杯。润润嘴唇。那种有人在背后监视的感觉。转身去看：迷惑，受惊。侍应生微笑。

——您还需要什么吗？

——不，还不用。暂时不需要。我什么都不要。不，全都不要。

胸挺起，沉思着词句，嘴巴嗫着，她的体温升高，双唇抽动，两眼苏醒——憎恨，快乐，游戏——铅笔在词语之间捅刺直到抵达最终的修正："你在电话里跟我说话时我们依旧属于彼此，全身。"不可思议！这个词为自己找到了一个地方，用挑衅的气息和滋味和恶感主宰了这一行。纸片在她的指间颤抖。这都是幸运的时刻，随时随地无论怎样都可重现，尤其是不再有任何意义的时候——在太晚的时候：只有那时它才会得到偿还，报复。

又一次，她身后的奇怪目光：最好赶快。事情总是这样，快乐才刚开始就停止了，被催促，被敌意的陈规所驱离而无法徘徊于词语之间，在它们令人振奋的机智之中——哪有时间做任何事情，除了词语，在它们之内，在它们之间，揉捏、点燃、塑造它们：明天，后天，星期三，星期四，星期五——又一次，从头开始？

侍应生走了——手指径自在狗耳朵纸页间移动着，紧张、失控的手指在伪造的冲动之下颤抖着。

而你将永远无法再将我扔进另一个人的怀抱。难道不是这样吗？是的，那会是完美的，可是没有时间了。就像他们说的瓷器那样，一旦打破就永远修不好了（这个以后再讲吧）。铆足了劲，铅笔像闪电划过纸页。一块碎瓷永远粘不回原处——它会十分丑陋，会失去它的价值（这个以后再讲吧）。这段真应该啧啧称赞。快感点燃了她。今天，你的修辞天赋压倒了我，我认可我仍然有对他的回忆——你离开之后我明白那不过是过去的事。无论是毁天灭地的巨浪还是烈火我都不拒绝。意想不到而且应受谴责的，你会说，是我的这一份善变。或许意想不到但不应同时受到谴责，我说（我说！）。一场地震可以在几分钟内摧毁一切。（是的！）在某些情况下一个夜晚就足以摧毁一个帝国。有时只需要几分钟就可以毁掉一段关系。

侍应生又在她椅子后面闲荡了。她站起身，拢起短上衣和外套，对中间几个纽扣打不定主意。我可能会回到这个话题。我可能会回来？我可能会回到这个话题……我可能会回到这个话题，结合具体事例！肯定的，就是这个！结合具体事例！一根手指神经质地扯着第二颗纽扣，匆匆移向合拢上端的第三颗。塞进了满满的公文包里，纸片在她鼓鼓的手指间皱起。钱放在桌上，一个手势，随后悄悄溜走，两眼瞄准了地面以免让侍应生看见潮红的双颊。

现在门被荡开，然后用她的胳膊肘关起。门槛上，她调皮地作出忍俊之状，送出最细微的一丝轻笑。

* * *

身体倚着门边，塞巴斯蒂安·卡巴同志萎在皮垫装潢的门框上。接着，不知不觉地，他的脑袋、脖颈和肩膀跟自己身体的其余部分一起垂了下来。呈现为奇特的条纹，他白皙的手指已经粘在暗黑的木头上了。躬曲的身体，苍白的一长条抵住门的黑色边沿。他如梦的眼光跟随着此刻正在逃走，逃得越远越好，仓皇急促，远离无声的办公室的那一个。

对逃跑者来说，这份体验就是奔下宽阔的梯级以摆脱那烧进他颈背的目光。只是，在每个梯级上，塞巴斯蒂安·卡巴的脸都会再次出现，在右边的墙上。塞巴斯蒂安·卡巴跟着他，从墙上露出头来，一动不动而又无所不在，他的身体略弯向左边，他修长、消瘦的手指在门的暗黑木头上白得可怕。冲到楼下没有取得效果，目光定在白墙上，同一个场景总悬在他眼前：一个高大、棕发的年轻人，面容煞白，萎在悲伤的自弃之中，他的左臂朝下沿着门框的长度伸开。修长、苍白的手指不停地戳穿这场景的冰冻表面。

总在他背上，那目光跟随着他逃跑的每一次抽搐。但愿有可能逃走，跑得更快，跳下所有那些梯级，但愿每一个梯级不会被他眼前浮动的场景打破：那个把五指纤细的手放在门框上的佝偻人。这场景正在倍增，随着每一个梯级而增殖，并且还在移动，以和逃跑者同样的速度下降——加倍再加倍：几十个相同的场景始终留在后面，投射到墙上与跟随着下降梯级的目光等高。总是同样的场景在每一个新的梯级上再度升起，抑或只有单单一个场景，单单一个形象沿着梯级涌现出来，像一道可怕的阴影横过墙壁，不断放大他的恐惧。

迅速下行，没有取得任何效果。墙的表面上，苍白的手从场景里，从咖啡色阴影的边缘突现出来。站在门的轮廓之中，有如一幅画框之中，卡巴——静止着，定在原地，屈身向左——用一道沉稳的注视跟随着他前同事的逃遁，一道凝望像一个可怕的视错觉从不动的场景里投射出来——一动不动，除了注视和畏畏缩缩抚摸着门框的手以外：仿佛是镜像一般，另一只手，逃跑者的手在冰冷的栏杆上闪烁着，在场景中射来的沉闷注视之下，以相同的节奏移动着，重复着卡巴的手在门框上的同样动作。梯级不断滑动像一道噩梦般的自动扶梯；令人晕眩而又静态，这看似不可能的，离开那场景的逃遁结束于一场突然的冷雨。醒来：疲惫，在一条街上冷漠蜷缩的行人、匆匆的职员之间，置身于一个陌生、狭窄、令人窒息的房间来丢弃自己，在睡眠或离散或无物、某物、任何事物中疏远自己。

装潢讲究的房间已经湮灭，连同宽阔的大理石楼梯，随后那条街也已消逝，行人不再可见；接下来，另一道弯曲、歪扭、狭窄的楼梯的螺旋，朝着一个佝偻的小房间攀升——一个窝棚或单间或鸟笼，不容这逃跑者，这个为自身或自造的玄虚所困的囚徒有片刻的喘息，一个自设的陷阱，尽是想象的藩篱、不忠实的障碍和缄默的独白。然后是她：被送进了一个僵局，送进无力和否定的转移之中，被迫承担起那个发明了她的人的共谋、恐惧和愤怒，只得传递叹息，牵强附会的哑谜，在徒劳无用之词的抑扬顿挫间嘲弄地欢欣鼓舞——她将离弃自己的骗局，她将主持漫游者与他自己和他造反的记忆的会晤。

因为在这里，最终，总是延迟的圆环将开始旋转，阴郁天空下埋进雾霭的被放逐夫妇的颜色，而最终你，第二人称，被拒绝、被回忆、被期待的答辩也将归来。先前那个名叫莫妮卡的神秘现象微弱、透明而虚假，而她的奴隶——书籍、气味、特效、哑剧和乐谱杂乱无章地堆满了这个地方来迷惑陌生人——不会等待无尽延迟的对抗，痛苦的会晤，被延迟的满足感，散落在睡眠的迂回空间里的记忆和期望。在失败者的单间里，在她漫不经心的物品之间，在骗局和闹剧的藏身处，他们将毫无意义地重新开始自己逝去的青春——少年时代谈论期望和欲望的惊讶独白以及成熟期悄然的病态独白。连接它们的红线是焚烧祖布楚上尉的火堆和与他女儿的痛苦对话：只要再走一步找到了你就永远不会再有什么可以被阻止了，永远没有什么力量会足够。一个小时，一个世纪，一个瞬间，这段间隔将再也不能把我们这些孤儿无尽地引入歧途，在一个没有安息日的命运的凄冷走廊里面分离我们：遗忘会被打破。我们亲爱的伤口将重新开启。

* * *

一份打字文本在其他打字文本中间。

斯曼塔内斯库小姐，

我试图安慰自己，并希望我读到的东西是真的，这不是一场通过另一个人的中介推动的……。为什么？我还不能告诉您，总之目前我还没有女朋友，而那些自动现身的，我就没喜欢过。我应该对您有信心，我应该尽量创造条件让我们能够见一次面，并且要尽快。无可否认您写下的话语唤醒了我心中的温暖和某种……特殊的东西，哪怕我们尚未谋面我也在培养着它。为了尽可能地清晰，我会争取，以粗略的笔触，写下我的简历并描述我的相貌，它应该通过装在这个信封里的一张小照得到澄清。我生于1933年，在第三个月，第六天。我现在是在填空，因为，当然了，没法把这些都放进征友广告里。所以你一定要相信我。1948—49年我断了一条腿，住在医院里。1949年我参加了一次杜德斯蒂大道127条1号布加勒斯特机械技术学院的管理考试。我1953年从那里毕了业。那一年晚些我参加了采矿电子机械考试，但名额不多，而且由于罗马尼亚语、俄语和化学的准备不足，我没有通过口试。物理和数学我得分很高。所以我自己去工厂求职并在那里当机修师工作到1958年。1953年我姐姐开始进行经济学研究，如今是巴尔拉德市[①]一所学校的校长。

1958年我参加了波拉索夫[②]综合理工学院T.C.M.部机械工程院

---

① Bârlad，罗马尼亚东部城市。
② Braşov，罗马尼亚中部城市。

的考试。我凭借工厂的奖学金上课，1963年毕业。之后我回到了工厂。1966年8月，我完成了我的合同，到今年春天我希望调走，或者假如我无法取得转调的话，那么我也将依然能够离开这个城市，作为我合同结束的结果。去哪里？我不确定，不过，我相信，我肯定自己可以在任何地方找到工作。我未婚。我有栗色的头发，绿色的眼睛。身高五英尺六英寸，我跟照片里一个样子，即使它是1964年在锡纳亚的公园里拍的。我很善于交际，谦虚，恭敬。您是否觉得我是一个好人留给您来判断。1964年我在布加勒斯特逗留了4个月，在国家经济展览会上代表本工厂担任讲解员。

我最近在1966年12月21日来过布加勒斯特。我给自己买了一张往返车票，用了我在公历66年的常规休假，而在66年9月，我用的是1964年剩下的日子。我有6天剩余，我希望在活动过程中使用，然而，我工厂的老板却叫我把它们全部用完。

因此按照现状我必须工作到3月9日，然后我才可以来布加勒斯特，我会在寄宿处待五六天，即使我有亲戚、朋友、同事，但我不想打扰他们，我会看看自己怎么过。1月3日，我发现了您的生日卡，对此我非常感谢，也祝您健康幸福。

关于您提出的几个问题，我将马上回答，真诚地并且非常乐意。

1. 年龄：嗯，我已经33岁了。

2. 是的！您解释的想法是对的。我也曾经以为自己可以了解我的同志一辈子——这并非毫无可能。说真的，在这种情况下90％都取决于我。所以，像罗马尼亚人说的那样，您可以选择那些……找到某个回应您的爱并从各个角度完美契合您需求的人。最后，我可以告诉您我追求的从来不是美，而是选择与之分享这短短一生的合适的人。

3. 如果我仍未找到通向正确人生的道路，我绝不会灰心丧气。凭借我拥有的意志和野心，我怀着即使是个理想我也将成功实现的念头活着。你必须摸索自己的路直到那个时候，不过……要结识很多人，而一旦我最终确定那个人真的爱我而且是一个恋家的人，像我一样，如果我喜欢她的话，我也会迈出这一步，肯定会的，在很短的时间内（一两个月，比如说）。

假如您经过本市，请到我家来找我，因为我一个人住，在这里没有亲戚，除了我姐夫已婚的弟弟住在另一条街上。如果您有心可以花点时间写封回信告诉我您住在哪里或跟谁住在一起，您是否愿意继续维护和回应我在人生路上不再像一个悲伤的旅人一般独行的愿望……。是的！然而，我也有我自己的喜好，为了这个缘故我才没有结婚，因为婚后我就将永远无法离开这里，生活也会更加艰难。我总是渴望最易于相处的人，然而结果却总是我在后来发现了什么不好的事，或者有什么事情与我的喜好不协调。诚心诚意，告诉您实话，我的希望是等到1967年的三月或四月到达布加勒斯特，我计划要做到这一点。所以这实在是太好了，我们两人都读报上的征友广告而且您也渴望与我结识，我正是您一直在寻找的严肃男士也有类似的爱好，如果我能让自己相信您的性格像您在声明中所写的那样严肃的话。

关于我的家庭：我有两个姐姐，一个已婚，有两个孩子，一男小学六年级，一女二年级。另一个姐姐毕业于经济学院，是一所学校的校长。年龄35岁，有魅力但一直没有结婚。然后我是最小的。

午夜已过，明天我还要去工厂。所以我必须离开您了。请原谅我，亲爱的。在活动过程中，并未意识到这一点，我给您写信，竟用起了熟悉的称呼方式。倘若我让您困扰的话，我请求您原谅我。

我再次祝您健康、好运、幸福和您希望的一切方面成功来结束这封信。

我还要声明，我对您抱有至高的敬意，尤其是因为您有激光般的眼睛，直接读懂了我的心，怀着一个旅人的信念和勇气。祝您父母和与您亲近（在您的家庭里）的人健康。

此致敬礼

格里戈

* * *

那个点沿着围绕固定极不停旋转的直线的长度移动：画出一条围绕固定中心的线并朝着一个方向均匀旋转。螺旋的形式取决于对数。一块手表的机制测量时间，时间的推移，持续长度；蛇形物以钩形穿越空间，上升的斜坡，向往，攀下曲线的楼梯，灾难，十字架苦像，钟表，装饰，更多的蛇形物。

她肯定是第三人称，扭过走廊的弧线，准备挪用，接近，随着螺旋弧形——红的，受伤的，黑的，满是节点的螺旋。她可以转换：她借用，输送，经受角色、梦想、疾病、噩梦、陷阱和面具。时间沿着不断围绕一极旋转的线条的长度流动，步伐将螺旋增大，螺旋重复初始的轨迹，被放大，被缩小，色彩循环交替，根据连结处的不同。她经历初始的螺旋——通路——摆样子。螺旋生长，逡巡，径自旋转，移动点的弧线朝着一个指定的方向前进，围绕一个固定的中心。阿基米德螺旋，对数螺旋，双曲线形，警戒线，可信的抽象，泄露时间的表簧，嵌入石头的装饰，蛇形物测量着，凝视着空间，楼梯攀爬而下，攀爬而下。

* * *

一路艰辛，如同灰尘的积聚，白昼穿过她巨大、沉重的躯体。汗水从她的发际滚落。二楼。手扶栏杆。两眼闭合。筋疲力尽，双脚因太多的步行而发烫。两眼闭合。一个眼皮打颤，抖得像粘在门上的小告示：电梯维修中——电梯维修中——电梯维修中。

在楼层间暂歇。停下来休息，深呼吸，就一次，像健身房里的孩子一样。吸：身体抬起，两臂过头，像悬吊着一样。呼：倦怠的身体，两臂放下，平静——啊！三楼。这场攀登需要被想象成为一个幻象天堂而行的赎罪：一，二，五，六，七，十二步，直到登上平台，楼层之间有二十四步。但没有借口再歇一次了。梯级必须有理有序地攀登。呼吸急促开始于第十九级：小而窒息的轻叹。手扶栏杆：仿佛在肩胛骨上扑动的白色翅膀。两眼睁开，现在。再有两级。再有两级而已。公文包抵着屁股，攀登。每一级都要靠你额头的汗水赢得，像一个人每天的面包一样——在炼狱里。按铃：一次，两次。没有应声。头痛。再次长时间地按铃，第二次。没有一点声音。突然，门开了仅仅一英寸，就好像有人一直在等着，被粘在它的反面一样。

——晚上好。

奶奶透过门缝审视着她。

——我来上课了。卢米尼察在家吗？

——今天不行。她得了流感。

门背后：笑声，人语，男人，女人，可能还有一个孩子。老师的脸颊发烫，她的手紧攥着公文包的把手。

——你们应该早点告诉我的，这样我就不会白跑一趟了。

——我们打电话联系不到你。

——你们应该早上或者晚上打我电话，我在家的时候。我不能白跑一趟。

——卢米尼察感冒了。

——我不能白跑一趟。

——我们打电话联系不到你。我们没有钱送人。

——我不能白跑一趟。

哽咽，发抖，几乎是在尖叫。奶奶背后，有东西或有人在挪动。奶奶被拨到一边。

——怎么回事？在这吵吵什么啊？啊，你呀！卢米尼察不舒服。

——我不能白跑一趟。

——你不应该对一个老太太乱吼。

——我没有乱吼。但我不能白跑一趟。你们应该打电话让我知道。我很累。我工作很多。我很累。

——根本联系不上你，要么就是一次占线好几个小时。我们这事结束了。小孩子学德语就够了，她也得玩啊。

——那么我要跟你丈夫谈谈。他说他要确保小女孩一星期练习两小时钢琴。

——你要跟我的丈夫谈谈？你打算吵架么？你为什么对着我喊？就因为我没有给你钱吗？

——请支付我上课的报酬，我是专程一路赶过来的。

——走吧，别来烦我们了。你觉得我什么也不做就能挣钱吗？算了。你跟布拉图家也处不好。你太情绪化了，你应该检查一下你的脑子。

——请支付我上课的报酬。

——我什么课的钱也不会付。首先你应该为侮辱了一个老太太而请求宽恕。这以后,如果你想在我们这儿上课的话,我们还可以谈谈。

然后门就砰地关上了。

倚着栏杆。将公文包抵住它。取出笔记本,通信的纸片,打字的故事,乐谱。把这一大堆搁在马赛克地面上。所有东西分门别类,各归其位:六份乐谱,折起来的纸片,书籍。公文包在她的胳膊下面不怎么搭。课没有了,可能永远丢了。一月三百。一年时间,小女孩可能就会把钢琴弹得很好了。如果她当时进去了,她还可以打电话给下一个学生说她会早到。或许附近有一个公用电话吧。攀下第一级楼梯,第二级,抓住栏杆。五乘以二十四——把皱巴巴的手帕从公文包里取出来擦一擦额头。慢慢走下去,一级接着一级,手顺着栏杆滑下来,小心翼翼,像一个老太太。街道。一场蒙蒙细雨落下。背痛,在潮湿的空气里浑身发沉,弯腰提着公文包。然后离开。傍晚到来,平复心绪。她会到达,离开,到达,离开,过马路,最后归于一场晕眩:又一个被诅咒的傍晚,此刻充盈丰盛的泪水将喷洒街道,她将成为那同一个小女孩,尽管她的指甲、头发、双手和双乳想必已经长大了。有毒的,卑劣的泪水。一夜之间突然老去的女人会攀上狭窄、曲折、螺旋的梯级,会将公文包抵在门边,寻找小小的,闪亮的,黄色的钥匙。钉在墙上的硬纸板告示会在她的气喘吁吁之下微微扑动。M.斯曼塔内斯库教授。法语和钢琴。安静。还有其他租客。

钥匙会扭向左边,牙齿朝下。门会轻轻地,微微地摇动:向左,向右。开关。灯。

三颗锋利、温柔的小子弹的呼啸,撞击身体——倒下并与自身和解——或是桌上罐子里的那一茶匙毒药,玻璃杯中有毒的水和短暂的抽搐,或是刺客急促的双手卡住咽喉,用一种隐晦的温柔执着地按压着,此刻受害者临死的喉音比原先更加隐约难辨:终场的喜悦。萨克斯风低语,女黑人哀吟着夏日时光,夏日时光的嗓音,一个夏日的结束,为凶手的,自杀的苦痛而奏响的安魂曲。磁带录音机里磁带的旋转,童话,笼中的小鸟,漫不经心的刺客,凝固着,一只手卡着她僵硬的脖颈,摆着那个恐怖、软弱、自杀性窒息的最后姿势,被它的真实,它的形象所惊呆——像他在火葬场的灰烟中散去的姐姐,像自杀的上尉,像他被缩减为烟尘,一道幻影的女儿一样。

也许房间不会保留陌生人的任何迹象,而仅仅保留它现在的样子,她充满了形容词、昵称、书信、绰号、她的折叠床和笼子的房间,或许那些物件会平息下来,得到净化:它们不会在任何地方感到、听到、预知和预见那些轮回——生锈而被再次经历,那些轮回与摇摆,怯懦与惊奇,轮回,旋转,毁灭。

"你"

炮兵上尉博格丹·祖布楚从战场上回来找你了。他在停战几个月后回到了他的妻子和女儿身边。他看上去疲惫不堪。他参加过东面和西面的苦战；他一直跟着那场屠杀。对他而言战争结束于波希米亚。不过，他还是安全回到了家。没有受伤。在杀机四伏的旋风中待了三年并没有留下可见的伤痕。他从来就不擅言谈，所以最初那几个星期的沉默并不令人惊讶。像上尉那样安静又谨慎，一家人就这样过着日子——挺幸福的，看上去。然而，祖布楚却眼窝深陷。他脸颊左边的一个急勾呈现出某种不只是疲劳的东西。他原本应该恢复了。他总是睡着。他很少出门，不过在出门的时候，他会带着他的小女儿作长时间的黄昏散步。有时他跟你说话，杜撰故事和游戏，但他累得很快，会羞耻地垂下脸来，中断他刚刚开始的句子，将自己的手伸向咽喉，一只苍白的手，手指颤抖着。一言不发，你们两个会从那些午后散步中回返，一天天又会过去直到上尉再次离开他的房间。

他以仓促、委婉的友好态度跟别人相处。众所周知，上尉在整个战争的两条战线上都当过兵。这让他在这小小的社区里有了一定的地位，所以当地的活动家来找他是很自然的。这些人，自称是在"发起大众参与的计划"，给了上尉一个当地战后整顿的职位。他们把他们提供的职位看成是信任和尊重的信号。他们会与上尉简短地谈话。然后博格丹·祖布楚会要求再多一点时间。他似乎并不明白他可以如何协助"这场奋斗，"尽管他重复了好几次他理解他们的想法，他们的等级，以及他们希望由此实现目标的激烈革命手段。他确信他们高估了他的实力和才能。他们越来越具体的建议令他诚惶诚恐。他的脸颊左边讨厌地收缩起来。他会越来越厉害地眨眼。新"斗士"们的执着让他疲惫不堪。他的额头会变得苍白而湿漉漉的。回答来得很困难。他苍白、颤抖的手指会卡住自己细细的，经脉发蓝的脖子。

他喜欢在小巷里游荡，出门乱逛一下午，有时是一整天。他回来时会更平静一些，开着玩笑，用他拖长音的笑声迷惑他的妻子和你，他的女儿。他会领着她们跳舞穿过屋子当中，用聒噪、幼稚的游戏把院子闹个底朝天。多亏了他昔日的战友——如今都跻身于最精力充沛的活动家之列——他常常会带回来一些当时已经变得紧缺的食物，在战后那段日子补给品太难弄了。像上尉说过的那样，他的一些以前的同志在市政府里占据了新的，关键的位置。他们现在见到他都有点坐立不安，急于摆脱一个仅仅被他们当作一个问题的人，上尉以往的伙伴们会把他没有要求过的东西送给他，而对托他办事的活动家们的建议避而不谈。

一开始有点害怕又很礼貌，上尉总是陷入语无伦次之中。权威人士犹豫要不要重提他们的请求。尽管如此，他们还是继续等待他的回答；祖布楚一直拖着，而这又加深了他们的困惑。

上尉在城里到处走。他会打量"创新"，那些巨大的新建筑项目，试着找出改变的意义。然后他会把一大堆新闻带回家，都是动摇了旧城的既定秩序来为其新面貌作准备的小事件。他看上去十分震惊，惊到他的灵魂里，不安呈现在他的脸上。刚复员那些时候的短暂活跃结束于日复一日的全然沉默之中。之后上尉就不想走出他的房间了。他会躲开他的妻子和女儿的目光。或许他是为自己的消极犹豫感到内疚吧。之后他又会出门作长距离的独自散步，有时他带小女孩跟他一起走，她毫无光泽的长发拖在背后。

上尉发起酒疯不是每一次都以不省人事告终的；有时它们结束于愁苦的思绪之中，为时很久，十分怪异。他一直拖着找不到稳定的工作。因为自己还在教书，他妻子不想催他草率挑选职业。她确信经受了战争的折磨，他需要更多的时间来重新适应，尽管她始终等待着他主动开始对话一刻。

博格丹·祖布楚上尉在由东到西驱遣着他的三年作战期间从没有受过伤。他是一个长着蓝色大眼的瘦高个。他的两眼周围有深黑的眼圈，他的目光坦然而又空茫。他的相貌或作风显示他根本没有什么认真的关切。他过度的沉默，他左脸颊上神经质的抽动，相当于一种持久不断的眨眼，以及他寻找词句时扣住自己细细咽喉的双手的颤抖——这似乎是一种自然的，暂时的疲劳的一部分。他身边的那两个生命也与他相似。他们家的平和消灭了即时的恐慌。上尉睡得很多，在城市的郊区散步，跟藏在厚厚的、缺少光泽的头发下面无声无息的小女孩手牵着手。然而尽管他的目光坦荡，他的秘密也被牢牢地封存了起来，这个男人却显得十分虚弱，无法找到路径回归自我或是那个等待着他的家。

* * *

记忆从他们灰色雾霭的裹尸布中迸发：一丝丝的火焰。忘了一个月，一天，一小时的手势，永远丢失了的事件——遗落于眨眼之间——又回来了，或许只是它们未死的，叛逆的色调。他的脸涌现而出，年轻而又不安，被离别、回归、短暂的希望所摇撼，唤醒，即使现在已僵硬，狂野而又黯然，或是因绝望的苏醒而抽搐。狂饮令他昏乱，似乎是这样，忘了一只手还扣着自己的咽喉。

日子继续，一天接着一天，像一个无尽的、懒散的星期天。只是他很难让自己被别人了解和爱上，但他用自己富有魅力的嗓音来维持他虚弱的盟友，他的女孩，他唯一处于病态崇拜状态的忠实听众。然后就到来了那漫长的一天，凝固的沉默封住了他的房门和那座棚屋的沉重大门，他此刻就在那里谛视落满灰尘的滑板车、雪橇和木马——那是他的小朋友等他回家时玩的。

上吊者的钟摆会在装满旧玩具的棚屋里摆动和旋转。渴望着死去，这躯体会以狂乱的匆促向昏沉湮灭摇荡而去。然后绳子在他安详的面容下断了——或许是给他女儿行的最后一个好：她战胜了他的死亡企愿。一道红色的条纹围绕着他的脖子，一个魔法的救赎标志。这死去的父亲在他女儿的眼前站起像一个诅咒和一个嘲弄。

你将不得不忘掉这具被随后几个月里的虚弱和极度疲惫摧毁了的躯体。茶壶会从你的手中逃走，餐叉捅歪方向，一排排书籍都叠放得乱七八糟。忘掉过去和将来的一切吧，只管最后的线索。逃到山里去吧，一连几个小时凝望着空房间和高大、抛光的木床，就在那幢属于小学教师瓦西里·奥布里哈的房子里；听滚着他的轮椅的小橡胶车轮的沙沙声；看山岭、泉水、树林；在松树之下的傍晚沉迷自己；茫然地谛视而无所见闻，仿佛不可能有什么存在过，也不可能存在。忘掉那个脆弱的小女孩，她正在实施一本大众医学书上的指导，俯身在那个半死的人身上喘着气，将节奏注入绝望。忘掉她要复活他的执着意志，拯救的奇迹，和那昏昏欲睡的几星期，当那个死人蹒跚而行，在他的第二次诞生中摇摇晃晃，接受那个将他救回来的孩子的照料。忘掉面容美丽的自杀者的放声大笑，你解开绞索带回来的是一副蜡一般苍白的脸相，缺少将上吊之人的脸颊变成石头的丑陋。

如果你理解的话你就不可能失去。如果我死的话或许一切都已失去；如果你坚持的话你就不可能失去，他常这么说。你，讲的是那个女孩，应该明白，你不应该失去也应该失去：你应该希望失去你不明白的东西，你不应该希望明白，你应该忘掉你失去，你离开，你正在攀登流亡的山脉，被遗弃，被欺骗，被逐出了欺骗的游戏，毫无防备。你应该忘掉某些人在什么时候对谁说的什么。你应该寻找别的词语、物件、钟点、习惯，你应该再一次颤抖，在一个近乎被遗忘的词语的共振——那雷鸣——之下，一个来自过去的词，来自如此久远之前以至于从未存在过：你应该再一次颤抖，那样整件事就可以重新开始，从现在，从过去，从酣然沉睡中流逝的过去。

那些简短、快速、狡狯的手势大概也必须要忘记，还有那些带有不可承受之轻的温柔慈父的动作：咽喉上颤抖的苍白双手，标注着未遂的自杀企图的红圈，重新开始的责任，从头再来一次绝望和死去，拒绝拯救、强行康复的手势，那种癫狂的固执，要让他复活,要惩罚他,要让他不得心安,要强令他复生,要准备另一场死亡,同一种死亡——他的酗酒和童话和散步和承诺:它们都必须被恢复、重启、复位,无尽无休。

望着群山,孤女回想起某几个早晨那种星期天的感觉,在桥上或车站上,与她的慈父,那个叛徒一起散步;又一次,她看到了群山,奥布莱哈先生的轮椅停靠的狭窄大厅,春天的疾行,风吹过松树和言语——跟那个懦夫分享的言语。在又长又直的蜡烛飘散的香气之中,像山间结冰的松树一样:在那里你应该忘掉你那双曾经支撑过那死人的沉重躯体的手,你不堪重负的死亡记忆。

你应该忘掉而又记住一切,翻遍隐秘的所在,解开绳结并撕开接缝,你应该理解以便忘掉那些地方,那里无物可以恢复,永远不能;你应该忘掉你已经忘掉的东西和你已经理解的东西,清空自己的思想,清空过去和现在,眼望看不见的群山、木床、春天的疯狂、小学教师瓦西里·奥布里哈如万人冢般阴冷的沉默。

有必要收集回忆,将它们翻来倒去,理解它们才能忘记它们,之后失忆必定会被再三查验,因为它必须涵盖一切,这样才不再需要哄骗或是上演暂时性欺诈的小闹剧。你要了解自己必须通过这个自杀的父亲,他注定受苦有如诸神的一个宠儿。唯一的出路大概是忘掉他——和你自己——这样你就可以下山远离先前那个女孩,她此刻正向着往昔老去,被毁掉,得到重生——在短暂的,被蒸发的,蒸腾的时间里。

你将必须理解那个你已经失去的人——不可饶恕的,无法被遗忘的——然后你才会理解你自身的尝试,并自己承担起来。因为没有其他途径来废弃和忘记你内心中那个被疏远的女孩,她让你如此憎厌,被你赶走了。如今她仿佛是某种孪生的幽灵。她像一个影子不离不弃。无论你去哪她都跟着你，于是你必定感觉得到她的呼吸透过你的身体涌上你作呕的嘴。你必定会感觉得到她嘲弄的目光火辣辣地射入你的颈背，让你自觉如一个愚蠢的孤儿，当她将透明的手掌摩着粉白的墙，迷失在世界的尽头的山岭之中。

* * *

死亡派了一个仆从来考验受害者，来调教她，将她慢慢转向近处那些亡者的面孔，用被压抑的希望将她打晕，蒙蔽她的视野，黯灭她的欲望，让她脆弱而空洞有如某件可以昂然举起的东西。

你还是一个孤独的小女孩，笨拙而又满怀敌意。你的女性汁液涨得很慢，很困难，总是延迟。看见未来，你用一张润湿的嘴薄薄地裹住自己，用一双大眼睛，和那有如一派明月之雪的光泽。月光般苍白，你披着一具紧张的身体，有矫健的双腿、透明的双手、猛然中断的手势。死亡的仆从作用于你的侧影，你身体的曲线及其盘绕的气息，一只哀痛、受伤的猫的曲线。

你原本会将隔离认可为一块救赎的墓碑。或者，反过来，不耐烦地，暴怒地，你原本会用谦卑本身发动一场战争，尽可能地羞辱你自己，拥抱羞辱同时梦见一列火车的走廊：一个肥胖的女教授天真地用法语将淫荡的挑逗和幼稚的故事喋喋不休地送入第一个陌生人的耳中。恐惧，厌恶，堕落。你原本会一直保持着内向、憔悴与干瘪的，不然的话就是变成一个疯女人或是一个妓女，为了毁掉那个生活中的肥胖幽灵。

你只能在隔离的冰冷门槛上停留仅仅一瞬间来理解它的酷刑和它的重量。已然躲进了支离破碎的手势和疾速、受惊的痉挛之中，你蜷缩在寒风里,等待着,蹲伏在沉默,在睡眠之中……来理解和接受适当考验的赠礼。

死亡把你父亲拉了回来,这样你才能看到他,站在他面前,摇晃他,复活他,这样你才能再一次失去他,无可逆转。死亡将他送回:来伤害你,来用疼痛如此彻底地将你压倒,甚至让你忘掉任何其他形式的苦难。死亡的慷慨赠礼——苦难,你在荒山上的伴侣——让你丑陋而毫无意识,让你饥饿、疲惫、冰冷、被嘲弄、被遗忘。那疼痛侵蚀夜晚、改变与惊讶,令感觉与思想锐利,并调教出一种隐蔽的女性气质。男人,尘世间所有的男人,都已在一个暴力的地狱中陨灭,微笑如美丽的尸骸,而唯一值得保护的男人已经像一个普通的逃兵倒在你的脚下,他的形象令太阳黯然无光。

你从冷山上下来,为离开是多么容易,为你缺少悔恨、毫无留恋而恶心,为在山间冷漠的静寂中仅仅找到了水的银光,贫穷的黑暗,以及你寻求安宁之旅的失败而羞耻。冥冥中,死亡等待着你完成的那一刻。

在山中,你穿过月下的白色边界,靠在一棵树上筋疲力尽,抬眼将目光投向一条树枝,在你的新生命中感到一份广大的,疲惫的惊奇。

你依然被似乎已经发生或正发生在你身上的事情所困惑,而无法采取下一步行动。你将不得不依然是一个期望的奴隶,在接下来的岁月里,有时仍可以在长长走廊的尽头瞥见那游牧人瘦削的剪影和他蓝色衬衫的条纹,标志着他在走廊上经过。仅此而已,年复一年:一条长长走廊的静寂,被一个年轻男子的仓促截断。一个同事,一个工程师,仅此而已。

……懒洋洋地,太阳的光线在瓦西里·奥布里哈轮椅的轮中旋转。你继续盲目向前,不知道你正去向哪里或是来自哪里。在葬礼上,奥布莱哈已经认可你推着他坐在轮椅上转来转去,那是小学教师唯一一次说的不仅仅是你好,是,不是,好胃口。他问,"你读故事吗?"——而在你能够回答之前,他又愚蠢地补充说——"你应该已经知道了,婴儿是不可能驯服鳄鱼的,有些不讲逻辑的人可以而且也的确被蔑视了。"

都不朝你瞥上一眼,死者的亲属认可了你在那个山村丧礼中的出现,因为他们不能忘记死者迟来的读书狂热是一个小学教师唤起的,他们把他赶走了这么多次,并且深信亡故者要是没有被这最后一个噱头迷住的话或许可以活得更久一些。

……一颗昏睡的太阳在车轮的螺旋之中不断滚动,而你继续对别的一切无知无觉,仿佛老农民,阿贝赛伊,从来没有存在过或是还像那些晚上一样活跃,那时候他会从羊毛背心里抽出一册皱巴巴的《我的第一本书》,开始练习他的ABC。

大概还要走二十米,你抬起眼睛。一对夫妇刚刚走出村里面充当小酒馆的店铺。你迅速认出了森林管理员,丹·瓦西里斯库。夫妇俩停下脚步。女的向她的老伴靠近一点。他们依然粘在原地。你的脚步在走近他们的时候慢了下来。"丹尼,你明白的""丹尼,我总是""丹尼,你一定要""丹尼,这是不对的"。你的双手紧握住轮椅的把手。有一瞬间,女的移开了她的目光。她很胖,人到中年,或者不如说看不出年龄,也许甚至依旧年轻。她衣领上的白色蕾丝点亮了她的脸颊;头发在通红的黄昏中辉耀,两眼湛蓝,有那么一瞬间她显得光彩夺目。勾着双臂,夫妇俩重新迈起步来。"丹尼,我不能相信""丹尼,这个开始""丹尼,这个航班""丹尼","丹尼"。一眨眼之间,她的悲叹已将周围的空气净化。要弄明白究竟是什么让你全身凝固是不可能的：那出自一个童话的肥胖而不快乐的公主的嗓音，用来称呼丹的昵称丹尼，哀吟的声音，那份属于一个天使般孩童的纯真。瓦西里·奥布里哈的手神经质地颤抖着。你又开始推起他的轮椅。也许残疾的小学教师想要避免跟护林官碰面，后者在村里的名声不好，在那里他总想要为自己洗脱某种政治上的罪责。

你或许在那时候遇见过莫妮卡·斯曼塔内斯库，在她相信自己正在被治愈的若干时刻中的某一刻……那时候，正当她温柔地依偎在新的丹尼肩上。

从你在浅蓝色群山中的藏身处下来而只记得那个老农民的脸是不可能的，他有着慈祥的目光和一副原谅的笑容，一个超越时光的人，总之，一个缺乏老年的人，已经跨过了时间的门槛——安静得像他家乡的山岭、明净的水、树林一样的人——一个从仇恨，恐惧，或衰朽中痊愈的老人……惊叹字母表中的大写字母，他会不停地背诵这些字母，仿佛那是一个能够打开青春的瑰丽王国的魔咒。要离开那些山岭是不可能的，它们寂然无声，除了湿土覆盖伊奥古·阿贝赛的坟墓的声音，他花费了八十年越过五公里的丘陵，最终翻来翻去的却是那些ABC。要带着瓦西里·奥布里哈老师的肩膀和轮椅的记忆离开是不可能的，他被推着穿过突兀、狭窄的小巷，走向村民紧锁的大门，他们厌烦那些饶舌的行善者打搅了他们宁静的贫穷。

就连与莫妮卡和她的悦耳嗓音的假想会面——在她造访她母亲丽贝卡·斯曼塔内斯库植物般活着的诊所之后——都无法改变你对人类的厌恶之感，你对爱与背叛的厌恶，因此你从山上下来时或许已经痊愈，清空了过去，对任何当下或未来都无动于衷。

独自一人，凝固于山脉澄明的静寂之中，在贫穷凄苦的人间……世界尽头一个无意义的避难所……银色的水，寒冷的晚上雪的静默，一个老人充满惊奇的震颤：其中并无一物交付给你的绝望。在它们的静寂之中，高大、纯粹的山脉漠然而立：那些巨大的幽灵，你对它们不可能有所期待，于是你继续扭弄着细弱头发的稀疏丝缕，而你掉落的那点头发提醒着你：斗争仍在继续；记忆并无灵丹妙药。你必须接受那衰变，哪怕将一只手穿过自己头发的简单动作原来也是禁止的，正如一个过路人的动作曾几何时就像某种本能的灼烧——很久前，最近，都是偶然——当他将自己的手伸向自己的咽喉之时。你正要离开那场不安逗留的荒野，两手空空，然而却带着你尚未设法丢弃，更换，或忘记的一切；双手在稀疏的头发里颤抖，迅速抽回，害怕谢顶；手僵硬地放在一棵树的树皮上。

然而，那里的时辰传授的却是遗忘——逐渐地，缓慢地，踌躇地——碎裂的，分离的，拆开的，散落的片段姿势、声音和笑容。与回忆的搏斗继续发送着小信号……缕缕发丝总在你最意想不到的时候落下。遗忘的教训将不得不被实践下去，永远，没有尽头。

你站在那里一只手放在一棵树的树皮上。睁大双眼，嘴唇因期望、恐惧、惊奇而湿润；你月亮般的脸已准备迎来一个新时代的贪婪，成为另一个当下的猎物。

你将不得不在一个春天的早晨打开房门，指给这新来者和陌生人靠近窗口的位置，那里老板卡巴正俯在一张书桌上，用长长的苍白手指抹平一小堆纸币。陌生人，新来的工程师，将一只手伸到自己蓝衬衫的衣领上。你的头发竖起。你的手按着墙。

在那以后你倚在清凉的走廊上度日如年，你的手按着墙，等着那个陌生人，现已是你的同事，等他瞬间现身。自杀的父亲的重量开始减轻。你的手臂挣脱出来了。诅咒、重负与专横的记忆消散。你愈来愈变得自由……对于另一个骗子的幽灵。

* * *

目光清亮的父亲于一个秋天的早晨在院里的一个棚屋里上吊了。是他女儿发现的,她试图用抢救溺水者的复苏技术来救活他。随后两个星期,急诊护理令他备受折磨:他是一步一步、奇迹般地活过来的。这很不容易。

博格丹·祖布楚上尉没有做任何事情来暗示他会再试一次。他经历了一段旷日持久的康复期。他不再出门,除了偶尔几次,都只有几分钟。他退回自己的房间。他变得更加沉默了。家里人尽量不问他问题或提出麻烦的要求。他的神经质似乎消失了,连同那个让他左脸收缩的怪相。他不再把自己颤抖的手指急急地伸向咽喉。在他短暂露面的时候,他吃惊的反应减少了。那是秋天的末尾,在1952年。

那年冬天,两名官员造访了祖布楚家。一段长谈之后上尉跟他们走了。此后他没有回家好几个月,一年,也许更多。当局在几个城市展开了一项调查,包括首都。要弄明白上尉被指控了什么罪是不可能的,后来他也拒绝对这些事作出评论。有些传言涉及上尉在战争期间的行为,对此他未置一词。有人说调查跟一个兵营的军事管理有关:幸存者都已出现,想要揭发他。祖布楚夫人固执地保护着女儿不受这种阴险挑拨的影响。很难说这个女人发现了什么,因为她们根本不提问题,她也从未显露出态度的转变。

上尉过了很长时间才回来,对你说他并没有获罪,而且还恢复了自己的公民权利。你不再相信他了。他补充说他可能还会受到进一步的审问，但与此同时他会尽力找一份工作为家里的财政状况帮点忙。他又眨起了眼睛，几乎不停地眨。他找不到合适的词语，总是当中卡住。谈话让他疲劳，这从他搓着双手然后把这只或那只手放到咽喉上的急躁样子就明显看得出来。事实上，他是着手去找工作了。他记得那些人，他们曾经来过，在几年之前，招募他投身到一种新型社会的建设中去。他们大多数已经不在原来的职位上了。少数还在的几个似乎被卷入了一些调查，类似于他曾经卷入的那些，而且他们似乎都在想方设法避开他。他的老战友总是作出含糊的承诺，但他们从来没有跟进过。他决定试着靠自己找一份工作。最后，他在附近的大工厂里被录用了。他很快就习惯了这个新工作。他轮流做三个不同的班，服从而又认真。但这一切自愿承受的努力已让他筋疲力尽。

* * *

官员的房间：光滑的书桌，寂静。两个女人，窃窃私语着。门开时书桌上的文件在轻风中微微移动。

——这位同志可以带你去找工程师卡巴。

小声的问候。你的手指滑进他的手。你看着他，吃了一惊。胡子拉碴，神情疲惫，陌生人穿着领口敞开的蓝衬衫，布料上有点点石灰或水泥。

——是，我带你去。

你们两个攀下楼梯。他始终不出声。也许他在想卡巴，他昔日的同窗在学校长凳间穿行时自由而轻松的样子，他坦诚的笑容和愉快、热诚的握手,以及卡巴与他的每一个新同学见面时的有礼有节,以及卡巴与班长握手时的惊讶,那个同学对这握手令人吃惊的回应,与别人的尴尬迥然不同。这陌生人的剪影像一道新鲜空气穿过安静的教室。他活泼开朗,很有礼貌;他思维敏捷,领悟的方式直截了当:他看上去就像一名网球选手在女孩子们欢声笑语的草地网球场边跳下他的自行车一般。以后你会学到这一切的。

陌生人正攀下楼梯,想起从很久以前传来的他同学的声音:

——你想象的婚姻就是这样的吗?你们一起工作几年,你很少说话或者根本不开口,然后有一天你请她去看电影,走出影院的时候你冷不防地向她求婚?你相不相信这种不自然的简单直接以避免俗套的仪式和郑重的婚约?

他继续走下楼梯。你们两个都已抵达二楼,但他还是徘徊在一个冬天午后的记忆里,当时他曾烦躁地等待着一个同学的来访,后者还欠他一个解释。窗玻璃上有冰花。一屋子都是书页翻动的烦躁声响。卡巴不会来了……印刷品的字行以某种方式将自身投在窗框上:这是一道困扰着专业思想家的难题,要弄清一个搁在架子上的密封罐是否处于时间之外,……我们应该对一个大地之子作何感想……他有资格感受最深的苦恼之一[①]。

在底楼你稍向右转,顺着黑暗的走廊来到最后一扇门前。你正等着新来者抓住门把手并说:"您先请"。他停下来,立定,微笑,看着你。

——啊,好。

在房间尽头的窗边,萎在一张抛光的木制书桌上,塞巴斯蒂

[①] 托马斯·曼《魔山》(Der Zauberberg)。

安·卡巴正在堆一些纸片：在数钞票。两人互致微笑。握着彼此的手就像他们往日做过的那样，他们期待着彼此的声音，等着彼此的话语。他们之间似乎有一种默契。你留在门口。突然间陌生人伸手抓住他的蓝领。你粗硬的头发簌簌直响。他似乎被你惊到了，这时你用一只手支撑着自己倚靠在墙上，你的手指被石灰抹白了。

经过了这么长的时间，这次重聚或许让过去变得清晰了，大概就是因为这个他们才会惊讶地望着彼此：看见彼此，理解彼此，一路重回他们青春时期纠缠的结。

也许陌生人此刻希望最终可以弄明白卡巴的友情之中的秘密，它赢过了所有人，甚至包括他自己，也许他此刻希望可以看清他曾在很久以前的一个冬夜徒劳等待的回答的实质。无论是哪种情况，陌生人都已经落入了卡巴的亲和之网。意识到他不会明白的，哪怕是现在，陌生人艰难地返求诸己。他已被卡巴用来诱捕对手并将其缴械的友好所压倒——又一次，他落入了卡巴的陷阱，无奈而又不可避免地成为原来的自己，维护着他们牢固友谊的规则……陌生人，脆弱的地球之子，可能把"昨天"与"十年前"，他们还是同窗的时候混淆或合为一体，又把"明天"混同于"此后三年"，他们会再次分离的时间，而他依然无法理解——比以往更甚——卡巴的空洞言辞与礼节的真实与隐藏的逻辑。

又或许他们彼此什么话也不说是因为有你，另一个人在房间里。在陌生人曾想要把手伸向自己的咽喉的时候，一阵风曾在门边劲吹：裹挟着干树叶的风，簌簌作响的头发，隐约有金属之声，而他们被迫望着这个瘦女孩，颓然靠在墙上。但他们在随后几年中每天都会见面，无论哪一回都彼此无言，即使没有目击者来让他们分心或是难堪。他们三年后再次分离时也是什么话都没有说，那时塞巴斯蒂安·卡巴已经颇为着迷而又好奇了，并试图去理解他同学的神秘口吃，后者已厌倦了打字机的噼噼啪啪。在这最后一次会面的时候——两人都希望这终于会是他们的最后一次——塞巴斯蒂安·卡巴最终采用了对方的战术，让自己陷进那入侵者的沉默之中，假装为他独特的语句而吃惊，这语句本身明确得不太可信。下定了决心要让自己显得快乐而善良，小心翼翼地不去嘲笑那个逃跑者最初的，幼稚的观点，卡巴希望随后会有别的观点（无论它们可能多么古怪和结结巴巴），他或许能够从中辨认出他往日的保护者真正的，当下的，过去的脸相，了解他的老同学是如何放弃了他曾经注定拥有的成功机会。卡巴会试着弄明白这个往日的学校之星是怎样以及为什么迷失了自我，他此刻又为什么甘心作为一名下属向他致敬，他为什么对任何令他想起过去的亲近或情感退避三舍。

陌生人从来没越过他们第一次重逢时的淡然。随后的三年，加之，总工程师卡巴也没有设法澄清他们的定位。现在，他的前保护者和同学所做一切就是重复那一个荒谬的语句，固执地坚持继往不论，正确而又清晰地重复着它，像一个魔咒的词语一样。恰如陌生人对他们最初谈话之后不断增强的同谋关系开始害怕起来，于是便让他，迫使他，把手伸到自己的咽喉上来保护自己，同样地，三年以后，塞巴斯蒂安·卡巴将自己隐藏、托庇于房间的寂静无声之中，在他的对话者的沉默之中，被这个有关不可忍受的打字机的句子镇住了，令他陷身于他们过去环境的悖论之中动弹不得，只是如今角色反转过来了而已。卡巴急忙举起双手，热情相迎，领着陌生人来到门前，恢复了他的礼貌，他的亲切，凝身站在门框里，甘心认命，丢掉那些无用的话语，因为它们解释不了不可言喻之物。

大概需要有一个新的早晨，更加延迟，一个像所有别的早晨一样的早晨：疲劳，噪声，特务同志米沙，打卡上班，水泵，项目，以及面具，以及小莫妮猪，肥老师，用打字机打着故事仿佛是从一挺机枪里喷射出来砸进墙里一样。最后是那条潮湿的，虚幻的街。

你在远处或无处或是一直留在那里，在另一个春天的阴影里，倚萎在墙边，等待着。

* * *

双肩，双手，头发：你的全身粘在寒冷、潮湿的墙上。你正看着陌生人的匆忙经过，他特殊的经过与其他所有人的经过相对照，尽在友好的一眨眼之中。到现在，你习惯了那幻觉，它反复呈现，挂着它的微笑。你正在蹚过你日益减轻的旧日恐怖的水域。你的手臂也变得轻盈，卸去了你的亡父的记忆。你渴望的遗忘正将你捕获，当你变得越来越自由、惧怕，就快要出于内心的恐怖而尖叫起来，这恐怖突然变轻，但随时可以让你想起那死去的人——那始终陪伴着你，在你心中，反对你的人——像一面铺开的盾牌，一个罩子，一个在保护的同时令人窒息的壳，如同被封在一个邪恶的力场之中，是它将你与一道任何活的生命都抵抗不了的仇恨与憎恶之激流分隔开来。你正变得越来越可腐蚀了。另一场死亡就在门槛上，比地上的任何重负更沉。被吓坏了，为了他，陌生人——为了明天的死者，一瞬间的兄弟。另一个骗子，被爱上了，无路可逃。

你感觉到了转变的开始。挡住你去路的障碍大概必须要加固才能让你保持一段距离，远离地震的中心，远离一切，除了那阴影穿过长长走廊的倾斜通道。你应该记住那死者，把那记忆放在你面前，让他懦弱、疲惫、为父的脸可以用他的死亡，这最终的逃避来保护你。直到逝者的回忆——最后那无能为力的绝望——变成了一种充满渴望的哀伤之时，你才能够把他们合在一起思考。死者的最终报复即将变得无可遗忘：他强迫你去等待你奸诈的新盟友，在被陌生人横扫之际。

昨天，一年前——就是说"从前"——死者大概必须要被接回人间，作为对那个依然活着的人的警告，来弄明白他与一个假想的、看不见的为父者的亲缘关系，至少现在是这样，当你将一具缺席尸体的盾牌扔在他脸上，让他可以更快地认出自己，为自己辩护或是逃走，让他可以看到自己的同类，并且趁着还有时间，逃离可能是他命中注定的弱点。

父亲依然很高，这个瘦削、粗心、散漫、软弱的人，长着细瘦的双手，穿过了逝去的青春年华的清凉走廊，夜夜待在他的房间里埋首于他的书籍（被灯罩映成了白色），用神经质的手指端着它们。他的面容俊朗，充满了疯狂。

艰难、疲惫的夜晚：他悬在他的小女儿头上有如天罚的重负。

被失败所窒息，被不可治愈的愧疚所伤，再也无法找到自己的节奏，他在战后那些年里什么都试过也什么都没用。他的呼吸就像这座懒懒散散、尘土飞扬的城市的呼吸。发出死亡和苦役的臭气。他宁愿住在起伏的高地某处一栋空屋里面，拆解纵横交错的街道上方的树木。

那里，在一个每夜狂风席卷的围栏之内，在死者与生者相见换位的地方，在你可以与曾几何时那个失眠的小女孩达成交易的地方，他回返，离去，回返，执着不停，与自己格格不入，想要再次听到他女儿的笑声。也许他原本早该抵达了这个国家的另一端，早该遇见了一个儿子——一个激情而又隐居的儿子，如果当初有时间留给这样一种豪华样式的无望的话。但是没有。

战争让他茫然失措，仿佛他已经忘了如何重返人间：头脑空空，言语无心，漠然以对歌曲，旗帜，口号，或检举人，不堪噪声之累，对特务和审讯者的承诺疑虑重重而又充耳不闻，被他们烦人、单调的得意洋洋弄得哑口无言，仿佛他是因失误而降落在他们中间一般，随时准备见机逃走，去到别的地方，无论什么地方。与他们相伴，他的脸因回忆和踌躇而扭曲，整个人陷入了懒惰之中，变得古怪而无礼……他们把他抛到一边，像一个讨厌的幽灵，一个连审讯都不配的嫌疑人。

高大而近乎透明的上尉经过了层层的放逐，一个牢底坐穿的犯人，只看得见小小一方天空，一道色彩的轮廓，随着时辰而变。他已经习惯了缩小的风景。关在狭窄空间潮湿的宁静里，他的目光已落进了天空的方块，进入睡眠的境界。他被留下来等待他的判决。随后他们又把他扔了回去，要把他转变成他再也无法成为的东西。那以后，他一直避免谈起漆黑的牢房，就像他对战争避而不谈一样。他生命的断裂还仅仅是他的罪或无罪的报偿的开始。他再次一头扎进酗酒之中，变得枯竭、快乐，厌倦了无力和羞耻的感觉，在沉默中度过近乎不省人事的日子。他会说："我要走了，"再过段时间他会说"我来了"，随即是反反复复的漠然，被星期日的散步切断……偶尔会被惊诧的反应照亮，晕眩于太阳，于词语：讽刺，车站，桥，和承诺，颗粒，鸽子。

穿着熟悉的蓝衬衫的年轻人再一次迅速穿过走廊。你在那里徘徊着。他漫不经心地急走或奔跑。有时他的手捏住自己的咽喉……而你看到了跳绳。你把他拉下来。绳子落在童年的废料之上，于是你将他翻过身来，把他的外套卷到他的肩背下面，你不断重复你曾经学过的抢救溺水者的动作。当时明显得很：父亲已经死了。从来没有什么女儿诞生过。他是一个青春期女性陌生人摆弄的一具没有生命的木偶。他铁青的脸从他嘴角渗出的一丝鲜血中寻求复活。他要挣扎好几个星期，直到他并不想要的重生。

无穷无尽的几个星期的痛苦：液体化的动作，乳白色的早晨，略去了物体、人物——消灭他们的运动，吞噬他们的仓促，将他们混乱的信号稀释。第一班，第二班，第三班，第一班，第二班，再来，第三班：星期三的白昼和黑夜已经过去。星期四晚上他一直在笑。这是最后的摇摆，手指在扳机上的犹豫，尚待拉长成为一个结的绳子，仍在舔着玻璃杯底的毒药——软弱的最后一刻。到那时为止，不过，他一直在等待着结束：他投入工业熔炉的一纵身。没有人能够把他从那片火焰之海中救回。最后一个拥抱：灰，烟——燃烧。

冰冻的墙壁发烫；你的手指颤抖。而陌生人匆匆走向乌有之地，再一次穿过黑暗、寂静的走廊。依旧年轻，未获告知，越来越艰难、麻木的早晨的囚徒：星期四，又是星期一，星期二，星期三，一团吞食一切的雾。多年的延宕，直到最后一个星期三，一个星期四，在十点钟左右，在特务的纷扰、报纸的沙沙声、电话的呼哨、打字机的节拍之中，一切都变得难以忍受：独自一人，一个孤独的男子在灼热的雨中面对他的命运，他的和解。

年轻人走过去。他并不怀疑自己正在被监视。他不曾见过你，穿着你的丧服满腔怨毒，咒骂人们畅玩各自游戏的样子仿佛在跳着由日子编成的绳子。你对于他们的胃口和欢乐是一个局外人，被遗弃在书籍之中，它们魅惑又撒谎，撒谎又魅惑，就像成年人、懦夫、逃亡者、白痴：那些为父的吹牛大王——那些骗子。

再次被死亡的力量所吓倒，它将你的手放到你的咽喉上（迅速抽回，没有用，太晚了），你苏醒过来。你留在那里，甘心等待。陌生人看不到你。他无法看到这个前厅的光滑墙壁，在那里这场等待的暴雪在烧灼你的手指。被走廊的阴影遮挡着，你痉挛般重复着这个手势并颤抖不已，惊愕得仿佛明天的入侵者已在逝去的往昔（以及往昔的逝者）和被当下遗弃的女儿之间悄悄溜走了。匆忙之中，陌生人走过去，眼瞎如废弃走廊里一个健忘的鬼魂。但他并不像你。他怀里并没有拢着一个自杀的父亲，要是有的话，意思大概会是他正在挽回他的父亲，摆脱将他们分隔开来的疏离境地吧。

无论我们怎么想，无论我们怎么做，我们都将他们甩到身后。我们否弃、诅咒、忘记他们。他们的沉着压迫着我们，令我们曲身，连接着我们。时间在这个等式里什么也不是。十五年之后你发现自己在重复着离去的亲人的口头禅，而在你左腿上同样的疼痛像它折磨着他一样折磨着你。或许你虚构的兄弟也在重复着他缺席的影子的言辞。

那时候你必须拖着女学生的小辫子，上面扎着悲伤的黑蝴蝶结，你实在讨厌它们就把它们剪掉了，当时陌生人是一个年轻的党内明星，他那个小镇上的神奇小子。作为正确、热诚的双亲的后代，你却是一路下滑：即便是那时你也十分退缩内向。然而，他始终都在上升，浑然不知，目无所见，为他相信属于他自己的宏大口号而激情燃烧，随时可以为任何误差而谴责自己的父母。他没有任何犹豫，他也尽可以随时将你出卖，若是出于一个毫不妥协的准则之需，你，连同你在政治上可疑的父母，你和所有与你相似的人——或伪君子塞巴斯蒂安·卡巴，他用他动人的亲切友好掩盖了自己可疑的双亲的秘密，后者是被当作敌人调离多瑙河畔的，根据谁知道什么样变化多端的怀疑。他尽可以把你们所有人送到河下游，连同你们狡猾的输家气质，随时准备混进群众之中，藏在牺牲背后牵制党的路线。

他兀自升往高处的寒意动摇着他。调走之后，他变得脆弱，懒惰。他抛开了自己的机会。你的脊椎突然僵硬了，这时候。拒绝沉沦，你明白你需要抵抗，再次死去，死很多次，直到你可以回到别人中间，因为你从来没有真的成为他们的一员。与此同时，一轮轮失忆盘旋，倍增。诞生的前兆，识别，被暖流懒散打发的趋向性，破坏了反叛的一切机会。又或许他的止步不前并非自愿。或许是一个意外的事故，家里的一件麻烦事，或一桩不走运的骗局将他抛入了失败和失意者的阵营，在那里他同样轻易地适应了命运的逆转。悲伤，执着，谦逊，恐惧。也许连你从失败中回归也并不意味着一个选择，而只是因为别无他法才发生的：那不可忍受之事已经继续了太久，必须要尝试点什么——无论什么，因为时间总在流逝。你咒骂一个退位的父亲的怯懦：囿于自身之内而不逃离，无视自己的责任，自己的诺言。也许那假想的兄弟正在咒骂一个为父者的坚韧，他不曾退位但却急于竖起一道道防护墙，可疑的安全空间。

你的隔离与他的冷漠究竟有何不同？在何种程度上冷漠是一个结束而隔离是一个开始，一种没有希望的等待方式？在何种程度上它们站在同一块崩碎的石头上？

你走下潮湿的隧道，摸索着。每一步都带你远离那块留在孤独小窗里的天空。距离收窄了那只矩形的眼。又一段斜坡将距离关在身后：浩瀚扩大了。光变得稀少。谁要说有哪一刻的恐怖大于此刻必定是个骗子。你回过头看到：不够时间转回头了。那将需要不止一生。谁要声称自己坚强必定是一个骗子：他们已经弥补了自己的损失。他们已经从自弃中恢复过来而不知道寒冷是怎样淋遍你的全身，此刻你找不到一丝从背后射来的光。不过，你们两个已在平庸的冒险游戏中相遇了，两人都听到了嫌疑人噩梦般的低音，戴面具的人物在葬礼的化装舞会里狂吠的调子。

潮湿，高大，近在咫尺的墙壁：路径朝下；没有左或是右。时间变暗，变冷。你的皮肤上满是溃疡、渣滓，你陷入磕绊、惊愕的动作之中。远处：施虐者的狂欢节。我们不能失去我们已经理解并贴近的事物，你曾经说过。然而我们失去的只有这个——我们没有别的可以失去。我们挥霍，我们抛弃我们已经理解并贴近的事物：贴近随着时间死去。理解扑闪了骗人的一瞬间。你可以在山上住四年或四十年，永远在思来想去同一个错误的念头……有什么奇迹般的力量原本可以用一年或两年，或十年在这孤独的小女孩的身上生长起来，假如发生的事情可以被推迟的话，假如时间允许自己以后再来考验她的话，但时间却狂奔着穿过了那被击败的上尉受挫的笑声。没有什么能够支撑他或者让他保持直立。他没有时间了，无论他原本可能被监视得如何密切。他需要疾速冲向他终于会在宽恕与救赎的火堆上拥抱自己的那一刻。

墙壁沿着走廊逼近。五指叉开，你的手滑过狭窄、发霉的墙；近旁有别的手指在摸索；一级溜滑的阶梯，又一级溜滑的阶梯：你的呼吸颤抖。你的手和另一人的手会相遇和扣拢。你倾听手指在墙上的鼓音，因又一次倒地而染血的手指。缩短距离，你尽力把手伸开。

这场新的死亡将不再被失去！你相信是这样。它会复得时间，它会留存，它会被停止。会有一个热心的姐妹造成的延迟或复活，她不再是十六岁，也不是二十岁了。她已经学会了防卫和守护！喜悦和恐惧铺展——恐惧的是遇见对方的喜悦和恐惧。寒意加倍，对方身上的反照,在一个狭窄的,被判有罪的地方,人无法停留或前去那里,除非落入一场比死亡更可怕的恐惧的怀抱。

影子拥抱空无,就像它一开始那样,就像长久以前那样,就像明天以及永远会是的那样。

* * *

工厂将浓烟与火焰的宏伟列柱掷入长空。它要求工人的双手与劳苦,更不用提他们完全的专注了。城市很快就会听到那个可怕的事件。夜班开始的时候曾有人投进了一个熔融金属的巨大锅炉。燃烧的液体瞬间消灭了那人的身体。剩下的仅仅是短短一记嘶嘶声和焦肉的气味。

经过严密侦询,调查证实系自杀,可能是深思熟虑的。这个工人很能干也很认真,他的表现各方面都一致地正确:他从未引人注意。他的同事同情他回忆起他怎样执着地鼓足干劲与他们齐头并进,而且几乎总能做到。不过,他们也承认,他总是疲劳地喘不过气来,然后他会急促地揉搓自己的咽喉,好像是要抓住自己的呼吸一样。他会飞快地眨眼并噘起嘴唇,把半边脸都皱缩到一起。

先前一场自杀的企图也显现出来了。这个至关紧要的细节本应遏止对这个案件的兴趣的。它曾让很多人备受惊吓,做了好几个星期的噩梦。谣言继续满天飞。有一些轻声细语说到了战争引起的某种负罪感。有人主张说这一点已经证实了;也有人认为那只不过是当局按到上尉头上的一个暗示,他一直拒绝合作。

那是在1954年初。上尉的女儿上最后一年高中。她通过了考试,想要当一名小学教师。这应该挺适合她的。她很安静,为长时间的阅读所娇宠。她对她母亲的职业有一种深深的敬意。尽管她考上了大学,但很快就被开除了:她父亲将一个未解的罪名带进了坟墓。大学顾问叫她找一份工作——在国内有的是,当时正处于重建的高峰期。女孩退回到山里一座安静的村子。有几个农民似乎已经准备租给她一个房间了,但一听说她是来当老师的,他们就立刻把她推给了自己的邻居。这个村子最近刚刚受到来自远方平原城市的特殊"激励团队"的骚扰。小心翼翼地脸都不露,开口就是农民无法理解的那套都市、聪明的说辞,不断提出狡猾的口号,这帮"外来者"当时被安排到本地的人家落户。

新来的教师最后在村子尽头瓦西里·奥布里哈的家里找到了一个位置,他像她自己一样也是小学教师。

……你走进小小的前厅。你听到"往前!"从墙后面的什么地方吼叫出来。两个门在左边,两个门在右边,还有一个面对着入口。

声音似乎来自最后这扇门的背后。那里,事实上,就是房子的主人,坐在正对着门的桌前。头发雪白但依然健壮,他交给你左边的第一个房间。他不想谈钱——除了,"我有一条自己的规矩,"他说,"绝对不要推我的轮椅。"女孩在奥布莱哈的空房子里舒适地安顿了下来。

固执的村民们拒绝送孩子上学,更不用说他们自己了。年轻的教师没有失态,她不停地找他们做工作。即使体格纤瘦,她依然挺胸面对大雪覆盖的道路和刺骨的寒风。她不交朋友。对于一个村民,某个名叫阿贝赛的老人,她表现出了特殊的关切和同情。他似乎很享受他们的交谈,会定期来参加晚间的识字班。只要他连续缺席超过一个星期,她就担心起来,若是利卡·阿贝赛,他九岁的孙子,早上也不来上学的话就更不用说了。她上山去他们家。利卡·阿贝赛的父亲禁止她走进他家的大门,几乎把她猛推出去,大吼着他不需要"共产党人"来作客。这个农民满面愁容地活着,是一个受了冤屈的人。很穷,但依然是这个赤贫村庄里最富的一家,他最近刚刚变成了一个富农。乖戾而又粗暴,他把自己儿子的靴子藏了起来不让他去上共产主义的学校。他跟他的老父亲也是争吵不断,后者总拿自己儿子具有社会破坏性的相对富有为乐,他最终的确是致富了,正巧在不该致富的时候。乐不可支地激怒自己的儿子并一再拿他取笑,老人总是喜滋滋的。他迷恋上了学习ABC,跟自己的孙子订了一份秘密协议。父子间的激烈争吵有一次结果很不好,最终对老人的心脏也非常不好。

在瓦西里·奥布里哈的保护下,年轻的女教师得以参加了葬礼,这立刻让利卡·阿贝赛的课堂出勤率大为改善,这个懦弱的男孩结结巴巴的,但依然是班上最聪明的孩子。

只有这时那个脾气暴躁的孤独者——瓦西里·奥布里哈教师——才答应了他的租客晚上谈话的请求。不止于此,他还说出了几句最奇怪的话:"你应该读童话故事,小姐。写下它们的人是绝无仅有传授给我们道德的人。记住数学家的三段论:婴儿是不讲逻辑的。对付得了鳄鱼的人绝不会受鄙视。不讲逻辑的人会受鄙视。因此,婴儿对付不了鳄鱼。这是数学家说的,我会陪你去见那些鳄鱼。"

年轻的老师常常从村子这头跑到那头。每隔一段时间,她进村时,会有一个开朗而又精力充沛的坏家伙来给她帮忙:林业管理员,丹·瓦西里斯库,他来到这个山村和它洁净、新鲜的空气之中是为了治好自己的吗啡瘾。她的邻居,瓦西里·奥布里哈,则更多帮她管理识字班。

她在那个村子里待了两年。之后她受雇去协助首都一家工厂的建设。她担任一个低级别的技术员，这份工作本可由一名具备一定绘图能力的高中毕业生来掌握。她的谦虚刻苦为她赢得了上级领导的同情。工厂建成投产后，她留在了"技术部"，这是一份非同寻常的奖赏，因为定居首都的特权几乎是不可能获得的。她晚上在技术学校上课，毕业后成了一名知识丰富的技术员，因为她知道——通过她在工地的时间——有关工厂建设的细节比后来录用的任何其他员工都多得多。

然而，出乎所有人的意料，过了几年，她却离开了那个工厂和那座城市：病假一个月后，她友善而充满活力地归来了，但在她回到工作岗位的第一天，她就要求批准属于她当年工作的休假天数，此后她就再也没有回来过。她的前同事塞巴斯蒂安·卡巴，当时已成了厂里的总工程师，大概是批准了她的转调，因为大城市对她来说太过嘈杂了，无论如何。

过了一阵儿，他们就不再谈论她了。有人去过她最后落脚的工厂，证实说她一点没变，听到这个消息，他们根本连想都不再想她了。

* * *

椅子，桌子……桌前的特务同志……附近被吞没在白雾里的同事，仿佛黎明时分山脉从雾中升起，隐现于寒夜过后林间。那昏昏欲睡的犯人周围是迷惑的、上升的声音，如同树林里面，夜间依稀可辨的零星曲调一般。

早间的忙乱：砰合的抽屉，嗓音，电话，窸窣作响的纸张。干嘴唇之间，驱走睡眠的白色苦药丸，身体的疲劳……轻柔的脚步，踏着白色雾霭的水。很快他的脚下就会有泥。一道窄窄的光线会将自身投在山峰之上，是一个迟来的早晨的颜色。走到一半或四分之一路程，话语会突然从举到耳边的听筒里传来。

你看见他。他很近，一步之遥，在你的绘图板边上。

在他的公事包的口袋里，一捆白色的纸页满是符号，来得太晚的谅解。来自东卡，他会跟你说起的姐姐的信封。朝着门迈开脚步，犹豫着，转过身去，他的手再次放在闪白的信封上。房门合上，关闭——撤退的通道：堵上了。再没有什么可以推迟了。锣声已响起，限期已至。楼梯，装潢考究的办公室。这句话，迅速地，漫不经心地投了出去：

——我再也受不了打字机了。

我们再也受不了打字机了，这些机器了。我们都是疯子。我们在机器倾听、录制、打印与分类的噩梦中睡去。我们木然走向黎明，仿佛瘫痪了一样。演讲、童话和摇篮曲：每一步都是陷阱。我们匆匆入睡。我们面色苍白，昏昏沉沉地从疲惫的仪式中起身，它们像催眠一般驯服我们，只有谋杀可以令我们从中复活。

他爬上楼梯，突然间，就与这件微小的，毫无意义的，类似于任何其他的事件断开了联系，就像最终让水溢出玻璃杯沿的那一滴。被回避的会面，跟一个想象的姐妹，她已被放逐到一个迟到信封的纸片之间——以及怪诞的，替代的，小莫妮猪，莫妮卡。

一切都可能早已被道出，哪怕是真相。他们或许早已重述过那些连成年的月份，那些连成星期的日子，那些由月份由星期由日子连成的年头，当这疯子渐渐没有力气再去攀登被囚禁的早晨之山的时候，他却听见了，比以往都更微弱也更遥远，曾经赋予他力量的词语：必须要，再多一点，今天再来，明天再来，也许明天吧，也许之后那天……直到天空突然变暗，雷声隆隆，而延迟最终爆炸：那才会是结束。

临时和级别上的首长，卡巴同志，将不得不听从警告并将它传递给自己临时和级别上的老板们，因为那警告不是提给他一个人的，也不是给他们的。它也并非仅仅属于那个提交了它的下级。那隐晦的哀悼必将被道出。事实上，那是一个威胁。

然后，雨中最初的几步，那逃亡者的节奏，一瞬间的解放的叠句，在教授发霉的笼中：我——再也——受——不了——了，一次，两次，越来越侵略性的节奏，在将您假定为见证人与帮凶的事件的冰冷墙壁之间。

他说的可能会是任何东西。卡巴的回应也可能是任何东西——开个玩笑，岔开话题，回忆往事。他或许瞎编了什么惊人之语——如果他说的东西还能让人惊讶的话……最后尝试一次，但愿这永远不会太晚：再去误导一回，去清除那个愚蠢的目标，去操纵和欺骗。

——我知道那时候你为我冒了多大的风险。我们只是高中生，但在当时，任何障碍都有可能把我拖慢好几年，甚至导致一场决定性的失败。谁知道呢？

他正在跟那个下属说话，后者并不那么容易吃惊。他对他的对话者太了解了，还有他那些用烂了的招数，这个他已经向你解释了一遍又一遍。

塞巴斯蒂安·卡巴或许还抱怨过他们之间的关系被搞得过于正式了：下属仓促而谄媚的日常问候，和下属保持的距离。

——我不明白发生了什么。我们为你骄傲，甚至有点嫉妒。在某种程度上,我们甚至可以指责你竟然容许庸才领先。

高举着双手模拟无助和困惑,卡巴从玻璃面的书桌后站起身来:他懂得如何倾听和回答,他始终保持着完美、仁慈、善意、闪闪发光的同志情谊,同时又显露惊讶之色,呈现出情感和表达的完美平衡,带有刻意的欣喜,以及精心计算的同情。他适时地,善解人意地,明智地陷入了沉默。他继续倾听。

——我再也受不了打字机了。

他修剪整齐,又长又白的手搁在书桌厚厚的玻璃上。他继续倾听。

——我再也受不了打字机了。

关切连结他的双手,将它们交叠在一起,均衡而苍白。

——我再也受不了打字机了。

这个固执重复的句子似乎是一个发疯的信号。手掌不再相扣,卡巴的手向上打开,显示出他在这奇怪的咕哝面前的苦恼和无力。

——我再也受不了打字机了。

上级把他的同事领到门口,将左手精致、苍白的手指举到门框上,以一种悲伤的姿态将自己的肩膀和头靠在上面。

静止的尾声:左手斜靠在门框上像一根沉思而纤弱的枝条。

* * *

就好像另一次。大而无当的书桌上覆着一张厚厚的玻璃。这句话落在长方形玻璃上,苍白的、修剪整齐的手上,手掌在闪闪发光的玻璃上一动不动地等待。就好像那另一次。

那时候,他正在数着钞票。他已经抬起了眼睛,认出了一个被遗忘的同学。他的目光将房间突然点亮。空气随着他的热诚而震颤。你留在门旁,在你陪着来见首长的无人知晓的新来者身边,指给他屋子尽头的窗口方向,随后依然被遗忘在门旁。将言语填满了房间,塞巴斯蒂安·卡巴马上就开始施展起了他的和蔼可亲。胡子拉碴的客人穿着灰蒙蒙的蓝衬衫,上面有一道道粉刷或石灰印子,正在勉力挣扎——害羞而又尴尬。卡巴的手挥舞着穿过空气,几乎要着火了,将访客搂住,将他的反对削弱,问着各种问题,而他的前同事则将自己的手伸向自己的咽喉,一个防御性的反射动作。

门边,有什么东西簌簌作响,像是猫的毛发。陌生人转过身来,吃了一惊,这时候他才端详起把他带到这里的女孩的相貌,你硬挺的头发几乎像是金属一般。

卡巴长着一个少年的手:瘦削,柔滑——仿佛它们从来没有出过汗——悉心保护而绝无划伤、湿疹或冻疮,也没有瘊子或疖子。他跟其他人握手是若有所思、慢条斯理、耐心十足的。这也许是这个征服者的第一个惊人方面,也是他的第一个胜利,在他曾经现身的那个胆小乡下人的班级里。全班睁大眼睛跟随着他,从一开始就着了迷,而他刚刚坐下,目光就停留在了他正前方的同学身上。也许他突然想要一个盟友,或是相信自己被发现了,有危险。

现在,他举起了左手,他苍白的手指与咖啡色的门框恰成对照。他低下头、肩膀和身体,神情恍惚地留在门口,一动不动,像在一幅画里一样,看着他的下属疾奔下楼。

一股凉意直透你的脊椎。你铁丝般的头发簌簌作响,就像它在陌生人初次亮相,把手伸向自己的咽喉,以作防御的时候一样。这个动作从来就不应该被重复……。没有任何人有权模仿你的亡父的著名动作,也没有任何人有权记他。你曾经想象过——一次又次,太多次了——那胜利的时刻,当某个陌生人不由自主地把手伸到自己的咽喉,而你得以目睹的时候——漠然,麻木,可以再一次活在活人之间。当陌生人突然把手伸向自己的咽喉,你的脸色变得煞白。你娇嫩的手掌摩着粉墙,灰泥的细小粉末粘到手上。

你依然凝视着陌生人,凝固不动,他的手放在自己的咽喉上。你手按着墙,希望这在某种程度上救得了你,一边倾听着一个充满敌意的未来的飞驰——它沿着长长的凉爽走廊移动——一个期待中的,无人想要的,未知的,备受挚爱的刽子手的幽灵,你不知道如何及时从他身边逃离。

你继续凝视着陌生人。你凝视得长久而遥远,回溯到始终拒绝提供庇护的群山之中。

* * *

你会奔向玻璃大楼。你会把你的外套甩到一只椅背上。你会看他是不是还活着,他是不是在某种程度上仍在那里——你在一辆拥挤的巴士上注意到的,脖子缠着绷带的男子。你浑身发抖,惊得两眼圆睁。你困惑地望着一件蓝色衬衫的背面,望着沙沙作响的宽条描图纸。你打算想象然后吸取一个意象能够赶走这已然萌发在巴士车窗上的幽灵。但刚刚聘来的工程师正在那里对着他的绘图板。

他会在那里,你在别的早晨也会在那里。你会说话和倾听。你还会收到一张电影票:危险会更近一步。你会不得不领悟无法领悟的一切,不能也不应该理解的一切。你会只问一次,仓促而又胆怯地问:

——在战争期间你还是个孩子,对吗?

你不会指望得到一个回答。会有一个电影院，一个夏日的午后，而在银幕上，是那漫游者再也无法逃脱的边境地带。日复一日的战争故事从电影银幕中流淌而出：火葬场的烟囱，骷髅般的尸骸，夜间的狩猎者，铁丝网，哨兵和处决，嚎叫和仇恨，野兽，惊恐中圆睁的眼：抗拒遗忘的档案，在充满敬意的沉默中观看的影片。一般的观影者并不想对战争了解更多。那些一直坐在黑暗影院里的人要的是娱乐。有一声呜咽，一声啼哭发自一个穿短裙的女孩。在黑暗的大厅里心神恍惚，今晚她会在某个歌舞厅的癫狂中耗尽这份苦痛……女孩平静下来的时候，一个在座位上打瞌睡的老人发出一声闷呼，惊醒他的是大炮的轰鸣，让他想起两场被遗忘的战争的淤泥。

——在战争期间你还是个孩子，对吗？

金发，瘦小，来自另一个时代，银幕上的男孩在一口井的镜像里看着自己。他母亲的笑声突然爆裂成为水的卡农鸣响，长身而寂寞的马匹在海边吃苹果。

这问题没有得到回答。你的约会对象只想和那些夏日午后的影迷知道得一样多，欣然走向忘川的水域去遗忘。他见过被活埋又被救活的人，因绝望而看淡一切，被推入腐化堕落之中，急不可耐地想要互相触摸，互相摩擦，互相进入。

一度执迷于，像他说过的那样——很久以前，在一个古老而被遗忘的青春期——他自己疏离于世的能力，他已从青年时代狂奔而过，为自己发明困境与不安，收集那些可能占据他理解的需要的执念——什么应该存在什么又不应该存在，什么存在什么又不存在——而他并不想知道更多任何有关战争的东西，他不想知道。词语行走艰难，从他身边绕过，因此没有什么能够找到他：遗忘的奴隶——它侮辱、羞辱和抚慰——它的战利品和荣光。

他怎么能像那另一个：执迷者，囚犯和记忆大师，摇荡在往昔令人晕眩的钟摆之上，被不可能的遗忘那饱受摧残的水域囚禁？

他会在一个夏日的傍晚跟在你身后爬楼梯。门会一直开着。应该有人在他身后关上它。他的手会寻找门把，他会缓慢地，恐惧地拉开，仿佛预见到了一场伏击。他会扭动门把直到它再也转不过去为止。插销应该进入插槽而无人听见，门应该一直卡在门框里面。几乎是关着的……缓慢地拉开，门与边几乎齐平……但无力完成那动作，与门框对齐，无声无息，全然静默，既不扰人也不把人弄醒……踮着脚尖，两眼低垂向地面，手指握着手柄……不要动得太急，不要摔门……一切都应该像一场无梦的睡眠般悄然流动。关上房门，每次都一样：畏惧，谨慎，谦恭……惊吓于任何一扇门砰上的声音，为第一声巨响，为任何有力的动作而发抖。沉默的屈辱，遗忘的屈辱和习惯，被逼到遗忘地步的屈辱。无声无息，门被拉开，缓慢地，恐惧地，粘着木质的门框——一个中断的，未完成的，可怕的动作。

您正在等待一个来自永逝者的信号，它依旧凝固在你的记忆里，这样你或许可以打破那诅咒，让自己摆脱这份属于他的寒冷。女儿，孤儿——被谁所弃？哪个未知之人的未知的姐妹？是谁用他的手卡住他的咽喉？是哪个陌生人发送出如此持续不绝的警报，急匆匆穿过你期望的走廊？

你在等待一件蓝衬衫。那健忘的过客，处于永久的匆忙和变化中的过客，曲里拐弯地跨越可融性日子的游荡者，既不参与也不维护，游荡在雾气沼沼的迷宫里，漠不关心这蜿蜒的过道通向哪里，对自己温顺而又格格不入，被他可以瞬间遗忘的陌生人所感动，就好像其实他才是陌生人，那个他者，在别处，在另一个人的梦里……没有父母，没有兄弟，连一个姐妹都保不住。

你的双手从墙上放下来拢住你的身体。你不属于任何人，你也不为任何人存在。被你自己和其他所有人打成了孤儿，你是一个孤独的女性置身于一条沉默的隧道，仅仅一刹那间与他们一同穿过路径。你感觉墙在膨胀，扩大到左边，到右边，宽到足以让窄肩通过。一个死人的女儿，这死亡的囚徒，你已推迟了赦免，也曾对这样一场无用而旷日持久的复苏惊骇莫名。惨遭遗弃，被迫等待下去，那个死人正是你的镜子：他显然还活着，与你相似而你也与他相似，仿佛相似不是另一种死亡一般。你们是否都该是同类，是彼此的相似者，就是说同出一辙，好让你（孤独之女）在相似性的安宁之中，在它的秩序、平和、平等中死去？凝固的同一性，同步的嗥叫，同一副面具下合为一体的滑坡？让对立面和矛盾灭亡吧！你该不该继续充当那个死人的女儿和那尚未活过的人的姐妹？你该不该在夜幕之下把他们拉得更近？为什么你要与他们相似，既然死亡等待着要让我们归于平等？除非死者以某种方式正设法在指定时间之前召唤我们，除非，在他甘心处于的非存在状态之中，这死去的懦夫忍受不了我们的骄傲，我们活着的抗议，我们生于孤寂的独一性的颂歌。

那个误入记忆迷宫的人，那个腐烂的王子，在那里身受火刑，化为烟尘散去，与你相距遥远的人，他的专横复仇已成为波浪让你停步，令你返回，阻止你，捆绑和动摇你的思想，让你屈服，将你窃走。它们让时间流逝，衰老你的骨骼和动作，平息你的反抗，令你头发脱落并腐蚀你的牙齿，压低你的目光，干枯近处的树叶、树木和水域，毁坏风景，谋杀山脉与奇迹——直到大海本身——令你与他和石头相似。化为齑粉汇入了无边的寂静，他不再知道任何东西，除了掩盖了尸体和灾难的空白遗忘，既不治愈也不生养。

而你将你的指甲剜入溜滑的墙来躲避他，击败他，取回你的自由和无用，唯恐在一个沉默毁灭的走廊之中单单一个蓝色瞬间的闪电里等待。

* * *

梦随一道光的条纹开始。你抓住了这喧闹的掠影，倾斜而又烟雾缭绕，透过窄缝，像一扇门一样裂开。行人迅速、嘈杂地经过，像他们平时那样。他们的眼睛低垂，仿佛在以你很少感觉到的独眼巨人般的好奇在细查着昆虫。傍晚时他们很疲劳：他们在自己的小屋和单间和笼子里面喘息和咕哝着。你悄悄溜出你的藏身之所。月光一滴一滴落下。路径不断下降：所有的路都朝下。你听见互相对峙的声音。你听见严厉的传唤和惩罚的猛击，而你依然结结巴巴地像一个努力学习如何说话的哑巴，远离被毁掉的堡垒。你会晚归，摸索着自己的路穿过斜街编成的绳结。

一个长长的大厅像是一条无声的隧道或一块高高的，乳白色的玻璃。你是那座地下掩体里的常客。侍应生和主顾都认识你。烤山羊、啤酒和朗姆酒的味道，李子白兰地、伏特加、苦艾酒、烤肉串、干邑、五香肉、腌菜的香味——令人食指大动的组合——乳香酒，茴香酒，糖浆和梅子白兰地，全都混合在一起，然后飘散开来。

一座冷冷的，空空的大厅，清爽又干净，没有任何气味。你捏了几次凉凉的玻璃杯。你将它略微举起。在你身后，有人像匹母马一样叫唤，一阵敌意的大笑之后是沉默，接着在后面的某处，再次猛然哄笑起来。你转身望去。

就是在那时候你看到了他,年轻如初,他那件蓝衬衫的领子翻了起来。他的伙伴一头漂白的金发像一个凌乱的干草堆,长着一个胖孩儿的红润脸颊。她肿胀的,香肠般的手指在桌上迅速弹奏着。远处,在大厅的另一端,也许更远,他们坐着。尽管是在这个地方的特殊建筑里面,他们或许仅仅是一步之遥,仿佛你就坐在他们旁边一样。他一点没变。年轻如初,他为自己痛苦的持久而尴尬。她的嗓音一派温雅。随时都能把她杀了,他一直在看她,而她则在看你,静止不动,冰冷的玻璃杯端在你手里。

故事的聒噪在空中盘旋。映在受害者半开半闭的眼里,她的嗓音一直在低语着,像一个胖仙女。来自从前的年轻人不曾移动一英寸。受害者盯着你眼都不眨,虽然也有调情和叮当响的玻璃杯。被他们的配角戏惊呆了,你一动不动地谛视着,你的玻璃杯变暖了。

亲切之声倍增:酒丝丝响,瓶子丁当,她在说话,她的呼吸击中一杯又一杯,而在那个地方的特殊时刻,相遇持续了一小会儿,也算挺久了;你再次望向他们,在谁知道多久以后。侍应生在笔记本上写了点什么。随后蓝衬衫的年轻男子付了帐。侍应生一躬到地。你可以看到他的白外套朝前弯曲。他们跨出了巨大的第一步:你与他们之间的距离被压缩了,又或许他们一直就在你身边。金发女的嘴张开,合上她的黄牙,但你一个字也听不到;他望着她仿佛并无他人在侧,而他也不可能看见你。他们向前挪步——但不知怎的,好像定在那里一样,并没有前进——突然他们不在那里了。

他们消失了。餐厅:空荡荡,静悄悄。他们一步就迈过了你的桌子。他们正开始拾级走向那个通到街上的光洞。她看他的时候,你可以看到她的眼白。面露微笑,他俯身接住滑下她肩膀的红色外衣。他伸出一只手臂用一个延迟的，温柔的，疲惫的姿势搂住她的双肩——罪案之前一个保护性的暂停。

他们正要登上第一级楼梯。屋子里充满了你干巴巴的，老女人的嚎叫。

——你从没有那样抚摸过我！

仓促而又无力，你满腔仇恨地动着你的嘴唇。并未升高，你的嗓音挣扎，窒息，吼入虚空之中，绞杀着每个音节。

——你从没有那样抚摸过我！

一个粗厚的嗓音，一个古老的诅咒，难以听见，向内发声。

——你从没有那样抚摸过我！

一次又一次，随着他们登楼的每一步。他们没有转身，他们也并不匆忙，仿佛他们听不到你从坟墓那边发出的雷霆之声；你依然可以看到他们的腿，他的鞋子和她的赤脚，上面是像一头野兽一样长得弯曲歪斜的趾甲——长着黑翘趾甲的极大的宽脚。

你的尖叫断了，像吠月一般毫无用处。

你把手从冰冷的墙上抽回来，用指尖触摸你的额头。你的两眼已经闭上……你又一次置身于那条走廊，在一条长长的，拱顶的走廊的噩梦之内。你的手指摸索着你的嘴唇和咽喉，怕万一它们因为某种缘故已经变得衰老干瘪了。难道就没有某个朋友或兄弟也曾经穿过这条走廊，听见你在你的沉睡中哭喊，在多少年以前，在你变成了一个困在窄壁之间被永远埋葬的老妇人以前？

从来没有过任何人。没有一个人听见你漆黑恐怖的哭声。但白昼袭来了。幻象破碎：光击中你的双眼，它们为这重复的，公认的黎明而震惊。你和昨天一模一样，经受着漫长等待、寒冷和无尽走廊的惩罚。

* * *

在等待的静止或不安之外,那红球会跟随旋转的光线而动。这进程将紫色的曲线开向那被烧焦的天空,上面满是星辰与仍在成形的亮光:白热的轨迹。

那等待只是起跑线上的踌躇,一个前提,始于可能的死亡或解放,为了别的诞生和别的死亡。行动的一刻必定要到来:为让血或火焰成为一个红色的投影以生出曲线、螺旋、蛇形管、楼梯和陡峭的路径给那匆匆奔向乌有之地的旅行者。它必定要到来,因为你是伴侣,伙伴,为生者或死者命名的第二人称,分隔并生养的对话,移动的点,一步之遥,一个休息站:你就是他者,来打搅我们的睡眠,攻击我们的恐慌吧,你就是隔绝或冷漠,我们存在的确认。

它们将不得不出发:转动的螺旋,这一刻你必须乘着它们抵达,你,变化、过渡和交流,来自某个偏僻、遥远与未知之地的祭品,或是来自那不稳定的——倍增或分裂的——自我,来自二元性,或是那精心编排的特效,我们用它来遏制我们自己,划分我们自己,让我们自己完整,割裂我们自己,繁衍我们自己,毁灭我们自己。

* * *

那延迟者最终应该需要受到惩罚。

他会在早晨下楼——大地之子会奔向可以让他独处和自由的任何庇护所。一个平常的早晨:橱窗模特,特务同志米沙,然后是平静、痴呆的言语交流，打字机的噼啪声，软垫装潢门的旋转，塞巴斯蒂安·卡巴的微笑。从邻近的工作站开始，你会继续跟踪那个逃犯，你阻止不了他。

他会遇见雨，在腐朽的墙头被钉上十字架，基督一般置身废墟之中，暴露给行人和巡逻队。

面露微笑，他正奔离你的期望、相像之处与光，贪求一种暴力与彻底的姿态来粉碎现实，走了调的屈服与虚伪的旋律，嫌疑人又聋又哑的同谋——最终做好了准备去杀死那肥胖、贫穷、幼稚的梦想者的怪诞漫画和耄耋爱抚的所在。

那房间满是乱七八糟的物件，被愚钝的手指磨黄的钢琴键，像电线杆一般站立着的庄严烛台，被鞋油弄脏的毛巾边上的果酱瓶，淤塞着油脂的茶匙。奇怪的小动物，有五只眼睛和十三个翅膀，渗漏着黄色的液体。在这样一个单间里他会努力回忆，但往昔绝不会重归。尖儿上沾着橘子酱的铅笔，裹住糖卷的袜子，扎穿书籍页面的针，封面黏糊糊的乐谱。他会从书架上抽下一本书，发现手指间有一把刀片，他会挪动椅子，粘土的纽扣会啪地落到地上，他会寻找电源插座，一个闹钟会响起来，他的手会被灰尘吞噬，而他的肩膀会躬起，仿佛压着沉重的盔甲。逃犯会猛捶墙壁来弄明白这毫无成果的一天是不是一个错误或某种幻觉而已，命运是否早已为罪孽与救赎准备了合适的地方。

你知道他的故事。你看见他。你预见到他。你是为婚约而憔悴的影子。

陌生人——那缺席的人，被困在偶然一个单间的四百面墙之间（如在四场或四十场默然的风中）——将寻求答案而不得，它被抛在身后留给了第二人称，他所逃离的配偶。

* * *

一个夏天的早晨，一道巨大的大理石楼梯，一面白色的银幕捕捉着最微弱的闪烁之光……某处一条黑暗的走廊……某处，脆弱的窗口不断地旋转着那光。梦中的女孩倚在某处的墙壁上，就像她曾经倚在平原东部粗壮而又粗糙的树干上一样。这场遭遇正在宣告着自己，最终：在那里，在某几格无限的楼梯尽头，受害人等待这个夏日的结束。在没有太阳的隧道里，一只手已经抓住了墙壁。突然，现出一个脸蛋：急不可耐，被光照亮的湿润双眼。随后是蓝衬衫的闪现。熟悉的沙沙声，微笑，瞬间的犹豫。似乎他在回想着什么。他驻足，走近过来。

——你不想今天下午跟我一起看电影吗？

你明白了：那不再是书籍和妄想和没有答案的问题之间的习惯性徘徊；不再是咖啡的圆形残迹，你望着它而没有勇气念出那个期待的名字，你在那圈里继续心怀戒备的徘徊。你将票根捏在指间。你微笑着，很放松，因为被众神选中者时常要等待他们预言中的死亡的应验。死刑的判决应该被触摸，被轻抚，被嘲弄，像一个幽灵般被赶走，像一场虚假的风暴，但受害者却在微笑，这宿命的情妇。她是来自一个童话的公主，来自一场活生生的清晰的梦，其结局会令读者的血液凝冻。

你大笑，你打趣，你调用词语——就是这个游戏。左手的手掌摩擦着油腻的墙。票子在对方颤抖的指间扑动。

夏日的午后停止，天光黯淡下来。悬停的钟点，刷白的空气：窗户打开，房间似乎漂浮在白昼的惰性之中。在无声的走廊里，一个瘦削、细长的存在，白白的脸和圆睁的眼，自由地漂浮着，直到被薄薄的，芳香的风吞没。

新电影院的等候室高而又长。因为炎热，只有几个人在等——很多人在体育场里或是在露天咖啡馆里跳舞。又或许是因为这个电影晦涩的俄语片名，或者因为它是关于战争的，别的地方放的是有浪漫骑士和美丽女郎的电影。

那个早晨言辞已经呼吸了它们的最后一口气，所以你默默地坐到你的座位上，很高兴无物有求于你。图像从银幕中流淌而出，因此你不能看任何别的东西：井的镜像，将男孩的俏脸浸透的水桶，然后是有力的，容光焕发的母亲，在笑着——他们两人映现了一瞬间随后就在战火硝烟之下被水的激爆炸开了。小伊万穿过黑夜走向被占领的河流轻柔的潺潺水声，他的脸越来越凶恶和衰老。你吃了一惊而没有看你的邻座，他似乎什么反应也没有。

——你在战争期间还是一个孩子，对吗？

你低声吐出的词语像是一记颤抖。他没有回答。银幕上，男孩的俏脸遮蔽了黑暗和寂静，连同在海边吃着苹果的长身而悲伤的马。当黑暗消失，观众们便站起身，平复了心情，准备好去看别的故事。

你站在那里。你保持着沉默。几乎是晚上了。在一起，你们穿过一条长长的，冷清的街道，路经高楼之下。汽车疾驰而过。脚步回响在人行道上仿佛是走在玻璃上。商店橱窗都开始复活。右边，一条小街开市了。他落后一步，低一级楼梯。你打开公寓的门。他从下面走上来，落后你一步。

门的开启理应发出一个响声。你对这声音清楚得很。你期待它，听见它，但你却并没有。你跨过门槛时手按开关。房间显现出来。门以铰接装在门框上,小心翼翼地旋转,几乎关上但只是拉到了边。

门的左边,铺了一张红毯的宽床。你坐在床上;他坐在椅子上,两人都沉默着。你看看衣柜,对着门的墙,那一个窄窄的书架,高高地安在墙上。小桌子。阳台。你打开收音机想打破沉默,但找不到合适的电台就放弃了。你站起来倚进他的椅子。保持着安静,他有一瞬间在你的裙兜上撑起身子。你将一只手从他的蓝衬衫的纽扣那里穿过去。你把灯关了。

分割着黑暗,横向的光带从街上透过板条的百叶窗射进来。幽影描摹着物件的轮廓。显然在望着你,他留在椅子上,一动不动并且很可能沉浸在自己的思绪之中。看也不看他,你挪向床边,在那里你依然站立着。你解开你浅色短袖上衣的扣子。你将它脱下。它落到地上。你的手拉开你裙子的拉链,裙子滑下来落在短上衣上面。你垂下你的手臂。一小簇丝线缠绕在白裙子上。从腰际开始,你的手沿着你的大腿移动,抹过你的小圆臀。

没有任何动静,一声都没有。或许他在看你。你依然在他面前,一尊赤裸的雕像。你很美——你小小的双乳,丰满温润的体形。修长、结实的腿。他的两眼在他疯狂的脸上睁得大大的。你知道你这时很美。你看着他,羞怯、内疚地微笑。你举起手臂将手指掠过头发,让它滑下你的肩背。你把你的手放下的时候,你的头发也随它而来,握在你的拳头里。你让假发掉落在你脚下那一小堆衣服上面,微微耸了耸肩,仿佛是说,你能怎么办?然后继续露出你一直挂在脸上的同一副平静的微笑。

你现在是真的浑身赤裸,所以你依旧直立与沉默着。你的短发——像一个新兵或苍白、年少的囚犯的头发——增添了你的凝视的强度……一尊希腊雕像的身体，苗条而不真实，有甜美的乳房和僵硬的双腿……赤裸，完整，准备就绪：你在床上摊开全身，在刷白的天花板之下被钉上了十字架，为彻底的沉默所压制……之后：某物或某人在窸窸窣窣。听觉的痛苦令你闭上眼睛。某物或某人在近旁移动，疼痛，无法忍受。

有一次，他的手摸过你的眼睛，后者已经闭上了很长时间。你感觉到另一个身体的皮肤贴着你的——一刹那的温柔，平和。那身体翻过去，一次又一次，狂野地紧扣着，游离，饥饿，暴怒。夏夜咆哮。

手指从那具异体中生长出来，探索肘、肩、手臂；这身体已经凑近过来，兀自倒下……手臂继续弯曲成为爱抚，两腿则在发抖。你们同时呼吸着，兄妹二人，直到震惊击中了他：突如其来的地震，惊骇于亲切的噩梦，意外地遭到放弃，被放弃了。

又一次，沉默的重量：天花板将你悬起。又一次，身体扭曲，手滑到肩膀、脸颊、眼睑上，陌生的手攀向湿润的眼睑，又停下来，颤抖如一只受伤的鸟的翅膀。近旁的身体在颤抖，退却，返回。它正轻抚着你的大腿，寻找你藏在某个隐秘之所的热量。你，留着新兵或囚犯的头发，有着潮湿的肩膀，被哭泣加重的双乳。

泪水涌流自起初，自起初之前，自始至终：自从你在床上摊开全身伸出双臂，柔软之物在柔软之物上窸窸窣窣，在床边晃来晃去的那一刻……你闭上湿润的双眼等待着……陌生的手已抓住了你的双手——先是左手，再是右手——东西又掉下来了……你在白的天花板上睁开你的眼睛，夏夜在边上飞奔，眼泪像雨夹雪和冰雹粒一般。出于身体的摩擦和痉挛，肩、臂和胸的突然分离：满足已达顶点。你在哭……或许你一直在哭，从一开始，听不见的哭，甚至连你都无法听见,就像本应被清晰听见,但不知怎的没有听见的关门一样。衣服的移动,寻寻觅觅穿过织物、床单的手臂,你身边的身体,远处的脚步——不,首先是他摸到你的一根手指,圈住你的手指,轻轻一挤以示告别。脚步移向房门;门应该已经打开了,你知道它必定是如此,好让关门的声音被听到。但那声音已然消失,毫无端倪地湮灭了。陌生人一直待在同一个地方,靠近床边。沉默流逝:时间与沉默。

你坐起一半,你望向房门,盯着木门框的边。它似乎关上了,但只被带到门框的边缘,关得太轻,差点就关上了,刚好够让一道光透进房间。你依然在同一个位置,被白色的天花板,被黑暗和沉默所压迫。然后夏夜破裂开来。从木质的百叶窗口可以看见两张年轻的面孔,失魂落魄于月亮的裂缝。千万颗星星在井口的蓝色背景上。你闭上眼睛,闭紧。

没有战栗或梦的安睡。你在黎明醒来,一如往常的同一时刻。你触摸你的肩膀,你的脸颊。干的:在它们适当的位置。你从地板上拣起那堆硬头发。你把假发搁在自己身边,放在床上。你的双脚落在冷飕飕的木地板上。你从地上捡起你的衣服,穿上。伸手抚平自己的脸颊,你的身体开始觉醒。你从床上拿起假发,戴回头上,大致地拉拉直。你看一眼房间,打开阳台的门。

在一个夏日黎明的清新空气和曙光之中,你穿过房间。门开着,几乎难以察觉。逃亡者留下了这一点作为证据。你走到窗前,走到外面的阳台上。巴士正开始陆续发车,自行车纷纷启动。通勤正在重新开始,一如往常。大街上,生死竞赛渐渐活跃起来。

你原本或许还能够面对天堂的惊讶,跳过无事的日历,跳过一群群苦干、饥饿、过于顺从的啮齿目工人。没有路径或意外，没有开端或结局的尘世，一场无奈的崩溃，一座沉默的坟墓，每日缺席的谵妄。

你先看白墙又再看街。你心中惶恐，你奔下楼梯：又一个早晨，奴隶的跪拜拥护太阳。

* * *

冒烟的影子，饥饿的办公室奴隶返回他们的巢穴。巡逻队和岗哨就位，特务们全速奔跑：失忆的乌合之众。你听得见勺子和玻璃杯的叮当之声，门撞到床上，电话铃响。

炉灶口上，有东西在旋转。看起来像是一个环状的面包：一个灰烬叶片的小卷儿。这堆燃烧的纸页旋转着：烧焦的信件，已成为黑色粉末的童话，在钢琴老师的乐器下面的废纸篓里。灰烬颜色的釉层：一只碳化的怪物的爪子。

逃亡者全力以赴要完成那伟大的，未实现的壮举。周围的冷漠为报复作好了准备。仇恨承诺要实现爆炸的梦想。在这里，门关上了自己：锁转开了自己，门以金属被扣压的短促刺耳之声回落到它的框内，像一支手枪咔哒一响……但那是很久以前，一个世纪以前，至少。遗忘的，生养的，记忆的，反叛的游戏。他应该将自己的太阳穴抵住磁带录音机冰冷的金属，某张桌子的尖角，衣柜的镜子，电话听筒，门把手——任何可以确认他存在的固体物件。然后他应该将被埋没的历史挑拣出来，他没有足够的勇气道出它们，他会永远随身携带着它们：珍宝与罪责。

他还会把他忘了抛诸脑后而留在你房间里的故事告诉你。

事情发生很久以前和很远的地方，应该是人人快乐的时候，可是太多人已经设法忘记了。回忆那些画面会让人筋疲力尽。叙述者也很快就累了。编年史家写道那时候傲慢自大曾经对当时的运动很有作用，并被释放到人性之上。沙哑嗓音的喊叫，那些可疑人物，他们捕猎自己的同类，怀疑别人并将他们放逐到异国……进入一个未知的国度，那里坟墓会是他们**最终**的家园。**被赶入了监狱的营地，远离其余的人类，他们所见唯有铁丝网、壕沟、共葬的墓地、共住的宿舍、共赴的火葬场。**

少数几个幸存者是解放日的行尸走肉。蔓生无边的胡须、乱发，鬼一般的面孔。破衣烂衫垂下他们的骷髅架。

他们的困惑以分钟、小时和日子持续。他们望着树叶和树枝覆盖的坦克，望着他们的解放者脸上费解的微笑。其中有些人冲到坦克的炮塔上拨开遮没了一颗巨大红星的树叶。大门猛然洞开。他们举起孱弱的手臂来触摸士兵的身体。他们清晰地看到一切，他们听到了幸福的野兽的呐喊；他们因喜悦而手舞足蹈：全体一致的疯狂。他们拥向大门，拥向拯救者的手。眼中的一切都澄澈而又清晰。没有任何怀疑的余地。

他们闻到衣服烧焦的气味。他们看到每个人如何将条纹的衣服扔进火堆，它先是闷烧然后升腾为一支高高的火焰。他们看到、听到、感受到、并且领悟到了正在发生的一切。它不可能是别的样子，而在之后几年——那些重返社会的可耻年月——他们没有显露出一丝疯狂。他们始终在忍耐，先是紧抓着这样一个奇迹的希望，然后是出于习惯。最终，在最后几个月里散布的谣言会证明他们的刽子手脸上的恐慌并非无因。

幸存者眼里的光变得更亮了，映出解放者疲惫的微笑，他们一头短发，身负一种聒噪的语言颁发的特殊指令。他们的制服灰蒙蒙的，他们的步枪和声音都覆盖着尘土。

他们凝望着那些内脏般涌出坦克的青年。他们试着慢慢挪步。在若干个瞬间或钟头或日子里他们依然循规蹈矩，温顺驯服，凝望着大门铁幕上方串起的金属字母，念出他们早已重复了多少次的词语："各得其所应得。"他们从别人身边溜过，不招惹注意，奔大门而去。集体欢庆的混乱保护了他们的出逃。

他们悄悄地走了大约一百步。他们似乎很平静：三具黄色的行尸走肉，眼睛从他们的脑袋上鼓出来，他们被肮脏的毛发侵占的下巴闪烁着白的线条。只要再多走一点，然后突然间他们开始奔跑起来，三个人全都自动地奔跑起来，仿佛他们之前一直都在和谐同步行动，不发一言，生怕这童话会破碎崩塌。影响了每个逃亡者的困惑或许一直都是他们疯狂的唯一标志——归根结底是难以解释的，除非是通过由他们各自的本能所驱动的完美校准机制。

他们跑了很长一段时间，不回头也不停止，直到他们来到了森林的边缘。他们气喘吁吁地进入了森林，并不减慢狂乱的步伐，协调着他们缓慢、沉重的脚步。疲惫与树木的清凉同时击中了他们，一个逃跑的人的父亲一边睡觉一边继续奔跑，像台自动机一样。

他醒来时太阳在森林边缘照着他。他已经像梦游者一般越过了清凉的森林，他是这么说的。他已经在树下睡过了，在包围着他的绿影和绿荫中做梦。他曾经抬起左腿，放下，然后是他的右腿，再放下，用双手抽打空气——先用左手，再用右手——跟着他阔步而行的同一节奏，校准他的步伐，一步接一步，感受和梦想着森林的清凉，那样子就仿佛他纵身一跃就越过了森林。

他们奔跑，他们休息。他们又再奔跑。他们坐在草地或树干上，并不说话，害怕任何疏漏或言语会暴露他们的人性，令他们软弱，将他们击倒。他们停下来休息又再奔跑了差不多三十公里，直到黄昏，这时最初的屋舍突然出现在了一座山的边缘。一个村庄的开始，或是一个村庄的遗迹，或是一个孤独的小村落。他们似乎同时明白了他们不会经过第一幢房子，他们会因长途疾行和恐惧而力尽跌倒。在此，他们的动作化为了三倍，不约而同：那三个平安无恙的人瞬间疯狂的唯一痕迹。他们行如一人，出于本能。他们没有时间思考或说话。当他们终于走进那幢房子的时候，天已经黑了。

他们看见那女人：地板上铺开的影子。他们没有来到女人近前。他们甚至没有呈现出一线惊奇或暴力或胆怯。有五六个女人。他们每人走近一个特定的女人，拉住她的手。沉默、平静的姿态。均匀、单调的呼吸。突然，其中一名男子吃了一惊。他自己停下了。他将手又一次拂过女人的背脊，然后哭了出来。他认出了她和他自己。他想要呼号很久，直到墙垣倒塌。他将手再次拂过女人的背脊，他再次呼号——就是说，他想要再次呼号，但他喉咙里没有发出任何声音，除了一声窒息的咆哮。其他人对他漠然而视。他推搡他们。他像疯子一般击打他们。这些都是两天前逃跑的女人。他们在男子营里听说过她们。这个女人是他的妻子。他没见她已有三年。他相信她已经死了。他已经把她忘了，强迫自己永远将她忘掉。这女人的背上有一个小小的赘生物，它像一个圆橡子一样长着，只有他知道。

黄昏的迟滞。柔软的墙垣逼近。很快沉默就会降临。我们将得以入睡，远离与我们偶然的姐妹格格不入的往昔故事，那是你未能做到的事：你依然是那么活生生的，真实而永恒。

儿子想要讲述父亲在你的乱伦之夜逃亡的故事，但他做不到。他早已知道祖布楚上尉，没有别的需要补充。罪孽的传说带不来安心。黑暗很快会接纳他的。忘川会将安宁带给缺席的那个，远离古往今来无人经过的空虚日子。

"我"

黑的空气，残余的暮光，和街道憔悴的丝带：被大灯和鸣号弄得头晕目眩，时有行人横穿小路。像战时一样，邻居的收音机放出一个英语播音员的声音——调低了。悬在街上的是墙壁模糊的狭窄房间：轻轻一踢大概就穿了。物品都畏畏缩缩的。有鳞的，爬虫般的床。蠕虫盘绕的窗帘。夜灯：一只随时准备尖叫的生物的咽喉。黑暗：将形遮蔽，将体压扁。我的身体楔入桌子和钢琴之间。闭上我的双眼触摸钢琴的边缘。一只手拂掠黑檀的木条。一根手指的按压发出一记浑厚之音。再一按：纤细。钢琴键：黑与白。

一直趴在纸张和换洗衣服上面，睡觉：或许是要……作为另一个人醒来，不再苏醒。起身。迈步到书柜之前。一盏书架灯将光投在书脊上：成双的标题，好像这个音乐老师总是各买两本似的。找到一本有熟悉名字的书，细看它的字母，把标题念了几遍。这本书读过一回。那时候整段整段都背得出来。桌上，一个装有文件的夹子。打开它。一封打字的信，一份复写的副本。另一个副本，是同一台机器打出的一封不同的信件。另一封信：尴尬的阳刚笔迹，是一只颤抖的手写下的。一个故事的打字稿。将夹子和架上的书拿过来。把它们放到一起，放在床上。公寓里一片宁静。外面，汽车不断发出歇斯底里的警报。邻居的收音机继续播放违禁的新闻。

拉过一张纸片朝向我，把它在指间举起。有一只小鸟住在一个树林里，全然与世隔绝。尽管她在那里忍饥挨冻，鸟却与树林相亲相近。树林也乐意知道她亲爱的小鸟始终都在那里。当小鸟说"你好"或"晚上好"的时候，每棵树都很高兴。当她看到这棵树长出了新枝或那棵树抽出了嫩芽，小鸟就会变得更强一点，同样，如果一棵树被闪电或某个樵夫的斧头劈到，她就感到仿佛是她自己的身体受了伤。一个睡前故事。可以重读一两次，然后睡着，到最后……

处于睡前故事的永恒当下。闭上眼睛……一个爱鸟人穿过树林。很有魅力地劝小鸟跟他一起来。可是爱鸟人家里已经有另一只漂亮的飞禽了！最终爱鸟人对他新弄来的小鸟也厌倦了，抛弃了她，带着那只漂亮的飞禽去到外面的世界，却一直忘了打开我们的小鸟的笼子。等着他回来的小鸟起初是拒绝他的，因为她只有在树林里才感觉安适如家。只是，像一个执着的巫师一样，爱鸟人是带着一个金丝笼来找她的。离开了她的家和朋友，没有回头路可走了。最初的犹豫，被抛弃的羞辱。始乱而终弃，像电影一样。

我们不知道爱鸟人有没有及时返回把鸟救活。她的心跳满怀情意，小鸟等待着他，始终希望不灭。你怎么看？她的等待是否白费？这要视情况而定。如果他真的离得很远而又在下雨的话，他应该是回不来的。但是如果一份消遣的渴望再次压倒了他，那么他就会拼命奔回这出情节剧。

薄薄的纸片在我的左手上……被揉成了一个紧紧的球。把它们扔了。累垮了可还是无法入睡。在架上的书中发现了很久以前读过的一本。这是否证明正发生在我身上的事的必然性？在一间偶然的房间找到了一本偶然的书，一本很久以前就知道的书，在一场很久以前的生活里。所以……这经历又怎么可能没有任何意义？回忆起一个文本中一则与概率计算有关的轶事：乔治·D·布莱森从圣路易斯到纽约出差。他的火车经过路易斯维尔，而因为布莱森并不急着赶路，他便中止了一天的行程，去往该市最好的酒店，在前台他开玩笑地询问有没有寄给他的信函。笑容可掬的接待员递给他一封信：乔治·D·布莱森，307室。正是他刚刚被分配到的房间。纯属运气，307室之前的客人是另一位乔治·D·布莱森，正旅行前往一家加拿大保险公司[①]。

这两个布莱森碰面了，然后都得扇一下自己的脸才能确信自己不是在做梦——究竟是怎么回事？一个惊人的事件，一个巧合，却并不证明或验证什么？假如这两位先生名叫蒂伯留·科瓦尔斯奇或博格丹·祖布楚又会有什么不同呢？有什么理由认为这样一件事是有趣的呢？"有的，如果这件事涉及我们的话，"概率论者聪明地回答，并补充说，"永远要考虑到趣味这个概念是极其主观的。"

一场与一本很久以前在一个冬天的傍晚读过的书——或一段人生——的重逢该让我感兴趣么？当时的冬天傍晚，期待着一个同班同学的来访……曾经认为他还欠我一个解释……仍旧期待他做出重要的供述。是否值得关心这件旧事，是它将我送回我脑海中仍有记

[①] 美国科学家，数学家韦弗（Warren Weaver，1894—1978）的著作《好运夫人：概率论》（Lady Luck: The Theory of Probability，1963）中记载的真实事件。

忆的一段时光？或者还不如在这个荒谬的房间里寻找意义？只要一个人希望这个房间，这个日子将意义赋予自己……就像在概率叙述中那样：与纽约相关的乔治·D·布莱森在圣路易斯的相遇之后多年发现他的祖父曾经离开自己的家乡前去参加内战，在他的亲生儿子——纽约人的父亲——出生之前。更有甚者，在战后多年又发生了这样的事，祖父向孙子展示了他第二个家庭的一张照片，那是他在北卡罗来纳州的时候成的家，美国重建期间他在那里待过几年。于是，第二个可能的巧合出现了：两个乔治D.布莱森可能都是同一个人的孙子，加拿大的乔治·D·布莱森的父亲是来自北卡罗来纳州的私生子。

回想一下那个冬天的傍晚留给我同学的话吧。一字不差地回想一下：我们应该对这样一个大地之子作何感想呢，他也处在这样一个年纪，无论是一天，一星期，一个月还是一学期都依然应该扮演一个重要的角色，因为它们会产生这么多的变化和进步时刻——而他有朝一日终会养成那种亵渎神灵的习惯……或者至少会时不时地堕入那样的快感之中，不说"一年前"而只说"昨天"，只说"明天"而不说"一年后"。①

把书拉过来朝着我。如果只是一个兴趣的问题，尽快睡着大概是最好的吧。但也许不妨相信稀罕之事是存在的，翻阅这本书说不定会提供渴望中的启示呢。大概必须要翻到第七章，在五百页之后。不断回忆来自另一个时间，来自我脑海中存有记忆的一个时间的单词和短语。一页页翻阅着这本书而一行未读，一直到第582页。字行在我眼前跳舞。

---

①托马斯·曼《魔山》（Der Zauberberg）。

时间具有客观的现实性，即使主观感觉被削弱或消除也是一样，只要时间在"推进"，在"流淌"。这是一道困扰着专业思想家的难题，要弄清一个搁在架子上的密封罐是否处于时间之外。但我们深知即使在一只睡鼠身上时间也依然会完成它的工作。某个医生提到一个小女孩，十二岁，有一天入睡之后长眠了十三年的案例。然而，在这个过程里，她并非自始至终都是一个小女孩，而是作为一个年轻女子醒来的，因为她在此期间已经发育成熟了。①

当时，脚步在磨砂的窗玻璃前经过。他们惊到了我但并没有停。字行在我眼前跳舞。完全静止不动，在字母上昏昏沉沉，重读每一行——不是一两次而是十次。只是，这间满是遗迹的屋子的居住者不会前来。凶手将失去他的力量和欲望，他的疯狂和耐心。那时候，霜花被蚀刻在窗玻璃上。他一直没有露面。调用一切可能的谎言来逃避是他的权利。战斗的时间到了，他知道，我也知道，但我依然继续白白地等下去。

要想象这种假定的生命并不会太难，或许在比我们这颗星球更小的行星上，它们的时间尺度是缩微的，对于它们"短暂的"一生来说我们手表秒针的轻快疾行会有当下正在推进的时针完全不可察觉的缓慢。我们同样可以想象有某种生命的时间感是被延长的，以至它们的"即刻""不久""昨天"和"明天"这些观念会容纳它们的存在之中一段无限扩展的持续时间。但我们应该对一个大地之子作何感想呢，他除此之外还处于这样一个年纪，当一天、一星期……。②

---

① 托马斯·曼《魔山》（Der Zauberberg）。
② 托马斯·曼《魔山》（Der Zauberberg）。

一天过去了,一星期。仍是一个睡意蒙眬的高中生。不,仅仅是一天,一星期,一个星期六过去了,而混乱的言论就会变得合情合理。到处是打字和检查和拦截和拍摄和追踪和复制的机器:他们单调的啪嗒啪嗒就在这里,而我自己……在逃亡途中,迷失了方向,遭遇每个角落的跟踪,无法入睡。

"你走啊走,走到永远,你已经失去了时间而它也失去了你……一块地面,撒落着海藻和微小的贝壳;听觉被那一阵肆无忌惮,自由穿梭的风所激荡……我们看海水来回伸展的泡沫之舌舔着我们的双脚"。[①]

浪涛之下,轻抚的泡沫之下,海在水的浩大城堡中咆哮。

* * *

海隆隆作响。厚厚的城墙把浪涛的轰鸣挡在外面,但还有别的声音在互相撞击,横越大厅的路径:门闩的开启、金属的铿锵、锁中转动的钥匙、插销、重弹簧。其间是零散、不规则的中断。一,停。二三,停。四五六,停。一,停,二三,然后四五六,停。反反复复,持久的铿锵,右边传来一阵连续的杂音。左边,短促的中断;右边,很多手指拥挤的轻扣,锤打。

抬起我的双眼。发现自己在一张中等大小桌子右边的一把椅子上。注目越过桌子,一个体格强壮、脸颊宽阔、手很大的男人。左右传过来的不连贯噪音始终没有停。转头看我背后是什么事情。排成两行的小桌子。金属的体块在每张桌上震颤:计算器,打字机。

---

① 托马斯·曼《魔山》(Der Zauberberg)。

所有的桌子上脊背躬曲，匿名、佝偻的躯体不停地移动着手臂，击打着机器的按键来书写、计算、核对。

　　转过身来撞到坐在桌子那一头的人的胳膊。他拿着一大张粉色的纸。端详他，两次。穿着一件破旧的海军蓝西装，他耷拉的衬衫领子和上面的斑点拧成一团，下面是一条灰不拉叽的波尔多酒色领带：我的狱友，特务，米沙·伯拉丘，着手报告我的"良好表现"。对他微笑。米沙回以微笑。从他粗大、多汗的手指间抽出那张粉色的纸。一张有很多水平和垂直栏目的表格，上面满是统计数据。在打印的字母下面，以墨水填写，在括号之间：（型号）。工作代码。受益人。对象。工作类别。执行工场。项目编号。返回处理日期。以墨水填写的数字。想要问米沙这是怎么回事，或者——按其任务所需微笑着——米沙想要问我。

　　破旧的海军蓝西装，如他的任务所需。米沙拿着一张长方形的粉色纸片。接过它来。统计表单有许多水平和垂直的栏目。机器不停地咔哒作响：计算器和录音机在左边，打字机和跟踪器在右边。扫描标题和栏目。工作代码。突然有什么响起了铃声。某台添加或书写或传输的机器出现了信号错误。转过身：左边那排脊背不曾移动分毫。手臂迅速地、机械地抽动，在每张桌前。在右边那行的末尾，在房间尽头，一个巨大的幽灵将一个听筒举到它的嘴边——可能是电话机。的确，每张桌子上都有一部电话。虽说很大，整个房间依然是浓烟弥漫：在每张桌子上——左右两边——都有一支烟在一个圆的烟灰缸里点着。

　　转回去看到宽肩、宽脸、多汗的米沙——一边微笑一边继续监视着。看了他一眼。噪声越来越大。再也难分左右了：计算和打字无处不在。伸出我的手。统计表单。五号线路。装机功率。千瓦。摸到手指间有什么柔软的东西。凝视我的双手：一簇丝般的头发，一撮假发。米沙面露微笑，戴着手套——现在是晚间的行头。他的假发并没有完全传到我手上。我们两个都拿着它。非要问问他才行，无论是什么——去跟他谈谈……不惜任何代价跟他谈谈。开口。太晚了。警笛在响，也许是手机。必须要行动，但做不到。声音来自近处，在我脚下。米沙微笑，向我微微倾身，用他的戴着白手套的巨手拿起假发，把它留在桌上，在桌下略微侧一下身，他抬起晚礼服尖尖的黑色尾巴。他把电话放在桌上，右手拿过听筒，将它举起。一时间鸦雀无声，只剩下我们的呼吸和后面其他人的喘息。

透过听筒，一个男人的声音命令道：

——这是科瓦尔斯奇。告诉那个笨女人电台广播完蛋了。看我尿翻她的白痴故事。

脏话在电话里清晰地轰鸣，于是整个办公室便回荡起那有节奏的嗓音，不停地说着同样的污言秽语，一遍又一遍。

——这是蒂伯留·科瓦尔斯奇。你可以告诉大姨妈她永远不会在电台里听到她那些蠢故事了。

科瓦尔斯奇骂个不停。可怕之极。必须要做点什么：中止听筒、办公室、嗓音和——背景中喘着气的所有声音。

——这是科瓦尔斯奇。告诉那只拔毛鸡她的小故事……

手掌被冷汗沾湿，将一只手臂在电话听筒周围甩动。半闭起双眼。衣柜，炉子，收音机。继续把听筒拿在手里。没人说话。背景的噪音。拨号音。听筒从我手中滑落……又一次，我的两肩放松了。被柔波轻抚，我的双脚在海藻之间。永不回返，被永恒的水淹没，浸在丝般的水下。完全的寂静。一间长长的大厅，一个有厚墙的城堡，一张桌子。桌上：一堆粉色的纸页。捡起一张。一张表格。统计表。代码。受益人。线路一，二，三。线路四。抬起双眼。在我面前一个男人微笑。他有一张宽阔的脸，光亮的头发，他把那张粉色的纸片拿在手上。应该问他那是怎么回事，但铃声或警报已经响过了。后面有些小桌子上放着小小的、振动的机器。我的邻座的笑容是死的。

应该伸出我的手，拿起听筒，动一动我的手臂，把它放到我耳边，但此刻敲打正雨点般落在玻璃幕墙上。窜起身来。在灯泡的微光下醒来。有人正在敲玻璃，在敲玻璃门。一步跨到那里。拨开灯的开关。灯光将我眩瞎。扭动弹簧，锁，弹簧。按下把手，门，把手。门向内开启。再多拉开一点。

穿着一件海军蓝西装，那高个的人长着一张宽宽的，斑斑点点的脸。

* * *

结实，新剃的头，一股理发师的味道。深色西装，白色衬衫。软软的领子下面，领带拉得紧紧的。中重级的外套加右手一只公文包。头发：滑，薄。

——米沙，你好吗？

站在楼梯右边门口的人震惊中张开了嘴，意外地没有将它合拢，挺直了肩膀来应对这个显而易见的疯子。

——斯曼塔内斯库教授同志不住在这里吗？西装衬衫领子瞥了一眼贴在门上的小卡片。

——你不是米沙吗？米哈伊·伯拉丘？陷入沉默，回过神来，紧靠着墙，找借口：抱歉。不好意思。是的，是的，那位女士是住在这里。误会。是我搞错了……一个同事。把你跟办公室里的一个人搞混了。请原谅。是的，请进。她是住在这里。

急忙请他进来：一种荒唐、草率的补偿行为。门已经在陌生人身后关上了，他走了进来，此刻正在等待。

——啊，总是忘事。我妹妹现在不在家。不过你是哪一位呀？

随时准备进攻或是防守，访客疑惑地看了看我。

——一个熟人。工程师格里戈尔·巴特纳鲁。格里戈。

就让他啰嗦个一时半会儿吧。访客很显然害怕落入陷阱。看他跟教授女士的丈夫打交道多有意思！种种闹剧跃入脑海：都一样精彩。很难选啊。

——我妹妹跟我说起过你，那疯子终于说道。就本人而言，我并不住在这里。

——唔。她从没写信说过有一个哥哥。

本来应该想到这种事情的。信的结尾已经很明确了。

——请自便。也许你愿意等。坐吧。

上前把一堆东西从椅子上拿开。杂乱无章的垃圾。找不到放的地方。就扔在床上。

——我妹妹正准备清理房间。有一点乱……没想到会有客人……

——啊，是。偶然到访……有些突然。

局促不安，不明就里，西装衬衫领带先生找了个座位，朝我的方向投来不信任的一瞥。疑惑格里戈先生是不是一个彻底的白痴，归根结底。

——她从没跟我提过有一个兄弟，这个还不完全是白痴的人说了第二遍。

——她是我同父异母的妹妹，实际上。我母亲是很久以前去世的。我父亲马上就再婚了。

——你看起来更年轻。

——我的外表……健康的皮肤。

格里戈又久久地看了我一眼。

有一种疯狂的欲望要拉他进行一场真诚的交谈，希望他阐述自己的原则——赢得他的信任：会有告白，承诺，他会像个未来的妹夫一样拍打我的肩膀。勉强说道：

——名字叫格里戈，对吗？我妹妹跟我说起过你：她对你评价很高……说起过你充满崇高思想的来信。

这人松开他紧抓住的外套，放下了公文包。

——是啊……喜欢什么事都开诚布公，特别是写出来，因为可以长久保留。

——好想法。我妹妹还跟我说起过你的姐姐，在普洛耶什蒂①当教授的那个。说你跟你姐姐也很亲近，这非常说明一个男人的性格。还听说你很成功：一名展会向导，几家工厂都争着要雇你。

——不完全是，不过调到什么地方都行这一点倒是真的。

到现在应该早有梅子白兰地、下流笑话、军队里听来的故事了。然而，格里戈却开始环顾起了四周，而如果他太过好奇的话，捷格②舞曲就该响起了。

——请坐吧。坐吧。莫妮卡现在随时会来。坐吧。我自己几年

---

①Ploieti，罗马尼亚中南部城市。
②Jig，一种轻快的三拍子舞蹈。

前也在普洛耶什蒂。见过你姐姐，那个ISEP①的毕业生，在一个青年行动会上，那是我的莫大荣幸。谁能想到有朝一日会有一个家庭的纽带？见到过你的姐姐，她居然还是校长……搞不清楚一家人长得有多像，但那就是她，可以肯定。

再一次把手放到公文包上，访客又久久地看了我一眼。

——我姐姐从来没在普洛耶什蒂工作过。

——这是你写的，不是吗？你姐姐是校长。不可能有错。莫妮卡总说……我非常清楚。

准备把他掐死。没有别的事情可做了，词语像沙子一样硌在我齿间。

——你的腿也没出意外？俄语和化学没有成绩不好？就是说再也没有什么确实的东西了：那些愚蠢的信，征友栏上的广告，连拼写错误都不是真的？那么说也许阁下是瑞士大使，或者是我的某个失散已久的兄弟，又或许是想要取我脑袋的检察官？

所有这些就是一个没用的麻烦而已。一切都早已失去。这个斜着嘴，报复般傻笑着的访客直盯着我的眼睛说：

——唔。第一封信是这样的，直到我们开始互相了解为止。我姐姐实际上是一个巴尔拉②的经理。跟普洛耶什蒂没有任何关系。

——随便吧，随便吧……是我的错。我的记忆有时会不争气。无论如何……记得非常清楚那校长说了她的名字。不过……如果你不想等的话不会强求……或许明天打个电话，过来一下……

恢复为一种更加恭敬的语调。我的话还在挣扎着从嘴里冒出

---

① "Institute for Economic Studies and Planning（经济研究与计划学院）"的缩写。
② Bârlad，罗马尼亚东部城市。

来，可是淡烟草肤色、宽脸的工程师已经到了门口，准备离开，手里提着公文包和外套。手放到门上，他转身对我笑了一笑。是的，他明天会顺道过来或是电话。

门在他身后咔哒扣上。本应该把门撞开，跟着他跑下楼的。他不可以就这么走掉，突然之间，也不解释一下——必须这么说："你的意思是说回到那里，在你受尊重、先进、出类拔萃的地方，没有人跳进火焰之中么？你什么都不知道，就好像你是瑞士大使什么的。你上的是另一班，在另一个部门，在另一家工厂，在另一个城市，另外那个疯子，另外那个，在另外某个时间，在另外某个地方？你是不是对任何事情都毫无记忆啊，你这多愁善感的傻瓜？我亲爱的公民同胞，你是一条鳄鱼。"

时间流逝：刚才是不是一场特殊的会面，跟那个海军蓝的名叫格里戈的访客，格里戈尔·巴特纳鲁？

因此：反正已经离开了我的办公室。那里有机器和各种机制。对我来说，难以忍受……因为婴儿受不了打字机。重复这句短语却无法作出解释：那是一个口号，一个避免鲁莽或拒绝的遁词。总工程师看着我一路跑下楼梯。这宿命的短语很有力量——那些词语已经击中了他。那鳄鱼蔑视我（即使是现在）因为我听任自己被推入无名之中，因为我每天早晨的正确问候，我道貌岸然地鞠躬的样子，*commeilfaut*①。

我的撒谎和侮辱让我成为这座鸡笼的理想居民，但首长却依然和颜悦色，平易近人；他甚至不想承认那句愚蠢的短语，虽说它的确，当然了，很有力量。这有力而扭曲的短语甚至没有触到他分

---

①法语：恰如其份，得体。

毫。它根本没有击中他。老板依然和蔼可亲，心不在焉，自信十足，舒适，有逻辑，因为他仍在以一种忧郁的方式玩弄着他细腻、脆弱的双手。长久以来，从儿时开始，他就有了长长的，神经质的手指。我们有一度曾是同班同学，当时他就有一双完美、苍白的手。我们那时就像一群新生儿，我们拥有记忆，我们相信逻辑直到最后，直到苦涩的尽头以及更远。

* * *

新来的学生从老师的桌子寻路向门走去。他穿着一件完美的、洁白逼人的衬衫，浆洗得像块木板。这个新同学身材瘦削。他一头棕发，用几乎雍容华贵的方式隆重地鞠躬，他跟每个人握手，一个微笑的同志，活泼而又阳刚。缓慢但却肯定地，其他人也开始为他的微笑所摆布，直落他的掌心：被征服了。狡猾、沉闷、胆小的农民子弟——有着习惯了锄头、犁和镰刀的手——总是埋头读书到深夜，他们看他的眼光充满谨慎，然后是敌意，然后是嘲讽，而再多几秒他们就本能地想要成为他未来的崇拜者和保镖了。他跟我握手，刹那间他似乎吃了一惊。我们的动作一模一样。我们鞠躬。我们微笑。我们握手。他仿佛在一瞬间被打动了。但他再次微笑，继续往前走，在他的角落里坐下后，又向我投来短短的一瞥。

新来的男孩是一个平庸的学生，几天后我明白了。这让他跟同学们相处良好。有一次课间休息我问他有没有带来政治青年组织的"转调单"。他不是这个组织的成员，他回答说。我问他为什么。

他微笑道：在朱尔久①他们只接收游泳者，而他不会游泳。小伙子们都笑了，我也和他们一起笑了。我问他的父亲是做什么的。他不再微笑，一直等到最后一丝欢快的表情从我们的脸上消失了，然后他才回答说：他父亲在附近的盐矿当劳工。铃声响起。我朝他打了一个简短的，友好的手势。

他从一开始就很尊重我在同学中的位置。在他们的崇拜与追随之下，他加入了，当然他们对我的追随，并不那么紧。

我们当时正是高中最后一年：塞巴斯蒂安·卡巴已经完全适应了他宿舍里的邻居。他成为其中一员，与大家打成一片。他在任何方面都不出色。是他的体贴作风和诚恳热心让他与众不同。我参与政治的积极性已经日渐消退而趋向中立，但还没到那种地步。当我预见到原先将我推向前沿的激情会这么快就烟消云散时，我会变得沮丧的。

看着塞巴斯蒂安，我就会看到他的父亲置身于巨大冰窟里推着手推车的工人之间。我会想象在那些哥特式的穹隆之下苦干一整天的噩梦。我总是看见那些劳工的疲惫，他们凝冻的脸在开始上班时像他们结队返回光亮处的时候一样颓丧。我会听到他们的猛击劈斩着冰封的大城，他们的嗓音在铁镐和钻头探测的块石间彼此寻找。就这样我不断地感受着他们：见弃于他们的同类，衰老不堪，偶尔抬起他们的眼睛看一下身边的工人，可能某一天就会死去，葬身于盐筑的冰川之间。

我们的新同学显然值得最大的关注。然而，我想要攀援而下进入那些巨大的，冷藏的墓葬窟的欲望，却超过了我对新来者的好

---

①Giurgiu，罗马尼亚南部城市。

奇——也超过了对于慷慨、妥协和愧疚的更大社会实验的任何好奇。我急着想要找到任何东西,可以将我们那些破课本的愚昧昏瞆打入耻辱之中,连同我们羽毛未丰、青春年少的无知一起。

对盐矿的造访原本立刻就可以安排下来,假如我想跟父亲说话的话。只是,我无论怎样都引不起他的怀疑,还是这样。

* * *

战争结束已经过去了两年。我们在和平第一年的年底才从我们被放逐的草原营地中返回。我的新妹妹出生于此后数月。

我父母的低声细语透过半开的房门传来。我明白他们在起名字——特殊的名字:喀秋莎,斯薇塔,阿格妮塔。斯薇塔听起来像瑞典人,有男子气。别的则根本没法理解。他们从来就没有多少独创性,所以我不明白他们脑子里进了什么水,为什么非要再生一个小孩。我走进他们的房间。木板床,好像比我那张大点,是木匠邻居做的。我们现在吃饭的那张熟悉的旧餐桌和三把椅子都在我的房间里,跟木板制成的橱柜放在一起。伊莱亚娜,我们的朋友和邻居,从我们被驱逐出境之前就把我们美丽的旧桌椅藏了起来,并在我们回来的时候归还了它们。

我父母的房间里有一面镜子和一辆婴儿车。妈妈在床上,静养身体。我的父母看着我。他们明白。他们对视了一眼,而父亲,正坐在床沿,朝我转过身来。

——你觉得呢?有没有一个名字是你喜欢的?

——没有。

如果我在微笑的话,他们或许会认真对待我的吧。但我皱起的眉头和郑重的回答显得很幼稚。

——说真的,你喜欢什么?

——多娜。

我母亲的脸颊突然间血色全无。意识到危机可能爆发,父亲双手紧扣,鄙夷地看了我一眼。

——你对多娜还记得些什么?你还知道她长什么样吗?

确实,已经过去了不止数年,但我并没有忘记:她身材苗条,像王冠般顶着一个巨大的黑色发髻。她眼睛很大,黑灰色,细而又白的双手总是轻轻抚摸,像是一种窸窣之声。多娜几乎是一位年轻女郎了,尽管她还只是一个孩子。她摇摇欲坠,像一个必将散去的奇景,也是第一个分崩离析的。她紧抓着我的手,在离别之际,充满了绝望。我忘了随后被牺牲的女孩儿们长得什么样。她们几乎也是年轻女郎,雏鸡般纤小,像她一样。她们的眼睛长得又大又灰,是透明的。我不记得她们所有人长得什么样。她们很轻,是玻璃和空气做的;她们在绝望中与我们分离。多娜肯定什么事都会去做的,如果她认为那样救得了我的话。刽子手们说的话多娜一字也不会相信:她是在一种绝望的状态下离开我们的。她长着很大的黑灰色的眼睛,轻柔的手。她戴着一顶王冠——重而又黑。我们分开了这么多年,而她依然长着很大的黑眼睛。

脚步声进入厨房。噪音来得正是时候。父亲伸开双手高兴地站起身来。我在门边上。客人们一瞬间已在我身侧。我退后靠在墙上好让他们通过:伊莱亚娜和弗吉尔·梅赫丁蒂,我们的朋友。高大,非常高大,白头发,黑胡子。像一个拦路的强盗。矮小,苗条,玩偶般纤弱,棕色的头发和白皙的皮肤,伊莱亚娜在陌生人中一现身便令交谈停了下来,就如同惊奇环绕着她娇美的存在……人们的膝盖在她的美丽和魅力之下纷纷弯曲。我溜进我的房间。就在这时婴儿车开始充满了婴儿的哭声。他们围着她手足无措；随后每个人都安静了下来。父亲走进厨房泡茶。他看了看我。他停下片刻来思考。

——多洛蕾丝，这个你喜欢吗？

——不喜欢。

他继续一意孤行。斯薇塔，多洛蕾丝，阿格妮塔，喀秋莎：我很想知道他从哪儿找到这种名字的。如果这些也算名字的话，那就是说这个婴儿叫什么都可以。为什么不是多娜呢？或是伊娃？如果还是必须忘掉一切并且从头开始，像父亲一直说的那样，那么伊娃听上去非常不错。他每天不断地重复那么多次："我们必须遗忘，为了重新开始。"那好啊，伊娃就是答案。应该没有必要再去发明复杂的外国名字了。我们妥妥帖帖定好了一个。假如我当初这么告诉他的话，他大概会从他巍峨的高度俯视着我，确信我一样都不记得了吧。他已经端着托盘和杯子往回走了。我听见他们一直谈到夜里很晚。我想就是在那个时候他们才第一次将依然毫无把握，隐隐有些不安的关注汇聚到我身上。

* * *

于是……伊莱亚纳·扎哈里亚。她在战前曾是我们的邻居。她以前和我父母一起在银行工作。她曾经多次邀请我们这些孩子到她家去。她一直很照顾我们，玩，跟我们一起跑来跑去，给我们洗澡。她比妈妈有耐心得多。她在晚上讲故事逗乐我们。她爱我们。我们消失后她尽力保存我们的东西，甚至想要找到我们，联系我们。有人指责她企图救援。她很幸运：他们因缺少证据而开释了她。她的固执不是她对危险的极大蔑视和她对我们的忠实的唯一证明：还有别的。在普遍的仇恨之中，她一直感到孤单，迷惘——遭到玷污。她与那病态的混乱是如此格格不入，仿佛是来自另一个世界，将它们那个完全否定。

欣喜若狂中，她的哭喊遇见了衣衫褴褛的行尸走肉，他们行进在城市刚刚平静下来的街头，作为被驱逐者回归活人之列。她是第一个再次见到我们的人，第一个想要再次见到我们的人。在最初那几个月里她在自己家里给我们喂食，把她所有的一切交给我们。她尽力要让我们对生活习惯起来。她一夜夜不停地听我说话，一遍遍请求我跟她讲我姐姐多娜和伊娃的事——讲述每一天，讲述她们最后的日子。一遍又一遍：她不怕结果我会死去。不屈不挠，她不断要求更多的细节。

她总跟那个年轻的木匠一起前来，后者一点没犹豫就给我们做了橱柜和床，即使他已经是一个很重要的人了。一个高大、有力的白发男子，他说服了父亲没有权力一直当一名不起眼的银行职员，让他确信注定要去做别的事情。她重复他的话——她那时候完全被他迷住了，在他们结婚之前几个月。变革的号召从四面八方爆发出来，触动着每一个人。犹豫了一阵之后，我父母迅速进入了一种狂热奉献的模式。我也做好了准备去迎接又一个开始。那个十一二岁男孩的睛里燃烧着激情。

* * *

挤进我太紧的领圈，我会在深夜回家。那时候，我们经常出门到村里去，我们会召集农民来听我们朗诵，看舞蹈和表演。之后，一辆卡车会在原奥地利市政厅把我们放下来。夜里很冷。瘦小而又鲁莽，我总是顺着边道滑行，紧靠着墙壁。然后我会蜷缩在粗糙的床单之间，精疲力竭又无法入睡，在床上看书。那些都是炽烈、无耐心的阅读时段，我在其中初次体验了天真而晦涩的韵律，感受到词语的脉动。

然而，公开示威很快令我感到浅薄无聊，于是我对弗吉尔·梅赫丁蒂进行了密切观察。我研究他的动作。他是一个伟大的榜样。我撕毁了我可怜的诗作：它们的狂暴和冷峻显得荒唐可笑。是时候采取下一步行动了。我意识到我正在出丑，像个白痴一样又唱又跳为沉默、威严的工人争取利益，所以我放弃了正在把附近的村子逼疯的文化激进主义。我忙着学习弗吉尔·梅赫丁蒂的动作、言语和看东西的样子，这时我遇到了我的数学激情。

我很少见到我的父母。父亲经常走掉。妈妈很难在家、银行和会议之间划分她的时间。我是政治青年组织的领袖之一，但并没有忽略数学，一般总是很晚回家。我们有时会谈话，这时我就会感觉到我父母的关心。一天晚上，我听见他们低声在说："他会准备好做任何事情的。"当然，我本来就应该准备好做任何事情。两个诚实的银行职员是不可能完全理解我的志向的。我们正在建设一个新社会，而战后重建的热潮也正在尽情释放的路上。我有一个角色，它治愈了我的谦卑之症。在那些匆促的年代，我学会了大声说话，当众激辩，以及猛摔房门。

我的父母总是很晚回家，疲惫不堪。他们睡得很少，吃得又快又多。如今肥胖而又臃肿，是焦躁不安的睡眠者，黎明时分扭身起床，饱受每日生死竞逐的鞭挞，他们没时间来恢复自己的身体平衡,而一回到家中他们就把身上所有的疲惫和不满和随着年岁而来的憋闷发泄出来:健康面临危险的报警信号。对于他们来说这是一个悲伤和崩溃的问题。他们被自己十几岁的儿子弄傻眼了,后者把他们视为毁掉的塑像。在他们筋疲力尽的时刻,他会用疑问和不信任来对抗他们。我们陷在一个带刺的圈子里,没有出路。

白天,我总是急着赶来赶去,跃过每一道藩篱——从民俗表演到政治会议到数学然后又再回到会议和城市的阴暗角落里那些尴尬的初吻。精力不断改变它的方向,但我不会忘记世界需要清扫:我们是纯洁的天使,注定属于一个新的天堂,无瑕而又纯粹,捍卫着晶莹剔透有如我妹妹的眼眸与心灵的良知。随共产主义女英雄东卡·西摩①起的名字,我妹妹东卡刚满七岁。

* * *

我们的灰色罗登呢大衣有小小的军用领子,会在我们又长又宽的裤子和工作靴上扑打。我们像两束巨大的袖子,挽着彼此的胳膊。拥抱的一对儿变成了一个衣袖飞舞,颠三倒四的稻草人。十指紧扣,竞相穿过那么多层的织物,来解放皮肤的某一角,掐进肉里。来到建筑边缘没有灯照的空间时我们就会中止打闹,我们会在那里暂停,来一个仓促、贪婪的拥抱。

我不停地梦见裸体,柔软的手臂,边笑边解开辫子的同学,为欲望而晕眩。在梦中,我们也被禁断的亲近所惊吓,因禁忌而动弹

---

① Donca Simo,罗马尼亚共产主义女英雄,1936年与其他18名共产党人一起在克拉约瓦(Craiova)被罗马尼亚王国当局判决入狱。

不得。我们缺少勇气来分享我们渴求的罪孽。我们会在潮湿、皱烂的床单之间筋疲力尽地醒来。第二天晚上我们会在又一次聚会中彼此相见,或是在电影院发臭的洞穴里。凝身不动,我们会庄重地倾听雪的支嘎声。我们会用大词,原则总让空气愈发稀薄。我们的身体会再一次砰然相击,然后我们会寻找沟壑,黑暗的庭院,以及高大的教堂围墙。气息交融之际,我们的牙齿会碰撞;我们会又抓又挠,目无所见,在将我们化为野兽的喘息中如癫似狂。在家里,受惊的父母会细看自己孩子缠结的乱发,上面依旧沾着湿雪。局面会趋于紧张,房间会变得越来越小。我讨厌又厚又潮的墙,味道像洗涤用水一样的食物,看守的敌意。他们以为我不正常,是敌人。童贞的煎熬在薄而灼热的床单之间爆发。是的,我不正常,是他们永远的敌人。他们小小的家庭习惯让我反感,他们怀疑的目光,餐桌上不住的嗦噜,打鼾,和夜里那些透过房门传来的小小呻吟。

事情搞成这样,造访附近盐矿的希望想必会引发另一场怀疑的危机吧。

* * *

迈着小步我寻路穿过凹凸不平的石头,两眼紧盯着地面,摆弄着我书包的金属扣。总是疑心重重,我的父母在等待着我,而我却从歪斜的石头与石头之间轻轻跳过,仿佛这有助于我保护自己抵挡接下来的事情——它以自己的方式,完完整整地变成了一个极好的见习期,让那始终拒绝他父母的全心奉献者迈向理想,极境,现实。

——先生!那女人等我从她面前毫不留意地走过去了,然后说道，有谁可以这样心不在焉?

这位女士是这座城市里三个赤贫的贵族之一，她们一直在我们大楼的另一翼教德语和钢琴课来勉强维生。三个人全都挤在一个单间里。据说在她们的房间里除了污秽什么也没有，塞满了低劣、老旧、不匹配的古董，说她们是一个笑柄，不单是由于她们古怪的衣着而尤其是因为她们微妙的作风，因为她们害怕报纸或收音机里任何一点新的消息。邻居们说三姐妹里有两个是老处女，不过科莱特·特里忒亚努是一名前部长的遗孀。

——我听说你是个好学的年轻人。我可以借给你有趣的书。我还拥有我丈夫的书斋，它实际上是非常广博的。

名媛贵妇试图把自己放到一个好的位置与一个年轻军人，或许还有他的父母打交道。她的白发在她单薄的肩上年轻地飘扬，而声乐课已经"培训"过了她的声音。

——给我一本吧。

我倚靠在大楼的墙上等着。父亲已经走了三天。他会回来的，但我并不着急：我也没有兴趣探究我们的贵族邻居如何生活的传言。我干巴巴的反应让她有点心慌。她很快带着一部巨大的蓝色精装本回来了。

——这部书对年轻人非常关键。我想你是可以读德语的吧。

——当然，夫人。如果您同意，我会再来找您还书的。我也很愿意见一见您的姐妹们。

我迅速离开了，没有让自己享受看到她脸上表情的乐趣。

午餐已经摆好。在桌子那一头，父亲正对着胖乎乎的小东卡做出的傻瓜脸大笑，她正比划着自己在学校头几个月的冒险经历。她展示了她跟男孩们的打闹游戏留在双手、鼻子和膝盖上的证据，它们活跃了我们午餐时间的单调气氛。就是现在，她浑身都是墨水，连鞋子都染黑了。

我问父亲他上哪儿去了。他告诉我他不得不在盐矿待了三天。我出去洗手。回来的时候，我告诉他我们有了一个新同学，他父亲就在煤矿工作。他问我他是从哪儿来的。

——从朱尔久，我回答。

他点了点头仿佛他知道一样。在妈妈走进厨房去拿第二道菜的时候，他告诉我矿里出过一次事故。事故的发生是因为大多数工人都是新手，对这样的工作毫无准备。我问他为什么。他告诉我说他们大部分是从国内其他地方迁来的：他们都是需要被清算的前剥削阶级的成员。阶级，不是人，他补充说，刚巧妈妈刚刚端着盘子回来了。

这表明：按时回家吃午饭，与家人一起吃饭是好的。我再也不需要去到任何盐矿了。我必须在每次休息的时候去找卡巴同学来决定他属于哪里。我的责任是依据严格的标准来将人划分开来。这可以将事物简化：爱归左，恨归右。我有权利在必要时运用狡诈，这样有罪的人才会扔掉他们的掩饰并忏悔。目标是一场斗士美德的展示，一场无论群众还是当权者都值得一看的表演。

准备着自己的长篇大论，我内心的懦夫进入了一种欣喜若狂的状态。

* * *

劳伦蒂尤·索弗罗尼教授是一条备受摧残的老鳄鱼。在他的课上，我们经常发现自己被迫要听他年轻时在巴黎街头和图书馆里的冒险。他的声音和眼皮会颤抖起来，我们就知道他即将离题，再一次，岔入某段赞颂"真正的人文主义"的演讲了。他会赞美罗马尼亚君主政体的"青年卫兵"，他青年时代的右翼运动阵营中"典范的纪律和荣誉"。他身上一具被亵渎的尸体的恶臭，他用来结束他的"训喻"的微笑，和他屡试不爽的"亲爱的孩子们，你必须学习生活是什么……"本会令我们作呕不已，倘若这个组合没有被熬成时间上的极大浪费的话。巴黎对这个地主的儿子当然是好客的，他从上学度假那时候起就习惯了在君主卫兵营地里操练的"荣誉"的乐趣。

反动派的陈旧陷阱必须关闭。然而，在家里，我没有勇气来谈论解剖课上发生的事情。那样的话大概会迫使我承认我父母骇然的假设，即如今的我"什么都干得出来"。

弗吉尔·梅赫丁蒂，委员，大概会惊讶我竟没有独立行事，竟没有冲出教室让行政部门知道发生了什么事。实际上，我内心的懦夫害怕失败的后果不亚于胜利的完满。当这个懦夫再也受不了时，推动他向前的是成为一个品德完人的欲望，尽管不是以一种特别坚定的方式。他会失败然后再来一次——一个半进半退的问题。

在有关循环系统的一堂课中间，劳伦蒂尤·索弗罗尼将胳膊肘从桌上抬起来，整了整他皱巴巴的外套的标签，掏出自己的眼镜。全班都等待着。这个教授纤细、肮脏、椒盐味的头发油腻地一撮撮倒下来。他用手捋平它们。

——亲爱的孩子们，你必须学习生活是什么。

索弗罗尼喋喋不休讲了十五分钟，谈论最近那场战争期间日本飞行员撞向敌人的军舰和兵站并在飞机上自爆的英雄主义。这些神风突击队员的灵魂（身着七枚金属纽扣的皮夹克，盖有三瓣樱花章）值得我们敬佩。象征性的死亡，神圣的灵感，对毫无意义的生命的蔑视，那些不仅是直面死亡——"这在一场战争中是很自然的"，如教授所说，"更是在寻求它……"——的人们的牺牲，反动的观点导向唯独一个结论：死亡乃是奖赏，勇气之花。

课间休息，校长听到我告发时的神情恐惧多过专注。索弗罗尼教授第二天回来时所有的纽扣都扣着，头发也梳得整整齐齐。他缓慢地口授新课，一打格楞就把句子从头再说一遍。他对一排排的课桌看也不看，而且在接下来的课上全都是如此表现。"非常好，孩子们。""就这样，孩子们。"他已经提高了等级："再认真一点，亲爱的孩子"，"请尊重我，亲爱的孩子们"。索弗罗尼没有朝我们的方向投来一眼，一次也没有看我。解剖课已经变成了另一样东西，教授变成了另一个人。一个个全神贯注，眼睛紧盯着教授的脸，我的同学听他说话的时候心都提到嗓子眼了，看着他的疲惫动作——如此地局促不安——他受惊的苍老步态，他对词语的畏惧。什么东西改变了他；某个强有力而不忠的人改变了他：某个原本就应该被敬畏的人现已实至名归。

我让自己变成了小人。我很害怕。我随时可以匍匐到受害者的脚下乞求原谅，试着与他开玩笑，找一个没人能看到我们的时候，让我可以悄悄说（在大厅的某个角落）特务强迫我去告发他但他实际上很安全：我了解他并且愿意为他辩护。

我随时可以做出任何事情来让我坐在一排排板凳上的同学将我视为自己人，这样我就可以成为他们的一员，这样他们就会让我进入他们的兄弟圈子。孤独无伴的恐怖之中永远夹杂着一份不可动摇的惧怕，惧怕一种缓慢的，令人厌恶的崩溃，一种半心半意、疏忽、自弃的状态。我一直想要一个人呆着，要忘记，要逃避我的暖昧的压力，要遇见自己，要避免对抗，要入睡。我的同学不可能知道我的悔恨，但他们似乎都接受了我，甚至包含着同情。我毕竟是一个获奖的学生，会追女孩，也愿意出借我的笔记本，让他们抄第二天数学题的答案；至于我在学校里的政治角色，通过减少党会和放松纪律，我设法以一种不太勉强的方式来扮演。强硬派的巨大野心的折磨仅仅是秘密地摧残着我。我固执的决心只在家中爆发，化为阵阵袭来的愤怒与轻蔑。像解剖课这样的突发事件应该是极少发生的，它们的影响会在间歇期间消失殆尽。

这还不是全部。全班在索弗罗尼改变之后几个月都石化了。我在一堂历史课结束时起立，建议教授改变他的评分制度：因为我们都知道等我们轮到的时候，我们每学期要做的就是把两节课背下来而已。波波维奇，变成了我们历史学教授的和善牧师，脸一直红到了耳朵尖。的确他是用这个制度按字母顺序给我们出题来让我们脱困的。现在，他沉默了一阵儿，然后结结巴巴地说了点什么，模糊地承认我是对的，因为毕竟"我们必须尽可能彻底地掌握我们的所有科目。"现在全班都被迫要放弃容易的分数了，很明显这是他们自己的利益所在，可是后来，过了几天，我的同学就像往常一样跟我说话了。他们一定搞明白了，向原先的地主，剥削阶级出击是班长的职责，即使他出让了他们的一些利益，也是他的权利，这理所当然是他成为一幅"无产阶级小英雄"漫画的根据。

最终，劳伦蒂尤·索弗罗尼教授调高了所有人的分数，而且他也不会有任何理由不去提高他最好也最危险的学生的分数。这个牧师出身的历史教授现在希望人人都正确地背诵一本书里的很长一段，对任何在背诵时吐字最佳而不搞乱语法的人给予最高分数也是顺理成章的。但是当解剖或历史教授，甚至是我要与之举行各种政治会议的校长,以讨好的专注听我说话并送出夸张的赞扬之时,我却不知道该跑去哪里,实际上我对自己赢得的特权备感羞愧。我也找不到勇气去忍受或加速我倔强、孤独的反叛。我原本会跑向我所有的下属同学,乐于分享微笑和期末考试的答案,组织游览活动,与女校学生的晚间跳舞,或与邻镇的田径比赛。我希望感受他们在我身边,见证和赞成我的背叛,理解我总是想要为他们做到最好,以及我的行为仅仅是出于纯粹的理想主义,充满率真。

他们或许已认识到了我对他们的坦诚,尽管我的表现不太一致。不然,塞巴斯蒂安·卡巴,他一直跟他们一起住在学校的宿舍里,就不会为平静地听我说话了,在我告诉他说我已经去过了他父亲工作的盐矿的时候。脸色苍白而又忧心忡忡,卡巴原本可以用他结结巴巴讲出来的所有问题来把我问倒的:那个矿是什么样子的,我在那儿待了多久,他们对我说了什么,我有没有遇见他父亲。他本该用各种拐弯抹角的问题来纠缠我,以澄清我是否知道那件他试图保密的事情。他听到过我是怎样和历史老师讲话的。他见过劳伦蒂尤·索弗罗尼,原来的地主,如何明智地默许,低下他的老肩鞠躬。他本该被这些警告吓倒的。然而,在他与我们一起度过的第一个冬天中间,他就已经问起了他是否可以加入我们的组织。他早已把我看穿了。而他忽略了一件事,就是我一直等到了最后一刻,只为取得他的真相或焦虑或悔悟。

* * *

卡巴是个平庸的学生,但他的同学都很喜欢他,他父亲现在是工人阶级的一部分;谁也没有任何理由将他排除在组织以外。相反，他代表着一种不可多得的接纳，记住大部分学生都是农民出身：我们将最终拥有一名工人阶级的成员。

我每天都期待他到访一回。我跟随着他。我观察他的一举一动。我冷淡地回答他的问题，粗鲁地对待他以解除他的武装，这样他就不得不请求宽恕，低头忏悔了。我数着日子直到见面为止。这是一个寒冬。星期四下午组织要从每一个班里接收新成员。雪已经冻结，在脚下吱嘎作响。夜幕迅速落下，几个小时后我们从学校返回。我跟东卡单独一起。我记得当时发生的一切，在卡巴生活在我们中间的第一个一月底。我有那时候的记忆。我很强大。像塞巴斯蒂安·卡巴这样的人本应惧怕我的。这正是新秩序的要求。我正期待着他腼腆地敲打窗户，请求怜悯，跪在雪地里坦白真相，退回他注定要回去的地方。

窗上满是冰凌。听得见脚步声，但没有人轻敲玻璃。确信他最终必会现身，我等了差不多两个小时，看着结霜的花与树叶盖没窗口的白色区域。我不能再呆在一个地方了；我必须做点什么事情来打发时间直到我可以欢迎我的同学卡巴，直到我可以惊讶地听他说话并将他送走——驱逐这恶心的、狡猾的塞巴斯蒂安·卡巴！

我翻开那位卓越的女士借给我的书。时间具有客观的现实性，即使主观感觉被削弱或消除也是一样，只要时间在"推进"，在"流淌"。这是一道困扰着专业思想家的难题……有一天，仅仅是出于少不更事的傲慢之心，汉斯·卡斯托普[①]才有胆涉足这个难题……想要弄清一个搁在架子上的密封罐是否处于时间之外。但我们深知即使在一只睡鼠身上时间也依然会完成它的工作。某个医生

[①] Hans Castorp，托马斯·曼《魔山》的主人公。

提到一个小女孩,十二岁,有一天入睡之后长眠了十三年的案例。然而,在这个过程里,她并非自始至终都是一个小女孩,而是作为一个年轻女子醒来的,因为她在此期间已经发育成熟了。我看着这个七岁的小女孩。她很胖,一只小气球,黄头发,蓝眼睛。她已经长大了。她不是同一个孩子了。她有了妈妈的眼睛和头发。她的前三个孩子并不像她。我们长得又黑又高。多娜的头发和眼睛漆黑如夜。她身材苗条,个子很高,几乎透明,但岁月已然逝去,多娜已经变成了东卡,她现在个子很小,很胖,她是蓝眼睛。

可是,我想,东卡并不是多娜。多娜会变成金发的肥妞是不可能的。伊娃则有父亲的眼睛和头发。时间在那些睡者身上达成它的工作是不可能的。伊娃可以得到夏日般明净的眼睛和夏季小麦般金黄的长发是不可能的。时间流过多娜的和伊娃的睡眠是不可能的,而我本该是一个密封罐搁在那儿的架子上处于时间之外。

小团子正在把邮票从信封上揭下来,像往常一样又弄得肮兮兮的了,到处是胶、水和油墨。我们独自在家。那是冬天;夜来得很快。窗户都冻住了。有时我能听到脚步声。我等它们在窗前停下。即使你更加宽容,对你来说要分辨一个昨天的当下,前天的当下,或大前天的当下也未必是一件易事:它们都与今天相似,像两个蛋一模一样①……不,这很容易。日子彼此之间并不相似。我那时拥有记忆。我是强大的。我还不是一个办公室职员,被困倦的日子弄得筋疲力尽,看上去跟所有人毫无二致,攀爬着同一个慵懒早晨的山丘,卑躬屈膝而又一脸漠然,骨骼被疼痛的潮湿拉伤:一个在书桌、绘图板和电话之间身体麻木的办公室职员。我尚未迷失于混

---

① 托马斯·曼《魔山》。

乱、低沉、遥远的声音之间，它们像一座树林里逃犯们被扑灭的呼喊，在夜间依稀可辨。我不想承受孤独的驱邪之术，它留给我的会是另一颗星球的异样空气里松散凌乱的动作，在那里声音窒息与纠缠，无用的手势在一番喑哑的绝望合奏中徒劳地躁动。我强大、正直、不屈，像我烟消云散的姐妹，伊娃和多娜；我继续期待着塞巴斯蒂安·卡巴，要向他证明我知道如何拒绝，也就是活着，像我的姐妹，曾经直立、警醒、行走于世的多娜和伊娃。

我吃了一惊。怯生生的小步子来得更近了。懦弱，愧疚的脚步趋近。我直起双肩。已经过去了。不是他。我明白：他不会来了。他知道他在下次会议上必将发生的斗争中必须使用一切可能的手段——使用它们来对付那些打算将"阶级斗争"设定为唯一解决方案的人。像一条强大的鳄鱼，他有权去战斗，用钢铁的牙齿与两颚，而他将不得不忍受驱逐，留给阶级敌人的回答。在我的行动中不可以有丝毫的惊惶。我的思绪决不可以出卖我，哪怕是一瞬间。任何喘息都可能太多。可我们应该对这样一个大地之子作何感想呢，他也处在这样一个年纪，无论是一天，整一星期，一个月还是一学期都依然应该扮演一个重要的角色，而他有朝一日终会养成那种亵渎神灵的习惯……或者至少会时不时地堕入那样的快感之中，不说"一年前"而只说"昨天"，只说"明天"而不说"一年后"！

我没有资格心怀一份忧虑：我的姐妹和我早该明白昨天跟一年前是全然不同的。在营地里，多娜，伊娃，还有我本来就绝不应该让自己陷入说"明天"来代替"现在起一年"的快感之中，因为我们知道到一年过去的时候我们或许都不再存在了，这就排除了耍弄明天或今后一年的时间这种无信义的快感。我是一个大地之子，知道：明天将是星期四，这一天我会在所有人面前公开揭发我们受欢迎的同学；我正处在这样一个年纪，每一天都带来改变，而我将不得不展示出我在征服自己的怯懦与背叛方面的进步。我没有别的权利，唯有斗争，变得强大。我的位置不允许我受引诱，受愚弄，或是被哄去入睡。我抛开了部长女士那本狡诈的书。东卡大笑起来。她总是把东西扔得到处都是，弄得乱七八糟。她对我微笑，很开心我越来越像她的哥哥了。

雪在脚下吱嘎作响。凝冻的空气灼烧着我的脸颊。走进宿舍的时候，我的睫毛融化了。水滴顺着我的脸颊滚落。塞巴斯蒂安·卡巴在跟他的室友下双陆棋。栖坐在床上穿着蓝色运动服，他的两条腿拢着双陆棋盘，而他长而纤细的手指把骰子摇得像魔法念珠一样。

我的进入引出了一番动静。从近门的床上，一个同学挥着他的代数书跟我打手势。他只解出了一半的指定题目。我花了一刻钟跟他在一起，已经有好几个人过来看我们怎么做代数了。只有卡巴和他的对手留在棋盘前。最终骰子的滚动慢慢停了下来。我听见他们在匆匆计算点数。我站起身来。我跟我们的同学说了一会儿话。等到双陆棋手加入了我们这群的时候，我告诉他们所有人要通知宿舍管理部门大家第二天会迟一点吃晚饭，工作人员应该留着他们的饭菜。随后，因为这是卡巴进入组织的前一夜，他的室友们都跟他这个未来的英雄开起了玩笑，让他无处躲藏。不过，卡巴处理得很好，即使处于守势，他也依然应对自如。他的回答比我们赏给他的讥刺更有力，但这样一种局面的生动逆转并没有让他的室友和我感到惊讶。他从未辜负过他们对他的魅力和活跃机智的信心，这一次也达到了他们的期望。至于我，我的信心放在了未来英雄的迅速领会上面，我指出明天的会议将比平常为时更久，所以他们会迟点吃晚饭。我们的同学们都感觉到了即使我们并不是朋友，我跟他却有一种更为密切的联系，他也回应了我的兴趣。这种友善的前提是某种同谋。虽然我并没有对友谊作出公开呈现，我也从未予以否认。

就这样，他的表现十分恰当。我动身离开的那一刻，他把脚伸进拖鞋里陪我走了出去，有好一阵儿我们俩一起呆在宿舍的木门前，彼此都在等待着对方说出这种场面需要的话。我不确定我是否成功地完成了驱使他不再躲藏的计划。这大概需要一个威胁或一个承诺，但卡巴抬起了手臂，将他细白的手指斜靠在褐色的门上。他轻叹一声，告诉我说宿舍的食物已经变得无法忍受了。他想要对此作一个正式投诉，希望他的新朋友会理解，或许甚至进行干预。宿舍的食物是无法忍受的，像往常一样他已经找到了确切但又温和、不冒犯人的措辞来以一种得体的方式提出他的抗议。断言他再也无法忍受食物大概有点过分了：他仅仅提供不带个人色彩的信息。他将手臂斜靠在木门框上，等待着我回答，或者不如说等待着我们以一种友好的方式分别。我看着他的眼睛期待他说——一次，两次，三次，像某一支愚蠢之极的挽歌一样——他再也无法忍受那食物了，更不用说他又冷又脏的房间，憋闷的空气，噪音，一个寄宿者生活中的污浊与疲劳了。食物是无法忍受的，但他并没有说他再也无法忍受了。我一直在等待着他复述自己选中的不带个人色彩的措辞——通过执着的重复来证明这是他的责任，重担压在他的肩头，他是察觉到这种情况的后果的有识之士之一。只是他知道一遍又一遍重复同样的话是侮辱性而又毫无意义的，尤其是因为他与之对话的人一直避免谈论任何相关的内容。他退而不再像一个疯子般重复自己。他不说他再也受不了那些食物，或是再也受不了寒冷或雾气或打字机或天上的傻月亮或大楼的绿屋顶了。就那样将一份激情撕得稀烂，标志的仅仅是自弃而至于荒谬，至于幼稚，至于扭曲的言说方式——适应不良、孤立、沉沦的先兆。我明白：他什么也不会重复的。他伸开自己的手指放在门框上，早已证明了他明白一个人的预期总有合理的限度——以及沉默变成麻烦的那一点。

于是他问我明天的数学题是不是真的很难。面带着微笑，我叫他把门口那个同学笔记本上的答案抄下来。我摔上了门。我根本就不应该回答。我尤其不应该在我最后致意之前对他微笑的，那就是完全答应了。不过，既已学会了果断地摔门，我摔门的时机倒是挺准。

我已经给了这个懦夫最后一次机会没有砍掉他的脑袋，明天我会对着他的尸体嘻嘻又哈哈，像个懦夫一样。

* * *

有塔楼和窄窗的大楼拉得更近了。街上什么人都没有。回头再看。没有人。没有人发现得了我对杀戮、欺骗、逃跑、维护真理、为它而战斗的恐惧……没有人发现得了我对追击者们的长臂和死亡之苦的恐惧。

我不想对任何事情得出结论或知道我的杀戮或撒谎是出于恐惧。多娜和伊娃一直在看着。我知道。她们已经猜到我厌倦了充当命运的宠儿；多少次我们都不愿再与死亡相抗，再推迟它的到来：耗费了这么多的力量，哦，这么多的力量，还有这么多的谎言才能活得下去。她们剃光的脑袋突然间又到了我的近前。我们聚在一起，三颗剪了发的脑袋，透明有如鬼魂，三颗毫无生气的脑袋，惊惧我们还要耐心多等一个小时，多等一星期。我曾经每天都在重复这个：需要的不过是又一天，又一夜，又一星期，一小时，一场永恒，就那么多，就是这样。

之后，在长长的办公室呛着烟，在马蹄般的人声嘈杂和打字机的噼里啪啦之间……当懒散、疲惫和自弃将我拖垮，而日子和星期和疲惫却不得不再次恢复之时，重复同一曲筋疲力尽的副歌就是必不可少的了：我再也，不能了。我必须要打破这个谎言，活得天真、单纯，用真理保卫、装扮自己，向那谎言开火，它的名字叫莫妮卡、崇高的塞巴斯蒂安、祖布楚上尉之死、父母和兄弟姐妹，他们急切地想要逃走，想要抓住我，在他们的鬼祟的游戏里，在他们愧疚的乐趣之中，在生存的共谋、谎言和集体的自闭症之中。

但在当时，我必须找到父亲并再次成为他的儿子……或许，我想，或许他今天不会再重复"必须"了吧。或许他会再一次成为我的父亲，让我可以承认我所有的过错、疲惫、懒散和恐惧——不义，罪孽，谎言。突然间，他会明白既已吞噬了一切，二重性已在他身上生长起来，在思想和言辞之间，如同在我身上一样。他会在他的儿子身上认出自己，会有勇气满足于我们共同的愧疚，高兴我们将会改变，我们将会净化自身，活得清白。

回头再看：一个人也没有。看门人用两个手指向我示意，指向二楼。前奥地利市政厅有宽阔的大理石台阶和粗大的栏杆。来到二楼。两条对称的走廊。选择左边那条。统一的，抛光的门。打开右边第一扇门。两张书桌，一模一样，都盖着红色的帆布。其中一张书桌上是一本袖珍版的书。几张桌子，一张上面有台电话。打开走廊对面的另一扇门。两张书桌排成了直角。打开右边另一扇门，右边的第二扇门。什么也没有。没有人。千篇一律的装潢。解开我的大衣，松一松我的围巾。朝那本书伸过手去。认出了它。其中收入的神圣传记早已铭记在心。关上房门。我的双脚陷进地毯——像是走进了沼泽之中。左边还有五扇门，右边也有五扇。对称。不知怎的发现自己又到了楼梯口。正要顺着楼梯下去时走廊的尽头爆炸了。轰轰！轰轰！声音不断地吟诵着来自神圣的克里姆林宫的神圣名字。现在我知道该朝哪儿走了。父亲会在那里，与众人一起高呼，封冻在水坝之中。一阵噼里啪啦的掌声随之而来，像雨的疾拍，像打字机的喧响。无声无息地进入。他们没有看见我。他们都望着演讲者，连他也没有注意到我。躬身弯到椅子的高度。一直溜到右边最后一个位置，靠近窗口。那里温暖得很不自然，我的额头和身上汗水淋漓。

讲台附近的桌前有三个人。父亲并非其中之一。弗吉尔·梅赫丁蒂也不是。在礼堂里也没有看见过他们。另外，要找到他本来就很困难：礼堂非常之大。坐在那里，蜷缩在我的大衣里面，演讲者的话语突然抵达了我，不是因为他吸引了我的注意，而是因为这话语将自己强加于我；它们来自我的内心：我对它们如此熟悉，就仿佛是我自己说出的一般。我全神贯注，像别人说的那样，紧盯着演讲者嘴唇和手臂的运动。我没有疯。我并未生出幻觉。演讲者正在重复着我心中，我的同学心中，共和国所有公民心中的句子，每个人言说并重复过无数次——完美的配方，被一劳永逸地传递与学习，以至最小的偏差或额外的口音都将等同于玷污。亵渎！无论年轻年老，无论大小，无论虚弱雄伟，我们全都不停地复述着纯粹相同的短语和单词；我们兄弟情谊的证明。我知道接下来的词句，它们也确实到来了，然后是必定随之而来的词句。我全都知道。我不再期待而开始抬头仰望前奥地利市政厅高大的拱形天花板，以及缩成一个尖锐三角形的彩色玻璃窗——我头顶上的尖窗和远处别的窗户。尽管现在里面尽是有写字扶手的椅子，大楼的这部分一度曾经是一个庆典礼堂。这是我第一次看到它壁画的拱顶和狭窄部分——矩形、三角形、菱形的彩色玻璃窗。这里热得要死，就好像我落进了一只冒着泡的大锅的水蒸气里一样，而我在那里坐了很长时间，笼罩在我的大衣的热量之中，

突然间我像别人一样一跃而起，尽管我的两眼早已闭上了。随后我又跌坐回我的大衣，什么也听不到了——除了之后，椅子被移动和砰响的声音，像雨打在一个屋顶上的速射箭头或是许多一起工作的打字机重叠的噼啪之声。我的两眼粘合着。我没有办法睁开。弗吉尔·梅赫丁蒂沉重的手搁在我肩上。我嘀嘀咕咕，结结巴巴，咕咕哝哝却一块肌肉也动不了。

——我在找父亲。

——好。跟我来。

昏沉、萎靡而又羞愧，我跟着他走上一段楼梯。我在他的阔步之后拖曳着自己。我数门：右侧走廊左边第三扇。两张书桌，完全一模一样，彼此垂直。梅赫丁蒂走到书桌后面，将一把椅子举过书桌，放到他面前——在我面前。将我的大衣搭在椅背上然后坐下。我们两人面对着面。认出了他的白发、他浓黑的胡子和大手：这的确就是弗吉尔·梅赫丁蒂，这个我追随了这么久的人，我已经感觉到了他放在我肩头的那双大而有力的手，和他柔和、平静的声音。他正在解释父亲的缺席。在他句子中间的某个地方我意识到梅赫丁蒂快要取代我的父亲了。我的家人将不得不失去我而仅仅保留那新的后代，东卡，来让他们想起他们不愿遗忘的东西：他们死而复生，并找到了勇气去忘记来自往昔的一切需要被焚烧与驱散的东

西，这样往昔才能永远是往昔。

梅赫丁蒂同志已经告诉过我，父亲会去到一所学校里待一阵儿。然后他又重复了一遍自己的话，也许是因为我没有注意，尽管他似乎并不希望将我的关注引向这件事，接着又补充说或许这样更好。在新的工作场所，父亲应该可以突出表现他的诚实和纪律。

——尤其是刚开始的时候，一个银行职员在今天这种复杂的环境下面混得不会很好。学校的意义，不妨说，就是一种了解最新法规的途径，毕业之后他将会是我们在一个极其重要位置上的代言人。他很可能会做得非常好。他认真而且正直。

弗吉尔·梅赫丁蒂有一件白衬衫，有力的双手，和一副温暖的男中音——对于他巨大、沉重的身躯来说并不奇怪。我继续听他讲话，或许我也说了。或许他对我说了别的什么。我注意到一条窄窄的黑色丝带在他夹克的翻领上。他看见我望着它，就告诉我说他的岳父，伊莱亚娜的父亲，几天前去世了。太不像话了，这是在对死者崇拜和它提倡的冗长宗教仪式公开摆眼色啊，但是他仍在跟我谈论他的岳父，一个大腕级的律师，据他说是一个高超文雅，堪称正直典范的人。我没有时间去惊讶。我愈来愈发现通过赠送金钱以及在困难时期提供庇护，伊莱亚娜的父亲一直在帮助他和他的战友以及他们的颠覆性组织。带来慰藉而又令人不安，我的新父亲，这个弗吉尔·梅赫丁蒂！想想我原本可以跟这个父亲成就些什么吧，但他并不急于作出安排或是将我逼到其他必办之事的窗台上。寒冷和疲劳又一次追上了我：我害怕去了解这个人，他正在这样一场意想不到的交谈中浪费时间。我拉起我的大衣袖子要跑回家，要睡到我温暖的床上去。梅赫丁蒂拉着我的手。他轻轻握了一下，并抓住我的肩膀。

我冲过走廊的时候听到他提高了的嗓音：

——把门关紧。

门已被小心翼翼地拉进了门框的边缘。它旋转得很慢，无声无息，因此没人能够听见，因此那运动是难以察觉的，因此没人会意识到——因此没人会看到我惊恐的脸，我鬼鬼祟祟的眼睛，我佝偻的双肩。本该回去推门的，但没有力气了。需要藏起来，迅速溜走，而不被注意、跟踪和逮捕。几乎是翻着筋斗下楼滚进了雪中，他的声音才没有追上我。

东卡已经掀开了被子，大声地呼吸着。灯在隔壁房间已经熄灭。匆忙间把东西一扔就躲藏起来，钻到柔软、蓬松的羽绒床的深处，让自己消失在被子下面，它们又厚，又轻，又体贴。在狭窄的沙发上伸开双腿，然后是我的双臂。闭上眼睛。我父母的窃窃私语透过房门传到我耳边。他们在讨论父亲的离去和他等同于一次降级的调动，一次朝向第二战线的撤退的前景。所以现在母亲恼怒的嗓音正在念出"病态的正确性"这几个词，并列举了种种证据表明父亲拒绝了他获得任命的那份工作最低限度的"天然"好处。第一次听到这件事，我吃惊地了解到共有多少木材被用在给我们这套潮湿、老旧、两房住宅的供暖上了，它或许是很久以前拿某样更好的东西交换来的。妈妈开列了他们每次双周工资之前累积的债务，而且在过度紧张之下，讲出了几个名字，其中有一些还是公众人物。她说的那些人不必通过惯常的争夺就能获得补给品，"谁知道呢，或许还有什么上层的东西。"我内疚的父亲没有回答。她继续发着牢骚。他随她讲下去而不打断。他低声说道："行啦，我们睡吧。"她的声音停了。他们的话语混合成为一阵低低的咕哝声，无可索解。窗是白的。东卡在狭窄的沙发上困难地呼吸着。一片冰的薄膜结在我们卧室窗户的两侧。

就像一个运动员在一场遭遇战的前夜,塞巴斯蒂安·卡巴会继续裹着他的粗毛毯子睡觉,连梦都不做。早已准备停当,他对胜利肯定很有信心。父亲会离开去到他很久以前去过的一个地方,我没能从那里把他带回来。妈妈会继续跟我在愚蠢的过度自信中忽略的一切作斗争。我们的朋友伊莱亚娜的父亲已经死了;曾经富有的律师现在运气不错,可以得到他女婿的哀悼;我一直以为梅赫丁蒂是刻薄而冷漠无情的,但他却摆出了一张新面孔,让我惊讶不已。刚才一段时间里他一直都是这个逃亡者渴望的父亲,直到这时他的嗓音突然变得威严起来。弗吉尔·梅赫丁蒂同志不需要一个不能够得体地关上一扇门的儿子。没有谁冲上前来收养一个自我想象的孤儿,他荒废了"大地与时间",他随时可以忘记今天等于十年而明天会是星期四,这一天我必须独自面对敌人并在战斗之前折断我的鞘中之剑。

* * *

三月已到。春天来迟了。广场上挤满了人。我们全都紧靠在一起,穿着悲伤的长外套聚集着。空气中吹拂着有力的和弦:丧礼的曲调在头顶轰鸣。沉重、庄严的声音从四面八方击中我们,我们等待着,默然而又阴沉。双手攥紧了插在口袋里,我不停地移动双脚,跳着舞,想摆脱我脚趾的麻木。从衣领里伸出脑袋,我看到了我的同学塞巴斯蒂安·卡巴,他也戴着一个黑袖圈。我本该弯腰鞠躬,深受打击,像我周围成千上万聚在一起哀悼的男男女女一样,但我不再是以往那同一个人了。我一直把自己看作一个面目全非、发育不良、受惩罚的人，被迫去舔每一个人的靴子，像蛆虫一样沿着紧挨的两行爬行而决不漏掉一只脚。我必须将我冻僵了的舌头划过每一只又冷又脏的靴子，沿着又冷又脏的路面潜行，这样大家就会发现我已犯下了一桩背叛之行，我是那悲伤的人群中唯一玷污了他们的苦痛的人，竟然允许一个罪人留在我们中间。我是一个注定要堕入虚伪的耶稣会士。我随时可以缩成一团，一下子变得软弱无力，消失在拥挤的腿与靴子之间：这是我能参加神的葬礼的唯一途径。

然而，我们的眼睛已经低垂。我正谛视着扩音器的重压下面卡巴悲痛欲绝的脸在人头济济间低垂，却一眼瞥见她正从一个阳台上望着人群，确凿无疑地望着我，显然是这样：我们的邻居，前部长的妻子，娇小而苗条的科莱特·特里诎亚努带着她秀美、疑虑的微笑，望着我——当然她是在望看我——这对她来说，是一个比那群人所提供的更为有趣的景观。她知道，当然，我是一个逃犯，在敌人被接纳到我们中间的时候藏了起来，因为我自己就快要变成一个戴面具的敌人，一个逃兵，一个懦弱者了。这位女士有一切理由用一种母性的眼光来看我：我们来自同一个胎盘，我们读同样的书，以同一种抿住嘴唇，充满疑虑的表情微笑。我们从所有那些孤儿头顶之上一段距离看见，并认出了彼此——秘密葬礼游戏中的盟友。我的同学也早已知道，知道了很久，他可以指望我，我们很快就会肩并着肩，佩戴着同一个欺骗性的斗争标志或袖圈。像别的无能者一样，我的父母一任自己大声哀号着。他们不再对我心存戒备，他们不再害怕这个儿子会对这一天要求的口号玩什么花样。他们可以指望我的审慎，一个懦弱者的宽容——出于恐惧、懒散和睡眠而蛰伏于自身之内。他们都了解我：科莱特·特里诎亚努，那个借给我特别书籍的女士，和塞巴斯蒂安·卡巴，将他狡猾的触角伸向其他同伙的昆虫。而——被伟大的逝者，故去的斗争之父，英明领袖，无可度量者，克里姆林宫的红星，和革命的伟大导师抛弃了。这个群体此刻无视了我，凝固在一阵密不透气的疼痛之中。我不值得被它看见。我不应该踏足此地。我是禁止入内的。

他们事先就知道他们可以任我去玩记忆还是美德的游戏，因为我会迅速溜走，忘掉自己、他们、时间和地球，一个筋斗翻进一条阴暗潮湿的隧道，在那里我伸开的双手会摸索无论哪个兄弟或姐妹，在一条脆弱航船的舰桥上摇摇晃晃，被一个女游客温存的嗓音哄着睡去，她讲的故事枝节丛生，有蒂伯留·科瓦尔斯奇，乘黑色高级轿车的可怕孩童，一名被中了毒咒的记忆逼疯的老妇，以及剃着光头挥舞着焦黑假发的孩子们的幽灵；而我会再次发现自己在一艘船的舰桥上，像一个细胞在懒惰、液态的物体之间，一只手缠绕着自己的咽喉，在穷追不舍的号角的乐队中变得歇斯底里。

铜管乐器在城市广场里啸鸣。坚定的嗓音透过扩音器噼啪乱响，它们的外语浑厚而尖利。肩头起伏以纪念我们的家长，我们所有人的父亲。拳头在口袋里紧攥着，我看到身边的男男女女直视向前，仿佛当场凝固了一般。指甲深深掐进肉里，我是一个石化的伪君子，像他们一样。我的胸膛挺起。我几乎无法呼吸。我跟他们捆在一起，但他们永远不会再相信我了，永远。

* * *

时间被哄着稍歇片刻，被太阳懒散消磨。吵吵闹闹，浑身晒黑，因放假而欣喜若狂，全班人都奔向河边。东卡在隔壁庭院的灰尘里打滚。一帮帮小捣蛋鬼跟在她后面,抓着她粗粗的金发辫子。她不停地把别的东西偷偷搬进屋内。频频光顾废料场,她会为盒子和迷你盒子讨价还价:方的,圆的,扁的,高的,金属的,木头的,纸板的,彩色的,生锈的,打孔的盒子。每过三天前部长的夫人就会把她蜡黄的手放到我的嘴唇上,给我一小杯甜甜的土耳其咖啡。她会羞怯而狡黠地微笑,而我则会抿一口这加了蜜的毒药。我们达成了一个心照不宣的协议:我会喝完咖啡,她会傻笑并提供给我一本又方又扁的书。我会把它拿在手中。她会又一次抬起她温暖的、天鹅绒般的爪子和我告别,而我鼻孔的根部会触碰她毛茸茸的、年老的手。像不忠实的一页纸一样,我会鞠躬,几乎低到肮脏的拼花地板。随后,对这游戏已驾轻就熟,我会向我的安菲特律翁[①]背转身去。像个不干不净的小兵一样,我会重重一甩摔上房门,每次都很奏效,于是这幢破楼就会抖上一抖。

我总是收集平装、布面装、硬皮精装的书。书会堆得高过我的脑袋。然后我会把它们扔回老妇人的怀抱。她会给我别的书。我的嘴唇几乎会触到她纤细的肌肤,接着我会摔门而去。我需要保守我自己,密封在我的架子上的我。缺少空气,书籍在我身内腐烂。带着它所有的游戏和嘈杂之声,夏天并未接近我栖息的书架。一切依然竖立在我的身边。没有动静因此也没有时间。从一道无限遥远、浪涛崩碎的海滩上会时不时地传来一阵混乱的流言,一只巨鸟的扑翅,如一艘帆船一般。我正将夜晚切开,蜷缩在一列火车的车厢里,车上一个没牙的算命先生给我看手相:我会回城去救我的父亲摆脱不幸,但归于徒劳。将会为时已晚。不过我不相信这种没有字

---

①Amphitryon,希腊神话中的底比斯国王,常用于代表好客的东道主。

母的解读。我沉溺于模糊的希望之中,而此刻实际上为时已晚,已经太晚了。

但这一切却是发生在另外某个时候,在高中毕业之后很多年。同时,我已一路爬到了一艘满载乘客和行李的船的舰桥上。倚着栏杆,看着绿水溜回我们的船后,我是独自一人,但在我身边,从背后却传来一架钢琴高扬的音符。一阵冷风在吹,男男女女都穿着厚厚的衣服。那些蝇营狗苟,如在梦中的生物被诱拐了,像我一样,跟着此刻波浪中这条令人晕眩的钢铁巨鲸离开了他们每日的护航船队,汇入钢琴、钟摆和老旧之音昏昏欲睡的摇荡之中。

——这是亨德尔的G大调恰空舞曲。

水和风的声音。仙女曲身靠在我的肩旁。她的呢喃流入我身体。她是不是那皮肤苍白的高个儿女孩,我常在夏夜里,在邻座的书籍将我吞没之际梦见的那个?她的眼睛大而又黑,她的头发粗而又长,而又黑。急不可耐,她会在延迟这么久以后伸开双臂来迎接我,来补偿那延迟,准许我凝望那特意要令我惊讶的身体——一个奇迹,不可以受到哪怕最微小动作的打扰。我像一块木板一样站得笔直。钢琴继续倾吐着它的幻梦。波浪不停奏响。一边,痛苦的,活生生的,那蕴含着一份无情温存的声音是真实的,活的,无可否认的。

——你知道,我是一个音乐教授。

她就在那里,伪装成了潮湿舰桥上的一名钢琴教师,在那些疲倦、嘈杂的旅客中间。我伸手就能触摸到她。可是不行,我决不可以。她很快就会把她的嘴唇凑到我耳边念出我的名字。我一动不动呆了一段时间,背对着她,好像没有听见她的招呼一样,等着去感受她的呼吸和她天鹅绒般的手指的接近。情感和类似于怯场的东西令我动弹不得,我等得太久了,最终我陷入了绝望,迅速地转过身去,但为时已晚。她已经消失了。在我边上,有一个胖胖的,看不出年龄的女人,一个旅途中的乘客。她目睹了完整的一幕,正看着我。但这些事情发生在另一个时候,在高中毕业之后很久,在我尚未变成一个密封罐搁在它的架子上的时候。

一天早上在理工学院,我在三楼的一条走廊里又遇到了我梦中的未知——在我的前高中同学的臂弯里。他们正向我走来。我不知道该怎样足够迅速地消失,避免撞见他们。卡巴的友善肯定会紧随而至。她,那未知,肯定会把我认出来的。她肯定会明白我追了她很长一段时间,疯了一般想要了解她,将她拉得更近。自从我们在船上遇见那一回,然后在火车上,然后在邮局大厅,她刚从里面出来我们就在楼下碰到了。他们笑着,向我走来而并没有靠近。全身紧贴着墙,惊恐中,我继续倾听着,他们的脚步在地板上的声音十分清晰——并没有丝毫的靠近。

完成学业之后的多年,回忆是混乱的:理工学院的走廊和工作时的那条不太一样,在那里有一个纤瘦而疯癫的女孩等着我,用她的大眼睛从走廊里一个隐蔽的角落跟随我的一举一动,她的手依旧紧贴着墙。雾气透骨而入。身体屈服于凄苦、顽劣、风湿性的寒冷,如今的工作就是一直蹒跚着上楼抵达一个新的早晨,用痉挛的动作,被远方的声音推向前去,像透过树林听见的迷路魂灵,在寒夜里依稀可辨,在露水或雾霭之下,迈着小步,结结巴巴吐出几个词语,哼哼唧唧如一段单调的咒语。我在书桌、绘图板和电话之间站起:打字机的节拍,抽屉,纸张的沙沙声击中了我。我的手指摸索着桌子的四角并翻找我的口袋,找到了药片——再一次感受到了我脚下的大地:山峰之上,透入视野的光,被延迟的早晨的狭窄条纹。突然：词语，和呼啸的电话。继续跑上跑下，摔门，一步跨两级楼梯，一步三级，穿过底楼的走廊，直到被那孤女狠毒的目光逮住，她仍在等待着。她在等待着我，跟着我……阴影中，她放在墙壁上的手，似乎微微闪着亮光。我的手抓住我的咽喉，醒过神来，返回水面。一时间，她巨大的瞳孔在发颤。纤瘦，苍白，女孩从她的阴暗角落里蹿出来，像一道黄色的光带，光着头，像多娜一样：全剃了。什么也看不见，除了她白得发亮的额头，眼睛，和湿墙上的手指。

这些早晨发生在很久以前，高中毕业之后很多年，它们困住了我并将我与塞巴斯蒂安·卡巴分隔开来，也在我与他重逢的理工学院之后，在工厂的岁月之后，他成了我的首长，那时我天天都看到他，无时无刻。休假期间，当我听任自己在娇美的科莱特·特里忒亚努夫人的书籍封面之间被碾碎之时，他在河里跟我的同学一起游泳——又或许是回到了家乡朱尔久，跟他自己的朋友一起，在多瑙河畔。我又见到他是在他的第二个秋天，和他在我们中间的第二个冬天，和他的第二个春天，我天天看到他的那一阵，和他的最后一个夏天，当时我跟他再次见面之后就分开了，彼此完全理解……这些事情都与他毫无关联。我必须重新发现那个夏天和秋天与我自己有什么关系，才能明白我们是如何进入了这样一种相互理解的状态，让我们能够化身为显然已经改变的角色再次见面。我应该回想秋天和春天是如何经过的，还有我们高中的最后一个夏天，那时我曾经拥有记忆——我还没有被密封在一个架子上。只是，那些记忆与他没有联系，也没有任何目的。它们必须也必将被驱走。那么留下来的，一清二楚，就会是那个秋天的未知。

我们最后的年少之秋，之春，之夏。

* * *

那时候,窗子流动:液化的玻璃——一个易变的表面。没有理由再等下去了——没有任何迹象表明天会放晴。可这是第一个冲动,要站在门槛上瞭望天空。然而,其他人已经立刻出发了。宿舍就在附近。我也动身出发,可是太晚了:学校秘书喘着气,朝着我的方向走过来,生怕把我弄丢。校长和我的继任者——高中组织的新领导人——已经在职员房间里了,旁边是一个熟悉、矮小、非常黝黑的政治活动家,他也在学校里教书。我拉过一把椅子。活动家对我笑了笑,校长也是。依旧微笑着,校长告诉我说把我找来是要帮助他们处理一件棘手的事情,活动家则对我的经验和声望作了某些补充。校长赞同,点了点头。他们在椅子上有点烦躁,转身朝向继任者。活动家,是的……我想他着重强调的是我的继任者尚未公开亮相,而在这样复杂的局面下这么做是有风险的。然后还是九年级,我的继任者点头表示赞同。活动家向我概述了我来之前他们讨论的内容。接着他告诉我说我第二天必须组织召开的集会跟我在报纸上即将读到的事件是有关联的。

活动家拿起一张报纸,念出了两个名字。一个我知道,是个瘦巴巴一脸雀斑、近视、容易激动的男孩,总是在考试方面非常兴奋,是一个曾经租下了大片农田的人的儿子。然后活动家把这两个名字又念了一遍,补充说另一个名字是一定要提的。他平静地看着我,露出小牙微笑。我问道,"第二个是谁?"校长开始了关于第二个人的解释,此人那年秋天刚刚入校:他是从乡下升上来的,在那里他已经加入了组织,很可能是不经意的。他的父亲——一名教授，校长以前的一个同事，也是东部前线的一名前参谋官，在战后退居乡下当了一名普普通通的小学教师，希望某些事情可以就这样被遗忘，即他曾经跟谁打过仗，处于什么地位：作为军官阶层的一员跟我们的苏联兄弟打仗。校长确认了此事，于是他们都转身对着我，等待着。我依然出神地想着他们要求的名字。他们等得很耐心。接着，为了给我思考的时间，他们讨论起了会议的其他细节：钟点，礼堂，主席团，动员。我利用了这个间歇。我告诉他们星期六下午似乎不太适合举行这样一个聚会，因为很多寄宿生都回家度周末了。活动家回答说一切擅离都将被禁止，而且会后将有一场在女子学校组织的舞会。我急匆匆地离开了大楼。雨还在下着，我顶着雨跑到家时全身都湿透了。

第二天三点钟，礼堂全坐满了。我走上讲台的那一刻，大厅里响起了略微惊讶的窃窃私语。新学年开始几个月后，我已再次成为普通一兵。由于去年的学生都被免除了领导职位，我算是一个退休的主席吧。我宣布会议开始。校长朗读了报纸上的一页。活动家用了半个小时，差不多这么久，谈论刚才所读内容的意义。我们转到第二阶段：驱逐。我从先前的承租人，那个锡安主义①者的儿子开始。大厅里静静的。有罪的一方讲话很清晰，用一副有力的声音陈述，证实了前面所说的关于他的内容。他没有结结巴巴或一脸苍白。接下来是评论员。四名指定的发言者都是事先登记过的。我抬起头，看见后面又举起了两只手。我把它们加进名单。第一位的发言如我预期，充满了真诚的愤怒。第二位又增加了好几个咄咄逼人

---

①Zionism，又译"犹太复国主义"，一种犹太民族主义运动与文化模式，旨在支持于以色列地带重建犹太故国。锡安（Zion）为耶路撒冷附近山名，亦用来指称耶路撒冷。

的修饰语。第三位指定发言人的论点与第一位大同小异，但声音很大，面红耳赤。尽管他们是在背诵准备好的讲稿，但词语却仿佛有所不同，具有生动的感染力。随后大厅里一个示意想要发言的人跳上台来。他原则上同意其他人的意见，但却提议进行更多的讨论，因为那个先前的承租人病得很重，快要死了。喧闹声消失了。一阵长长的沉默。接下来是最后一位指定发言人。他说得十分冷静，完美地标示了结尾："承租人的病与这个会议毫无关系，这个病人在很久以前，他本人年轻的时候是一个承租人也不重要。关键是我们必须一劳永逸地除掉过去的一切可耻印记！"嘈杂声再一次响起，特别是大厅靠后的地方。我听见了赞同的呼喊，但也有别的，困惑的声音。是我大意了：我没有安排好发言的人，这一点在大厅里的第二位发言人最后站起身来，犹豫了十分钟才宣布他的结论时变得更加明显了。就在他似乎已经作出决定的时候，他总是折回原点。他会不断地在这里或那里找到一个让他踌躇不前的细节。他原本很赞赏有罪一方的回应：被告似乎很诚实而且令人吃惊地表现得当，尤其是假如我们考虑到他的家庭正遭遇难关的话。当他坐下时，所有的脑袋都转到他的方向，似乎充满了敬佩。我让他们再等几秒之后才插话。我首先表明我很赞赏六位发言人颇为有趣的观点，特别是戏剧性的结语，这证明他们对于即将作出的决定是很严肃的。但我们汇聚一堂并不仅仅是为了展示我们的修辞技巧，而是为了显示我们作出决定的决心，既不可忽略事实，也不可妄行不义，更不可作表面文章，优柔寡断。正是在这样一个场合，我们可以呈现我们的力量——我们明辨是非的能力。

我停下来。我看着他们。他们正在侧耳倾听。我请求他们思考，并以纯洁的良知宣告。

——我将投驱逐票！我说。

集会的所有人中，有五支手臂放弃了投票。一脸雀斑的男孩离开了大厅。

我又提出第二个案例，并介绍了被告发的人，他说了很多话。这一次登记发言的人多得多了。我知道其中一些人会说什么，我在他们中间穿插了其他一些不知道的。平衡有些动摇了。凭借他一贯的和蔼亲切，人缘很好、手指很长的篮球运动员引发了人们的同情。他说得很有说服力，略微有些激动。最后一个登记的人赞成驱逐。我必须要掌控群众并对其施加影响。我激情洋溢地开讲。人人都屏住呼吸，在座位上调整坐姿。我看到了第一排的人倾听时的不耐烦，跟随着我的扭曲和转向，我的俯冲、停顿、翻滚，我的闪电袭击。被告就在礼堂中间的某处。我看不见他，而如果没有得到他的某个信号作为回应的话，我这么疯狂地支持他就显得毫无意义了。等我结束了讲话坐下时，大厅里一片惊讶。他们期待更多的东西。他们困惑地看着我，仿佛我的话还没有讲完，他们的微笑充满了迷惘。我明白我坐下太快了，像个白痴一样，给了别人一个反驳我、将我击倒的机会。我一跃而起，呼吁投票。确信这并不会引起注意，我还忘了举起自己的手。我的投票不会记入任何一方。

结束了第二个案子，我又转到第三个：参谋官的故事。他的儿子，那被告，几乎都没有力气站起来了。他的回答夹缠不清，似乎还不明白自己遇到了什么事。人人都认为应该马上并且和明确无误地追随我。还不明白自己遇到了什么事，这个八年级的孩子跟跟跄跄地走出了大厅。人群散去，我呆在后面表明我的意图。

——没有其他办法继续下去……那样会没有说服力的。那样每个人离开的时候都会感到如鲠在喉；那样的话不过是一种形式上的认可，没有效果。

  他们保持着沉默。活动家没有说话。他身边的校长也没有说话。我详述了我的主旨。所有人对第一个案子都很犹豫。第二个就更复杂了。一个接受了一份不寻常的工作，到一个盐矿里工作而不想办法出去的人是不坦诚的，他不是一个可怜苦恼的公证人。感觉到自己的谎言会被用来对付自己，这个盐矿工人的儿子激动万分地承认，他利用了他的同学对其前任的忽视好让自己被当成他们的一员。不过，他解释说，他撒谎不只是因为他父亲如今正在诚实地为自己的罪行付出代价，更重要的是因为他希望加入到国家的新现实之中，为它的光明未来作出贡献。重复着他的话，我都快要相信这些慷慨陈词的老调了：我尽可以做与我相信的完全相反的事情，道出与我的行为相悖的言辞……令人着迷的自相矛盾，我已不再需要在这个领域里折磨自己，把我虚弱而摇摆不定的双肩挺得笔直了。我可以悄悄溜到任何地方，就像一条滑溜的爬虫一样。为懦夫准备的游戏开始了。一个领域正在向我敞开，一场为那些被逐出现实世界的失败者和孱弱者准备的游戏，他们已证明自己配不上那世界。这个领域的居民是一种反时间与反空间与反运动的存在的主人，尽可在无论哪一刻停下已到嘴边的话语，在它们被说出之前，甚至从他们出生那一刻开始，把它们换成别的话语，并将这些也一并忘记，着迷于这游戏的无限之中数不清的短暂面具，每一次新的躲闪都令他们更强。而这就意味着我比被告之前的表现更有说服力，比我早些时候，在那里，在大家面前的表现更有说服力……我不断发明着别的论据，有些是源于其他的，以之字形倍增，它们会在突然间粉碎，令我陷入另一道曲线，一场疯狂的，令人销魂的赌博。我已经拯救了卡巴，现在我试图拯救我自己。

秋叶在我身后疾奔。我踢它们，它们跳着舞，以短短的螺旋将自己从地面举起，将我裹在飒响的缎带之中。秋天意味着冥色，它们在祝贺着我，像一个儿子被拽过黄昏，连同长长的黑翼护航队，奔行在我身边像昨天的鸟儿死去的羽毛。

我已经郑重回答过了活动家。他问我为什么提议将卡巴列入黑名单然后又救了他，这问题提得很对。我回答说我有权利把这个无赖带到他们面前，这样他们才可以选择是否愿意宽恕他。我曾经怀疑他们是否会赦免他——还是最好由公诉人来迅速作出决断，就像我做的那样，这样我们——我和组织——才不会在群众面前丢脸。教员继续听我解释，满腹狐疑。他弄不懂这丝带般的言辞文字如何疾行，它们又如何呼啸，摇摆的风如何吹着我前进，一个词是如何从另一个词或是从所有词语里冒出来的。我的想法并没有从我眼里涌出——它们没有出卖我。它们在躲藏着，突进着——一朵火花，第二朵，被迅速取代，玩弄着我，它们可悲的玩物，沉睡在湿叶之下，像一只做梦的鸟一样从空中滑过。

窗户被点亮了。音乐正在女校奏响。狂野的头发，满是泥土的沉重的工作靴，粗毛的套头衫——我不应该进去的。我在门槛上停下了。人声以双音发散。在梦结束的某个地方，一个黑黑的疯女孩等待着，她的大眼睛，乌黑而充满耐心。透过部分打开的门，蒸汽、呼吸、汗水、吵闹、咯咯笑。我沿着体操器械边上的墙壁一掠而过，握手，问候，微笑。绒衣和裙子、又短又窄的袖子、又短又白的农民绑腿、绣花衬衫——民族服饰——巨大的工作靴、揉皱了的领带、围在羞怯衣领的白色里的制服裙子，全都挤作一团。

——你在找人吗？

我转向我同学的亲切嗓音。我们彼此靠近坐在一起时，他的手指始终跟音乐保持同步，好像在某种程度上与事件同步一样。他已经轻松地问候了我，所以我一开始就很尴尬。没有理由拒绝他友好的微笑。一切都一如往常，好像什么也没有发生过一样。那些精致的手指继续耍弄着，而我的同学也继续主导着交谈，一个词语与嗓音和谐的模范。很了不起，他的眼睛和嘴唇可以这样服务他的思想。他的身体、手、肩膀、咽喉也是如此。我的同学再次让自己变成了一种愉悦亲近的大师。我们进入闲谈的迂回道路并不需要延长：寒暄可能会变得很无聊。在关键时刻，重点（斜刺里的轻轻一击）必须要明明白白，真相的锋刃，在愉快的唠叨中突然一闪——可以带来一丝必不可少的真实性。他知道剧本。

——你当时挺为难的吧？

我同学是在谨慎地感谢他的救命恩人。很自然，如果我没有马上回答的话，可能就要让他溜走了，要多远有多远。

为难？我是在维护正义！我再次争辩道，比一个多小时前更有说服力，比一个半小时前更有说服力，也比他在两小时前面对敌意的群众时更有说服力。我把他的答辩逐字逐句复述了一遍。我没有作任何辩解，我对他说——总结性地——我只是揭示了这个集体自身的犹豫，不让平衡有所偏向，随便他们去选择。被他们的惶恐所震惊，我自己都忘了投票。接下来就只需要他在我身边站起来，重复那个没有任何意料之中的答案的问题即可。

——你在找人吗？

跟着我从找不到她的梦中走出来，高个的瘦女孩把自己的头发整得像是堆在头顶上的一块黑土。她掩饰着她不耐烦的眼睛。我的同学再一次向我转过身来，似乎我们都知道对方会作出什么动作或回答，然而我们还是做出了每一个动作和回答。谈论女孩时他变得活跃起来。我们的女同学都被锁藏在校服里面,她们很可能会判我们在将来很长时间里节欲。

——如果我们想要有所成就的话就应该赶快结婚。否则,我们就会直接落进第一个骚娘们的手中。

这是直视他眼睛的时刻。我必须告诉他我想的是什么,也就是说,我必须把我的词句扭曲到仿佛我是在撒谎或故作姿态的地步。这样那真正的想法才会沉落与消失在一堆过于复杂的掩饰冗余之下。我会将我的想法包裹在做作、珍贵的句子里面。我会直视他的眼睛,我片刻之前为他再现我的讲演时没有这样做,当时我的眼睛盯着某个视线永远无法抵达的遥远角度。

——我希望最终能发现自己跟一个女孩同处一间办公室。习惯她的步态,她的脸,让她变成对我必不可少之人,让她明白我的沉默、我的喜好,然后一个心照不宣的婚约就会在我们之间升起——逐渐产生并且日益强烈,一切会隐含在我们平常的动作里,这样就不会有任何言语的需要了。如果是这种走向的话,某一天我会去买两张电影票,在说晚安之前,我会在门槛上请求她与我相伴永远。我希望她会简单地点点头表示同意。

他开始微微一笑,如我所料。我屁股向后接受一切,毫不在意,沉睡在我的架子上。

——你应该研究文学。在现实中,事情要么更简单要么更复杂——或者无论如何,更偶然。说真的,你应该开始文学生涯了。

他面带微笑,如我所料。他讲出来的都是意料之中的话。

——文学?那以后只配写在墙上。

这个句子必须用背上的一巴掌来完成,于是借用他的一个手势,他没有勇气做出这动作,但在他优雅姿态的复杂芭蕾中早已预示过了,我给了他友好的一掌拍在他背上——认可和信赖,特别是鼓励的终极信号,助他迈上漫长、胜利的道路,我在其中扮演了一个为他指引方向的小小角色。

我已经决定这将是我们作为高中学生的最后一次交谈,的确是的。

* * *

我最终跟自己交上了朋友。不怀敌意,我一直在密切留意我的行动。它们都很和谐,无论怎么看。我自己的脚步中有一种忠诚、惊奇的专注,我从身后一步计数它们,为它们是我的而喜出望外,欣喜它们在潮湿路面上果断的踩踏,成功地遍历各种交通惯例,熟练地执行意外情况所需的无论什么跳跃,转折,或逆行。我沿着不同年龄的曲径向前,一个唯命是从的机器人,受制于钟点、城市、人,漠然凝望他失明的孪生兄弟行走在前方一步或一瞬。在延迟、刻毒和麻醉的游戏里什么也没有发生。既不是这一个也不是那一个,我已经获得了那份自由,可以有时是这一个有时是那一个——在所有操作中保持不变的那个,已被赋予并曾经活在很久以前在某个别的时间身为某个别的人——或者从来没有过,身为任何人——的"恒定者"。就这样我沿着统一的螺旋和统一的钟点单调地向前行进,与统一的人们一起奔向统一的城市,同样服从,有如我身边的那一个——那分身,我漠然的孪生兄弟。适时、迅捷如忘川的流水,遗忘会很快抹掉一切,整件事又将从头开始,像昨天,像明天——无论何时,或从未有过。

我的目光拧进他的颈背,我骑在这具年轻尸体的背上。肉像他的手臂一样松弛。我陪伴着他所有的蹒跚步履和他疲惫的、伪造的情感。我与这练达、透明的孪生兄弟同步，他会把自己煽动起来，好像玻璃上一道发狂的影子，随时会粉身碎骨。我试图成为一道磁性的涂层，能够阻断情感，抽吸思想，能够感染他的情绪和野心，专注并将自己保藏在深处，为没有什么可以留下而窃喜。所有事情都以一种水样的、滑溜溜的方式发生，又或许它们早已蒸发，只是残留的少许尘埃，像瞬间一阵风的刀刃一样不稳定。

我看见他——我自己——穿过预备圈，仿佛是穿过炼狱：我跟着他踩入所有为他而设的陷阱，它们的开挖者是她，第三人称，无名者，唯一一个有名字的人——因为第三人称可以有任何名字，也就是说根本没有名字——他想象的女奴，温顺、陌生、无自我，在怪诞撒谎的小小反抗中步步退缩，毫无意义的增加不负责任区域的尝试，在这些区域里"他"会通过她，第三人称来转移自己。我感觉他的身体在经受即将成为热量与运动的红色螺旋带来的考验、抽搐与电击。他当场止步，惊奇自己与第二人称（"你"）的对抗之激烈，后者正将她的头发甩在他的眼睛——他的眼眶——上，这是命运前来选择他，考验他呢。随他一起我筋疲力尽倒在这样的圈环之中，陷身于一个终极的旋涡，唯有风能够抵达，那最终的边界，对话者的地狱。

我们在一座有厚厚高墙的要塞边上。入口前，一道巨大的山墙，弯曲如一面屏风。我们看见那些墙的每一个细节，和在大门与我们照面的早晨的种种色彩——石头的尺寸、形状、颜色，笨重的金属绿门的格格响声，载我们登上它的蜿蜒曲线的道路。我听见只言片语，仿佛是我自己的话一样：留在墙上的椭圆形洞孔酷似一条鳄鱼。事实上，随着时间的流逝，那洞孔已将自己塑造得奇形怪状，简直就像一个恶作剧，变成了一只动物，有短短的，几乎看不见的爪子和一副宽宽的、咆哮的口鼻。腐坏的石头早已参差不齐，像这贪婪孽畜的锯齿一般。"他"说话吞吞吐吐，而"我"则在我自己的话里听到了他的话，在似乎是专门设计出来呈现凶猛爬虫状的洞孔的每一道曲线边上。

我和我自己围着这要塞转了几个小时。随后我们又畅游了群山。我们几天后就启程去大城市了。我们倾听我们思绪的起伏，再次看见了沉重的绿色大门和要塞城墙上那个奇怪的洞孔。有必要打断他，打断我自己，反驳我自己，反驳他。那道墙并不像屏风一样是弯曲的，而是笔直而倾斜的：一座方形金字塔的横断椎体。它不是石造的，而是被雨磨蚀的砖沏成的。画面已经模糊。记忆：无法控制。这时我明白那是一件必然发生的事：我们再也不能合为一体存在了。我们需要保持为独立但却无可分割的两半。靠近他将是永远不可能的，更遑论置身于他之内了。我身上一样确凿无疑的东西——健忘——成就了我们分身的奇迹。

墙上的洞孔从未存在过：它是一个妄想，或者我以为是如此。我早已脸色煞白，听他描述着细节：惊惧中，他逐渐让自己相信我原先看到的是一把刷子留下的白石灰印记。脊背躬曲，突然被苍老压弯了腰，我感觉他需要的是一份确证。他想要回到那个地方。并且，说实话，我们将来也真会回去的，不过是多年以后，在不确定性已经把我们撕裂开来以后。我们凝望着先前那座要塞的城墙。绿色的大门之上矗立起了半截砖砌金字塔的横断锥体。他看着墙壁上的白石灰印迹。刷子的毛创造了一条鳄鱼。我们双手伸开。冰冷，黏湿的手掌拍了拍我们的前额。要不是附近有一阵人声喧嚷的话，他可能已经崩溃了。他都没有力气朝他们的方向转过身去。惶恐已令他晕厥。他彻底绝望了，脸色苍白如死。他被拆散的心绪听凭任何一种精神错乱穿过它蜿蜒的线圈。他惊骇于堕入想象的灾祸之中是多么容易，我也一样。

一群年轻的游客站在近旁。他们丢下有关要塞历史的零散信息。有人说要塞的重建是几个月前完成的。"他"转过身来，随后，冲向说话的人，揪住他的衣领，问城墙难道最初不是石造和弯曲的吗。

——是的，好像吧……

这个年轻人并不确定：他没空去复查。他不再确定他要说的东西。然而，城墙似乎原本就是砖砌和直的，而"他"从今往后还将继续相信这一点：他害怕回去，一切都如此迅速地从他脑海中溜走。我们总在遗忘以获得自由，置身于别的地方，别的时间，没有根基和延续：慢慢移动，像一条从固定的一极向外旋转的直线上移动的一点，跟随缠绕成一个球的螺旋——封闭的蜿蜒螺旋的灰烬，一个黑暗自我内部的旋转，初始的走廊。第三人称和第二人称渐渐阻碍了通路；焦黑的螺旋深陷下去，化为一段狭窄的残骸，收缩的空间，小而重的梯级挂在细如缕缕湿烟的钢丝上，曾经的斜坡，楼梯，螺旋，和蛇形的线圈，散落在一团遥远的黑雾之中。

我们仍不得不继续呆在一起，因此，我自己和我，作为朋友，因必要而结盟的对立的两半，不调和的两个个体，彼此都拼命要让自己占有我。我们像一对夫妇或许看上去很合得来但从未有过任何共识，除了冷漠和活命和对方的死亡以外，对他们来说存在于同时同地是不可能的，除非这冲突状态仅仅是一个权宜之计，好让我们步调一致，被动地忍受我们自己平静的缺席。昨天这一星期，昨天这个星期五，以及昨天这一年必须被遗忘。我将不得不重新开始，像父亲曾经教导我们的那样，好让伊娃的和多娜的烟上升，让我们获得自由，让祖布楚上尉化为灰烬，让我们忘掉所有那些半吊子游戏来换取彼此的一半。我们要忘记我们原谅的是谁和什么以及为什么，这样才有可能安排停当明天星期六以及后天的哑剧。

大城市的城墙于是包围了我们。闹钟在黎明尖啸……潮湿、统一的早晨……衬衫像冰冷的睫毛一般，匆匆的护送车队在同一条街上攀爬，在工厂的窗下紧张地鞠躬，脑袋低过门卫的帽子。噪声，抽屉，嗓音，电话，香烟，粉色氨熏晒图纸，横向与纵向区段的工业炉，漏斗，平台，料斗，电路，旋风集尘器。我监视我的另一个自我，他了解我自身的懒惰。我一直留意着沿细管往下慢慢爬到我的膝盖、我的踝关节上的风湿痛。

打浆时间的机器在脖子后面悸动，但明天是假日，星期六。值得我们鼓足力气再来一个"必须"和"多一点"，在今天，再多一小时，明天是星期天，第七天：我们又将重生，那会是一个假日，我们即将完成学业——就像一场压轴大戏，年轻的眼眉将缠上终场的花环，大门将在桂冠加冕的头颅之前洞开。我们将拖拽着凯旋车穿过颓丧的人群；明天我们可以自由选择无论什么东西。明天是星期六，这星期的最后一年，打字机的大乐团会击打胜利进军的节奏，数以千计的电话会警报般响起向俯身工作的背影致敬。我们是单独一个哲学家：这星期的每一年我们都是一个缺席的哲学家，每天我们都想到过去和未来，看呐，这是星期六下午：父亲已经前来祝贺他杰出的后代了。

——你应该从事哲学。你的能力对我们的同志会有极好的用处。这也是他们的信仰。

——我班的尖子会去理工学院或医学院。结果大概就是发现自已处于班级的末尾,但你是对的。我会考虑能够让我的能力最好地为同志们服务的地方。

他本该对我太过自然的赞同语调大吃一惊的。我对自己什么都做得出来。我的傲慢是无边无际的,随时可以踏上最变化无常的小径,只为了看看会有什么发生在我身上。因此,后来,一个星期六的下午,当理工学院的毕业生聚集在调动分配名单周围的时候,他们问我为自己选择了什么工厂。"一家也没选,"我说谎了,但我在坦承我的梦想一直是在非洲一家电影院里当售票员的时候我并没有说谎。这个公式是自发而来的,几天前我曾把它交给了我原来的同学,卡巴,他也即将从理工学院的一个系里毕业。

而他同样向我透露了他的未来计划。

——我要结婚。我们必须现在就办,快快的。否则谁知道我们会浪费时间弄出什么小科盖特来。我太太,盖比,就快上完医学院了,我得确保她会分配到首都。我知道我已经使出浑身解数,选择了一个扎莱亚①香槟厂的工作,不过看起来这样可以带来各方面都很有用的社会关系。

一个夏天之后的一天,已经是星期一了,他们正在等我,正当笑话凝结在工资奴隶的嘴唇上——他们是米沙(便衣巡逻员),像是一口棺材的椅子,和祖布楚上尉火化的工业锅炉。我把手伸向咽喉,保护我自己;太晚了:警笛正响着……我拿起听筒,是肥胖的女教授。安静点。还有其他租客呢。我在街上,雨的孤儿,把鲜花递向警察和低吟着夏日时光的女黑人。

我是一个面色苍白的流浪者,浑身透明,像一大杯清水,桀

---

①Zarea,布加勒斯特制酒企业。

骛而又温雅。我发现自己乘着一辆电车，它会把我载往哂笑的同事。阴影不停地攀上攀下。它们的镜像则攀下攀上。电车向着另一个毫无二致的早晨之山不断前进，在我计划下车之前就把我赶出去扔到潮湿、未知的街上。我游荡到街的拐角找到钟点、城市、人，找到有那个头发像烟一般黑的姑娘在等待着我的梦境。而我正拿起听筒，公用电话那冰冷的听筒，没完没了地拨着号码，肯定她最终会接听的，然后我们就会同意再次找到对方。根据统计数据估算着我的机会，我确信我能够穷尽所有的可能把她找到。我会走进咖啡馆、电影院、裁缝店、美容院、钟表店和皮匠摊、小酒馆和杂货店、珠宝店和皮草行；我会穿过广场和体育场，爬上火车，登上舰船和飞行堡垒，在机场等待那幸运的惊喜——那巧合。我必须融入人群，东奔西跑，打电话，在交友栏中发布公告。肯定需要有足够次数的尝试，也就是试验：成功的频率往往是随着活动的展开而增加的，就是说试验亦即尝试，机会……试验，也就是尝试的次数越多，变量就越能远离平均值，也就是确定性，它们才能被迫转向确定性，成功：在一台35键打字机上打字的猴子可能会凭借机遇而产生《哈姆雷特》，概率为35的27,000次方之一。

　　因此，要求包括：无论什么，无论怎样，无论何时，无论何地。我没有权利休息。我不断地试打电话，我必须要坚持不懈，堆积巧合、欺骗、公告，也就是说试验，要同时无所不在，独自承担那27,000次方。一年秋天，我瞧见她在一家邮局的窗口。我正在排队。几个人把我们隔开了。我看着她优美的颈背。我呆住了，望着她脖子上那甜蜜的一点。我醒过神来见她走下了台阶。我跑过去看她的脸。是她，的确是——她走得很快，人们看着我们，我奔跑着，她登上一辆103，我没有勇气乘下一辆103。天色晚了，星期五的傍晚。我已经错过了机会。喜庆日子的临近催促着我，令我慌乱。会有事情发生的，再来一次：明天他们或许会给我一个升职，一次加薪，提高我的地位，我也没有权利迷失，迟到而已，这星期就快结束了。失败再也无法在最后时刻被拯救了。我必须要让自己冷静并守时，就在——谁知道呢？他们或许会给我其他的特权，另一个住所，其他的愿望，另一场服从培训的时候。会有软垫装潢门的，就像塞巴斯蒂安·卡巴办公室里的那样。到那时，我们再摔门就不会有人听见了。我们会把星期一这一年和星期二这一年分开；我们会获得自由：什么都不会被记得，只会有一道简单、科学、完美的水流。

我发现自己在街上，平贴在电话亭的玻璃上。我是在一种神志不清的状态下离开办公室的，因为我再也无法忍受27,000只猴子猛砸它们的打字机了。我只得跑到街上，将自己浸没在雨中，摆脱束缚我双手，阻碍我记忆的鲜花；我只得来到这肥胖教授的巢穴，杀死小莫妮猪代表的炼狱——象征性地。我必须抖擞起来。我的子弹会迅速发射，我的双臂会很快致人窒息，毒药会很快将人杀死，不留痕迹。然后我会再次跑到街上去遭遇别的钟点、城市和警察，在寒冷、统一、陷于围困的天空之下。

我游荡着穿过大城市的贫民区。学院的咩咩之声等待着我，准备将我镇压。同时我仍在看着服装店与糕点铺的陈列窗，走进电影院、校园，循着夹道穿过公园，绕路经过书报亭，咖啡馆和小商店，直到我发现自己在广场上。高级轿车不停地滑行而过，白的，黑的，绿的，而司机们像一帮爷爷一样自在，不断打开车门，而胖乎乎、歇斯底里的孩子们则向学校大门展开围攻。

一天早上，在我还是一个睡意蒙眬的理工科技师的时候，我或许碰见过莫妮卡·斯曼塔内斯库,我或许见过她的爪子掐进她白而臃肿的肉体,和那套骇人听闻的例行公事,包括高级轿车,霸道的学生,以及狡猾、内疚的侏儒们。那时候,我或许可以遇到她并将她杀死,这样我就永远也不必再看见她,永远也不会被迫将她认作一个潜在的分身来拯救或杀死了,这样就没有人会发现我们是同一个祖国的过客,注定要在一个方块里再次相遇,四面都是黑色、白色和绿色的鳄鱼,像一个无限瞬间的鬼魂一样贪婪地转着圈。那时候或许我曾经见过女巨人莫妮卡·斯曼塔内斯库和那个施虐狂侏儒,蒂伯留·科瓦尔斯奇,在一个特殊的马戏团里,有变戏法和催眠,但我太过匆忙,要穿过无尽白昼的各种颜色,从一个黎明到下一个黎明,穿过无尽的夜晚。

这个周末和岁末会需要我足够疲惫。在第六天的下午,第七天的前夜,和第七天,我原本不会被认可进入哑剧庆典和服从训练,要是我没有证明我疲劳得恰如其分的话:两颊深陷,形容枯槁,浑身透明——像我应该的那样。时间带着它的街道和潮湿的天空仓促疾行。第六天的下午和傍晚即将到来。我需要在每周化妆舞会的高潮时在场。每星期我们都会庆祝又一个结束:学校的,战争的,家庭的,院系的,学期、年度、五年计划的结束……这个星期六我会跟尊敬的学校老师索弗罗尼和波波维奇道别,跟我父母的朋友梅赫丁蒂以及他的夫人,童话公主伊莱亚娜握手。我必须弯曲两膝,亲吻那些将我带进这个世界的人们的手,同时感谢他们出色的抚养和不养……我必须拥抱我在旧火葬场里化作青烟的姐妹,把东卡搂在怀里,然后在我被抚养长大的屋子门槛上痛哭,我不知道我有没有时间再见到它,因为下星期六我会走得很远,我将已完成了我的学业,我将已选定了我的下一个工作地点,离开了我的同学,我不知道我会不会再看到他们，因为又一个星期六即将到来；星期数随着哑剧和服从训练的安息日而增长——只不过并不是时间，人必须完全利用好每一个工作日，从黎明到黄昏，动用那480,000秒中的每一秒来击打那35个键的27,000次次次方，最终我们必将击中目标，那杰作，也就是那压轴大戏，头戴着黑色花朵的皇冠。

我继续登上潮湿的电车：我正出发去院系、工厂、墓地；个人与特务，巡逻员、纠察员和行人上上下下，像柔术高手般缠绕在我周围，碾压着我，把我扔到目的地之前的道路上；我会忘掉我是在何时何地开始我的旅程，穿越大城市的潮湿街道去和期待中的妄想会面的。岁月迅速掠过：那个星期六会到来的，我会在那天结识声名赫赫的炮兵上尉，而用两张电影票，他会开始教我如何观看战争电影，用他充满好奇的关注来抬举我，认为值得一交。戴着这副老小孩面具的我，欣赏我青灰色的大黑眼圈，反映在井中翻倒过来的水桶里，给我上马术的大师课程，骑着高头大马，分散在沿岸的曲线之中，它们潮湿的口鼻在海边寻找着苹果的海洋。出现在我们梦中的女孩只有在星期六，我成为上尉的知己时才找得到，他时常在树林边缘和河堤上度过几乎是无眠的夜晚，像一只野兽一样偷偷溜走，在噩梦里反复梦见他拿来献祭的骷髅，在被驱逐者和被拘留者的护卫队中间，所以我应该学会不要用力摔门，或是炮弹或地雷，要让门慢慢转动，不惊动任何人，不出一点声响，这样火葬场的烟才可以慢慢升腾与安息。

我正望着藏起我班上女孩的酥胸与大腿的罗登呢长大衣，寻找她们消失在巨大裙子里的白膝盖，她们被挤进粗制靴子里的脚踝，她们盖着粗布头巾的头发。我希望能够比较她们的身体、前额、眼神，能够认出那个面色苍白的女孩，在雨中弱不禁风，乌黑的长发等着被左右拨开，有如剧场的幕布一般。我必须要赶快，从星期一到星期二，从星期三到星期四，直到星期五的上下两个半天，只要还有时间留给节欲的折磨；因为幕布很快就会拉开，甜美而肮脏的婊子们会猛扑上来；我现在必须要辗转反侧，在燥热的湿梦里，要利用好失眠，要把我的双手和鼻孔埋进潮湿床单最黑暗的褶皱，要延长最后的无尽日子，要容许27,000,000次试验，现在，只是现在，当年少之狼的鼻孔对着街上的每一只野兽张开，却没有勇气走上前去之时。在节日之前最后一个无尽夜晚的短梦之中，我必须要画一条线，一团火，一支终曲，来开始又一个星期，又一年和又一个五年人生；所有的星期将再一次变成五年那么长，而所有的年份都将装满算不清数量的星期。每一个五年，那属于我的年头，妄想的五年计划。

* * *

我们很少写信。一条来自他们的消息，无论看起来怎样，都是一个启发，一个警示。实际上，我不是那个桂冠加冕的显赫之子已经很久了。如今我在大学考试里吊车尾。毕业后，我又会遇到我那些亲属，都扮演着自己的既定角色。我曾经在一个秋天离家，然后又在远方匆匆度过所有的假期：在工厂，在军队，在学生营。但如今空气却像那时候一样潮湿。或许我会找到力量再一次戴上旧的面具。

列车已将我迅速吞噬。车厢在黑暗中摇晃。我右边那个男人的沉重身体也在摇晃，我前面那个长腿的男人也一样。我已经将我的肩膀顶在门上，听着他们的呼吸混合在一起，他们嘴唇和打鼾的夜间噪音。空气的量已经减少；很闷。透过车窗，风景向前疾行，而赤裸、熏黑的树木，像被遗弃的老人，此刻都向后朝着它们青春里不可撤销的夜晚飞奔而去。列车在追赶黑夜；很容易想象我们会撞到另外一头野兽或是被我们无法完全抵达的黑暗的大洞吞噬。旅客们继续婴儿般沉睡在列车的金属脏腑之中。灾难不会有任何见证。右边邻近的两个人互相窃窃私语。我打起盹来，似乎能听到他们在我身边。黑暗是无所不在。我看不到他们。

——他在早晨出站。那是秋天，很冷，像现在一样。马车登山。你可以听见马蹄的踏声。他们已经进城：周围一个魂灵都没有。他收到了一封信。这意味着发生了什么事，漫游者这么想。

——他没有办法知道，但城市里的安静在他看来有点不寻常。来到主街，他抬眼望向房屋的窗口，这座小镇里的两层房屋的窗口。

他们正在低声交谈，紧挨在一起。车厢里很暗，他们不停地讲着同一个故事，轮流讲。

——他们在窗子后面等待着他。他感觉到了，哪怕他看不见他们的脸。

——信里什么都没有说清楚，但突然间他感觉被某种邪恶的东西逼到了墙角。居民们已纷纷从窗口退后，惧怕会发生在他身上，或他们自己身上的事情。

——他试图回想他是为什么来的：是这些信件中哪一封，他在字里行间发现了这样一句奇怪的话，让他在当天晚上就登上了一列火车？

——他没有办法知道：这是一封谨慎的信。把手伸进口袋想把它拿出来重读一遍，这时他再次感觉到了从窗口射来的无形的目光，便失去了看信的勇气。他有一种突然的预感，知道厄运已经降临在谁的头上。

——他没有办法知道……因为他，这乘客，是缺席的、无动于衷的。

后来，一个列车员重重的双手把我摇醒了。火车渐渐停下。车空了。我已抵达了我旅程的终点。我系上风衣的带子。火车车厢的梯级是潮湿的。我在车站后面出来，巴士或马车通常都等在那里。没有任何车辆，或任何别的旅客。黎明正潮湿地上升。山脚下可以看见教堂的塔楼。一片白雾之海腾起，白昼破晓的气息。

马匹的声音临近，在驰行。出租车里，我躺在破旧的皮垫上：这是一辆旧马车，由一个红头发的小个车夫驾驭。车轮碾轧着，马匹奋力攀上山口。城市看上去一片荒凉。马车已经取道穿过一座公园的后部。我在邮局前面下车。房子离着几码远。母亲向我跑来，她的大外衣敞开着。她搂住我的时候仍在喘着气。

手忙脚乱的，她在口袋里翻找着钥匙。她在我身边坐下的时候浑身打颤。她抓住我的手问我一路上怎么样。她的两眼沉重，眼圈很黑。她靠过来的时候似乎在防备着我。

——父亲怎么样？

——挺好。大家都挺好。东卡有些问题。想象一下——她……她是那么活泼的一个女孩。她在掉头发。不要问她这事。我们看过医生。他们开了各种各样的方子。我们只好把她的头剃了。假装不注意！你知道她以前是什么样，总是跟男孩出去的。现在她再也不出门了。她需要戴几个月假发。她把自己锁在房子里，一直读书读到凌晨，不理我们。这事最终总会解决的，所以不用自寻烦恼。可是告诉我，你过得怎么样？

她的两眼沉重：一会抓住一会又放掉我的手。所以，东卡的脑袋是剃光的，就像我们的姐妹以前那样。医生再也不能帮助她忘记，再从头开始了。她的金发，那么新，那么年轻……妈妈在我身边无法自已：她的两眼沉重。我们大概需要赶快完成我们的拥抱，我们的绝望。

——父亲怎么样？

——挺好，亲爱的，挺好。不要担心。挺好。可是你呢，怎么样啊，你，可是你呢……她突然间泪流满面。我感觉到她的肩膀靠着我自己的肩膀。

哽咽缠住了她，她有点语无伦次了。

——父亲会好的，东卡也是。你会看到的。只是，我们不能迷失自我——她又失控了……不要绝望。你会看到的。会解决的。这件事非常可耻的，很不公平：全世界都知道。他总是对的。案件会重新审理的。要有信心。现在，你就是那个必须，决不能……我太孤单了……她又崩溃了，前言不搭后语，把我也拖进她可怕的啜泣之中。

然后，她就回去工作了。我依旧独自一人，不知道如何向我自己重述这场景。在我眼前，她那张苍白的，满是皱纹的脸。我正望着她的眼睛，她凹陷的脸颊，她的苦痛。我看一眼窗户、床、墙壁：我本应万分痛苦。似乎就是昨天，她还在用责备向他猛击："这个人做了这事，那个人做了那事，这个人拿到了什么什么，把自己安排得好极了。"

可能吗……不幸是不是在达成某种秉性或潜在的倾向呢？我父母已经鼓起了勇气去遗忘以便重新开始，正如父亲说过无数次的那样。那么已经发生的事就既不令人惊奇也没有什么不公正的。倘若他曾经重生,那他就可以再次重生。那具行尸走肉尽可以变成一个斗士,再次遗忘,一切从头再来一遍;做这做那,把自己安排妥当,假如必须这样才能把一切从头再来一遍,明天和后天。

因此,我没有权利痛苦,只有羞耻。在我的新环境下,要弥补这一点没有更好的办法,只有去拜访我的前学校老师索弗罗尼和波波维奇,以及前邻居科莱特·特里忒亚努,更不用说伟大的弗吉尔·梅赫丁蒂了。

独自跟东卡一起度过下午。挥洒着激情的语句,她伸手搂着我,大声交谈。她已经适应了受冤屈之人的女儿这个角色,跟妈妈同心一意地演起了感情戏。她告诉我她现在有好一阵不跑来跑去了,光是读书……哦,是的,她正在如饥似渴地阅读并感觉孤单,流连在书籍封面之间。她看我的眼光仿佛是想要原谅我那些读书的夜晚,那时我的灯光总是不停地把她亮醒。对于跟我有明确亲属关系的所有信号都强烈肯定,她的表达很随便,使用各种感叹词,时常叹息。低吟着法语的诗句,她走到窗口。她甩着自己的外国辫子。她总说她感觉像一叶醉船般漂泊——游过囚船可憎的眼睛①。这原本正是时候,可以告诉她用词应该高贵点,一如诗人所愿:要说"醉舟",而不是"醉船",可是她却凑近前来宣称她是多么爱我,她的模范兄长,并且怀着宽阔的、青春的绝望拥抱了我。或许假如那天我有时间抚慰她的心情的话,本来是有可能做点什么的。妈妈在晚上回来。示意我避免与东卡进行任何微妙的谈话,她在餐桌边忙个不停,摆放餐具和餐巾,最后她终于为了我的好而揭开了父亲的骗局,他早已为此受到了如此夸张的惩罚。她不停地向我保

---

①法国诗人兰波《醉舟》(Le Bateau Ivre)中的诗句。

证事情一定会自行解决的：很快我们全都会高高兴兴的。

第二天早上：看到自己摊在床上，独自一人，没有勇气向索弗罗尼和波波维奇提供一次拜访的满足，更不用提娇美的科莱特了。代之以出门走进城市，并于中午返回。下午，我妹妹仍旧在为非正义的高贵受害者而叹息。此刻，她感觉就像一块疯了的木板在海蓝色、螺旋燃烧的天空下，正像诗人，为爱所沉醉，曾经说得如此精彩的那样。她向往一个寒冷、漆黑的池塘，一个忧伤的孩子在他膝上放下一叶如五月的蝴蝶一般脆弱的扁舟；她感觉自己就是那个孩子，漂泊于大洋之上。她突然又补充说父亲被这事彻底惊呆了：他从来没有参加过任何庭审，因此表现得很差。晚上，母亲又出现了。她为我的旅行准备了几包温暖的食物；她向我保证她丈夫很好，他的信心并没有破碎。东卡听到过这个：她的头发飘扬，华丽得如同她不停背诵的诗节一样。乘同一班火车返回。小城市见到我仅仅几个小时，但却已在邀我重聚了。我真正的痊愈将包括截止期、会议和责任。时间会迅速掠过：五个月……五年。我有一个目标——我马上就要再次变成一个有确定路线的乘客了：我将旅行以到达某地，参加某个活动。

我唯一的责任是不忘记。本来那也是无论如何不可能的。我正为了亲爱的生活而对任何义务坚持不懈。

* * *

重聚仅仅持续了几个小时。尽管旧城市迅速认出了它的往日明星，但我并没有作出我的悔悟之举。我往日的早熟没有留下多少，我省去了让我以前的老师看见的尴尬。我也没有访问弗吉尔和伊莱亚娜·梅赫丁蒂。现在，我能做的全部就是回去找塞巴斯蒂安·卡巴，在他面前跪下：我会怯生生轻敲他的窗口。我会告诉他发生了什么事。我会成为他的门徒。我会跟从大师本人学习静心之秘法。当然，我会屈膝跪倒在雪地里。这是他会同意指导我言行的唯一途径，如此我方能再次利用我的同伴之情，并得益于曾经如此迅猛地将我从一个营地推向另一个营地的不幸。

因为包括了这么多的绕行，陨落的明星在下坡路上不得不比他原来攀登寒冷顶峰时耗费更多的能量。我是个半吊子，但大学里的办事员处理他们获得的信息不太认真，居然让我毕业了。此后，我们原本都应该落入我们合适的位置：我去电影院的售票窗口，他去香槟酒、家具或高级轿车工厂。最后风吹到哪儿我们就到了哪儿；我去了工地，他去了工厂，我们会在那里重逢，在一个澄明的早晨，如同往日一样。

一个有空书桌的大房间；春天。卡巴纤瘦的双手刷刷不停，很响地点着新钞。我的领路人是一个瘦瘦的，安静的姑娘，我让她走在我面前。我又要变成塞巴斯蒂安的同事了。我们会天天相见。而岁月会迅速流逝——我总是在楼梯上奔跑，上上下下。有电路、工业烤箱、列柱。所以我不停地疾速穿过白昼的走廊，直到重生的轮回突然在长长的佛教走廊里瞬间暂停，那里我怪异的妹妹的双眼会等在那里伏击我。我没时间。我继续奔向橙色的午后：失忆的快乐婊子正在等候着我。潮湿的早晨，电车、人群、书桌、绘图板、打字机、滑尺、香烟、电话、图纸、星期一、星期三、三月、九月、漫长的早晨、短暂的下午，跟办公室荡妇们：胡基茨夫人，瓦基茨同志，以前的朋友，前遗孀，前妻，傍晚唱歌的前溜冰者（打开窗户放下她的红头发——像革命一样红），或者另外那个，戴眼镜的长笛手,或另外那个……我的前同事很认真,很坚定,专注于家庭、会议和研究,了解一切最新动向——应该知道和执行的一切;我正变在得越来越黯然、疲惫、懒惰、无动于衷,漠然以对任何可能触及我的东西。

依然故我,一个青春的奴隶,跳过梯级,开门又摔门:被噪音、笑声、电话,以及潜伏在暗影中一对猫眼的持续感觉所侵袭。匆忙中,我再试下运气:仅仅一瞬间的犹豫,一切或许就会分崩离析了:总工程师也许会发现我正在为他妻子的金发结辫子;医生也许会抓到我跟长笛手在一起,被音乐性地当场拿获。我也许会在螺旋的楼梯上跌倒。有时候我的蓝衬衫的领子会突然抽动一下。我会战栗。日子愈发黯淡下来。

大概是一个早晨,光的照射有些异样。我的胳膊、咽喉和领子感觉很冷。我突然转过身来,碰到似乎是多娜的手和头发,我固执地坚持不去看。光徘徊不定;金属的闪烁彼此交叉从一条走廊的角落里亮起。我的手在发抖。我打到一扇门冷冷的球形把手——一个房间。

大眼睛和一个没有光泽的前额:黑暗缠绕着她的脑袋就仿佛是多娜的黑发一样,就仿佛她依然拥有昔日那两根长而有力,结成一顶王冠的发辫一样。多娜,我死去的姐姐,正从走廊的尽头看着我以确认我还活着,奔跑着,跳过梯级。她总出现在我的动作里来让她自己和我相信我还活着,能看见她——苍白,美丽,剃了光头。现在成熟了,我并没有哭得像个愚蠢的小孩子一样,就因为他们会再一次给她剃头让她脑袋上不剩一绺头发,或是因为我们正曳步挪出我们透明的日子而没有勇气释放一扇门,一个嗓音,一记响声。

我正在寻找嗓音、笑声和门铃，好让人们发现我正向橙色下午的年轻身体扑去。是的，是的，橙色。我可以等待来自走廊尽头的幻影走向我，唤醒我，抓住我的手，等待我们缓慢地，蹒跚地，以慢动作前进，在一个故事的银幕上，我正在其中化身为我往日孤绝的自我，凶猛的双眼套着黑眼圈，潜行于巡逻队和马匹之间，在黑暗水域和无尽黑夜的边缘。

* * *

星期二收到了信封。星期二晚上：在火车上。星期三我会再次邂逅老城区的寂静街道。没有人在窗子后面等我。星期三我遇到了我母亲的痛，我受了惩罚的父亲的缺席和耻辱，那个正在成为我妹妹的人的病，这可怕的病正在腐蚀她的皮肤、她的头发、她有着浪漫韵律的忧伤。那是对我来说艰难的星期三——对于他们，对于在城市的巨眼之下等待着我们的角色来说也是。伊娃和多娜将她们的目光瞄准了我们；我们没有更多的力气了。

星期四：鼓起勇气步行穿过倾斜小镇的街道，昨天我在这里还是一个提心吊胆的小小名人。我需要见到父亲才好跟他说话。穿过秋天泥泞的每一步都对我说我应该跟他单独见面。然后我才可以说：

"我年轻的时候，你躲着我和我的夸大之词。你否定我的怀疑和指责。巨大的期望让我看事物的眼光变得锐利，你肯定早就感觉到了我会当场抓住你在玩重新适应这个悲惨的游戏。你再也没有力量能够显示出像我这样的坦诚——或者谴责和悔恨也不可能了。而我当时太年轻了：我竟梦想要巩固不可能的道德铁律，所以我让自已疏远了你。你是一个负责任的人,当然,所以或许我们的冲突只是一个代际问题,本来应该是可以挽回的。不过,我还是把你视为仇敌。有时候我都想杀了你——就像一个真正的儿子一样。很多人在青少年危机的时候都有过那种感觉。最后,我把你的热情视为诚实和愚蠢的。我知道你总是正直得彻彻底底。这是信任,甚至于骄傲的一个理由,但在那场对抗我自己的最终必输的战斗中,唯有讽刺才做得到。"

打着滑,我的橡胶鞋底陷进了柔软的秋泥之中。我用手掌扣住礼堂的墙。在这里,在一片鼓掌的旋风中被抬举起来,我背诵了进攻与激情的诗篇以取悦我的同胞。我一直是他们的英雄,他们洪亮的回声。为壮观和荣耀而如饥似渴,我的狂热采取了这一形式,但我放弃了这一切,在我终于能够想象在一座盐矿里工作会是什么样的那一天。我怀疑我的父亲很精通服从与奴役的学问。我认为他缺少火与力。我盲目而又年轻:这或许原本可以修正,哦,是的,我们之间的不相容原本可以通过小的调整解决——困惑原本是可以澄清的。

"你当时不知道我正走入歧途开始危险的实验,要领略这场双重游戏里种种未曾预料的可能性,倾听周围的咏叹调中的任何走音——所有那些被篡改的虚假音符。我发现了利用我的弱点的种种方法。是的,我发现了我的弱点……弱点……我不再是英雄了;我发现了伪装的路径;我正想要将自己变成某样东西,骄傲地确信我可以将自己变成任何东西,我被我正在筹备的闹剧所震惊和逗乐了,被恶心也被征服了。"

越收越窄,这条街朝着有绿色锥形屋顶的小房子下降。下面,左边,一座破旧废弃的建筑,开着瘦长的窗户:犹太澡堂。在它前面，未上鞍的马匹嚼着日渐枯黄的秋草，拴在灰而潮湿的马车顶边上。这条街在前犹太澡堂前面停了下来，另一条街由此向上拐到右边。我正在向上攀登。顶上是两层格窗：高中。

很安静。眼下小蚂蚁正在听从着校长蚂蚁和警察蚂蚁：他们在等待课间休息，等着上街——他们奔向自由的短途冲刺。听见我身后轮子轧响，铃声叮当：一辆马车。

——你好啊，小伙子，你好！走的时候告诉我一下。

他的布帽像皮革一样发亮，红头发的小个儿车夫朝我一笑露出跟以往一样的大牙。他跟我亲切地打招呼，我有点疑惑他是否知道我的胜利与纠葛。

哦，父亲，你始终无法承认我会这样敏感，甚至这个人的问候都可以让我紧张。我从来都没有勇气向你摆出这副面孔。正是从我敢于告诉你我的无论哪个妹妹都需要起名叫伊娃或多娜那时候起，你让我明白了——你是不会鼓励我这些迟来的反抗的。出于保护我一生的谨慎，你自然而然地想要为我挡开各种复杂问题。你根本没有勇气来审视一下我的这份才能，即使从你的观点来看似乎是负面的，所以我想要让自己变成那些有预谋的顽皮小游戏的对象。

我很软弱。我缺乏韧性。或许我太快失去了我的信念，还想象这给了我权利可以把自己变成任何东西，无论什么东西。到了最后一顶"桂冠"——法律上的成年——安在我额头的时候，我已经知道了：长串长串从所有肮脏的街道、发霉的角落、龌龊的嘴巴里释放出来的彩色词语。这些词语已经开了花，它们正在增殖，入侵这受伤的世界。我再也不可以甘受这种词语搭配之害了，像我以往那样，像你那样；这是一个很好的理由，能够解释我何以渴望只为修辞格，假设，数字，方法，清晰、严谨、可度量的结果服务——不惜任何代价。我鄙视你,是你逼着我选择一个夸饰空谈,"终极学问"的生涯——整个领域都由词语构成。你始终是它们的奴隶。曾经有一个瞬间我本来是可以为这样无端的坚定而爱你的。只是,即使我曾经太过年轻而无法抵御词语的魅力,我的父母也确实未能引发任何那样的情况。

我已经逐渐将自己与一切分隔开来了。你没有时间去留意。不过,你还欠我一样东西,经过了一场曾经以这么多种方式考验过你的生活,因为你总是随时准备重新开始:无论线断在哪里,都需要重新系好。父亲,你本应该教导我懂得我是有局限性的,或者否认这一点的代价永远是太过高昂的。我疏远自己的结果是将我变成了一头胆小的畜类,被太多陈旧、天真的情感剥夺了美与天真。我如今遭受的耻辱似乎是恰当的:它让我与麻风病人结盟,我可以与他们并肩走过创伤与沉默,对假面舞会不屑一顾。深情保留给我的未来的真正教育现在才刚刚开始。

墙没有回答。小街在潮湿的秋天早晨很滑。我急于和他说话。我喉中的哽咽似乎在阻止我呼吸。我害怕落在过于正确的人们头上的奴役——从我弄明白你在听妈妈说话而毫不抗议那个夜晚开始,当时她不断向你投喂那些花时间来为自己安排住房、货品和利益的人的例子。我听着,害怕可能发生的一切,等待沉默的余波——犹豫的开始。我的恐惧不再有力了;我不再是打不垮的了。如果我们那时候能够彼此靠近的话,或许我们原本是可以互相帮助的,而我也就不会误入歧途,想要回过头去逆转那仿佛是我的命运的东西了。

用我的指甲钩在金属格栅上。一种窒息感……种作出我的复仇的渴望,向忘了在正确时间爱我的父亲,向那个党内偶像,我随时都可以选择把他当作一个替代父亲,可他却像父亲一样,始终被当时的那些原则、词语和转变过度地侵占。像父亲一样，他会把自己关到深夜，在那座古怪的市政大楼里。奥地利市政厅的大门才几步远。写了一张愤怒的、侮辱性的纸条。冲到一个报摊。买了一个信封把它粘封好。接下来就是用一支钝头铅笔写下我要与之分开的那个人的名字而已：梅赫丁蒂同志阁下，我就是打算跟他分开，然后就没什么可以做了，只须把它交给门房，像递交一份最后通牒一样。没给他时间向我提问题。风在吹。跺着脚踏过水坑，把我冷到骨髓。绕过体育场，穿过栽满光秃秃黑树的公园。坐下。倚在一张湿的绿色靠背上。一只柔软的手搂住了我的腰。

——你什么时候来的？你为什么不到我们的地方去一下？

伊莱亚娜·梅赫丁蒂面色苍白。现在她满脸皱纹，两眼疲惫。我惊讶得无以言表。还能做什么呢，只有送上无声的安慰：我不曾忘记她美丽的手，或是再一次教会我们欢笑的嗓音，或是她那张圣母玛丽亚的脸追逐着我们穿越战争泥潭的方式。没有什么办法可以掌管往昔飞逝的画面，它们令文字和思想不堪重负。还能做什么呢，除了听任我自己被她温暖、苍老的手所引领。没有回答她的问话。她保持沉默。我们俩都一言不发，我陪她走到了她住的阳台房前面。

——告诉我，伊莱亚娜，你今天还能不能做到？——出于纯粹的友情，出于你心中的善良？你那时这么年轻，这么……

——我自己也想过这个，很多次。我不知道。也许我再也做不到了，也许我不会有那样的力量，或是对别人有一样的信任了。我无权回答。只有事情可以呈现——如果它们重复发生的话。这是不可知的，而我也不再有任何需要去知道了。

当然，她或许曾经想象过这个问题同样触及了当下，想象它是故意提出来的,而且我还企图强迫她现在出手来帮助我们。但她的眼睛湿润了,她并没有怀疑我在诱导提问。

——我在找你丈夫。我想和他说话,给他留了一张纸条。

——难道你不知道,他已经不在那里了么?他从战前就被调回去做他以前的工作了——低层次的工作,他们现在是这么说的,在一个木工场里。这样更好,在某种意义上。他得重病已经很长时间了。是他的心脏。他一直都没办法休息,从白天到夜里。如果他不这么折磨自己……他生病就是因为这个。

我鼓起勇气掩住她的嘴,抚摸她的白发。我是一个给有心脏病的人写白痴纸条又把它们留在错误地址的蠢货。我本应该回到那座办公楼里拿回纸条的,可是放弃了。时间已经很晚。母亲肯定做好了午饭等着。我在那里增加紧张状态根本没有意义。

快到傍晚时找到门房。他认出了我,尽管我们彼此只见过短短的一瞬间。他有身为一名正式看门人的经验。

——今天早上我留给你一个信封是给弗吉尔·梅赫丁蒂同志的。

——对,你交给我的。

——我想拿回来。我了解到他不在这里工作了。

——好吧,我原来正想告诉你,可是你跑掉了,所以我把信封放在这里显眼的地方,在通知窗口。

——是啊,我在赶时间。

——嗯,这很清楚。像那样跑来跑去对你有什么好处?他坏笑了一下。总之,这是信封。拿去吧。

他急急地跑到窗口,回来时举着信封,我打算把它一撕两半。

——怎么回事?你先写,然后又撕掉?这有点欠考虑吧。最好别撕。

用一支削坏的铅笔写得歪歪扭扭的，弗吉尔·梅赫丁蒂的名字被一道墨水的斜线划掉了。

——总之，这位同志刚刚经过这里。他时不时会来的。他读了纸条。给你留下了一个答复……他认为你可能会回来拿的。

因此，如果我是在B市最好的酒店的话，我也有可能让自己落进询问有没有给我的信这个笑话。接待员会递给我一封写有我自己名字的信，地址是307室，我刚刚分配到的房间。话说回来先前一位住户碰巧跟我同名应该是不可能的，不过似乎原先的房客和我有共同的熟人，因为留给他的纸条本该是我父亲的一个好朋友签名的……

我没有别的选择，所以我打开了信封："你走过头了，六个月内到我这儿来一下。V. M."

并非有意为之，我掷了两次骰子，扔出了两次六点。我们应该觉得这些巧合很有趣吗？也许是吧，如果事情的表象真的让我们关心或感兴趣的话。父亲的被捕与梅赫丁蒂的被解雇恰巧同时，这件事对我来说是一个兴趣问题，我很高兴我有截止期、职业和责任。

现在我知道有人在六个月的时间里会一直等着我。我可以让自己离开了，再一次，随便乘上无论哪趟夜行列车。

* * *

大概是在四月份列车再一次载上了我。夜间出发，黎明时抵达一个肮脏、冷清的车站。在可以继续之前还有三小时。天很冷。走进候车室。蜷缩着靠近自己的行李，几个乘客睡在木制的长椅上。走得麻木了，把我的双脚支在长凳上就像其他人一样。昏暗的灯光刺痛我的眼睛。看见一本书的残骸在长凳另一端的地上,在我的鞋子旁边。把它朝我这儿拖。少了很多页。大概是什么人忘在这里的。断片始于第58页,终于第91页。主人公,看上去,想要去往一个僻静的地方,在那里他会遇到一个重要人物。没有提到专有名词;也许开头提过,但已经不再使用了。必须要跨越一段水域。主人公找到了一条船。过河前那晚,他得了一种怪病,当地人称之为"晕雾症"。这个年轻人又是打颤又是发抖;他发起高烧,用第三人称谈论自己,仿佛是在讲述别人的故事。会面只能在特定的时间进行,间隔非常之长。任何人错过了一次会面都别指望自己足够长命可以见到对方。似乎主人公要跟他的自我会一次面,还有某种报应或了断会发生在这个遥远的所在。断片结束于第91页,就在开始变得有趣起来的地方。

候车室里已经挤满了别的乘客。很多人都站着,靠在行李箱之间。噪音已经增大了。看了看钟:还有一个小时要过。伸手再去勾那本书,撞到某人的肩膀。长凳被人占了。已经打过瞌睡。走到外面的月台上,再到车站后面。巴士不过多久就来了。我们挤上车去。司机从一本本子上撕着车票。想法找到了一个座位。我们的路线穿过几个村子和小镇。我们开了两小时。抵达一座小渔村。下午我们可以从这里乘船摆渡到对岸。巴士在一个叫做布菲村的地方前面清空了。看着那些下车的乘客。从他们走路的样子和他们装食物和日用品的包裹来看,似乎我们还要在一起完成前往监狱的下一程。船要在中午启航。

浑浊的水向后奔行,被船的桨轮磨碎。从马达里透出一股浓烈的汽油味。什么也没吃。船的运动,汽油的味道,人们扑扇的衣服让我晕眩不已。坐在其中一条长凳上。旅客们分享着不幸的故事:

他们去探访的囚犯的传记。潮湿的风击打着人的脸颊。

准备了一段话。会向他保证苦难已将我们紧紧地拉到一起，错误和不公正不可能持续多久了。等他受完了他的苦，他会在社会上找到一个体面的位置，再来一次，还会再有一个儿子。我的嗓音会温和而又宽慰：别的什么都不会有，只有爱。船摇摆和舞动。靠着栏杆，闭上眼睛。很近的某处，一架钢琴透过一个扬声器欢唱。

——这是亨德尔的G大调恰空舞曲。

风在我的耳边低语：它有我姐姐的嗓音，从她湮灭于其间的烟雾中复生。只需片刻，我就会触摸到她双手的丝绸，让自己确认她还活着，她的嗓音就会是真的，让我确认自己还活着。

——你知道，我是一个音乐教授。

伪装的么，在这艘潮湿的船上？但没有什么可害怕的；只是一个女乘客，一个音乐教授而已。

一动都没动。没有睁开眼睛。什么都没听见，什么都没看见……什么也没有，除了耐心的精髓……期待。或许她会突然消失，一如她的到来——从烟雾中出现——就仿佛她从未存在过一样？太迟了。在设法向左转过身去，再次睁开双眼之后，已经什么人都没有了——一个幻觉，那么说，只有钢琴从扬声器里传来，污浊的水在波动。

从侧面看，这女人显得有些疲惫：头发藏在一条难看、变黑的围巾下面，系在下巴颏下面，像个老太太。她的灰色大衣垂挂得又长又直，像斗篷一样宽。她大概穿着便裤：有一片什么材料铺展在她大衣的褶边和工作靴顶部之间。不再看她了。随后她对我开口了：一个熟悉的嗓音，一个非常著名的嗓音……啊，是的，来自儿童广播。红润、柔软、蓬松的脸颊，满脸皱纹，双下巴，粗脖子，可是依然，是的，她身上依然有一些孩子气，某种温柔、淘气、令人震惊的东西。瞥了瞥她活泼、生动、绿色的眼睛。她正在说话，为自己辩解。

我们在对岸下了船。她来到我近前坐下。

——你要去看的朋友究竟犯了什么事？

——我怎么说呢……需要一些解释。实际上，他从商店里偷了一双鞋。

我睁大了眼睛。对我来说，对这种稀奇之事感兴趣似乎颇有可能。她等的就是这个，好开讲她的故事。直到几个月前还是一所学校的校长，蒂伯留·科瓦尔斯奇教授有很多缺点，原来他还是一个有盗窃癖的人。鞋子的历险记就被归因于这种情况。不可能有任何其他解释了。他们都在一所特殊的学校里共事：学生都是要人的孩子，科瓦尔斯奇曾利用职务之便恐吓过他的下属。

——已经不是那样了。现在我们学校也有别的孩子。但从那以后我一直有一种……

找不到那个词儿，她打起手势来赶走困窘。

——你大概是欠他的情吧，这么远过来。

——不，不，完全不是。相反，他一直对我很不好。他对我造成了很大的伤害，对别的人也是。

然而，他们曾经走得很近，因为一点：她有一种持续不断的需要，需要建议，需要别人的理解，因为她的母亲已经消失在一家精神病患者的医院里了……是啊，老太太受了很多罪：她见过自己的丈夫在她眼前被杀害，在被迫挖好自己的坟墓之后。或许科瓦尔斯奇根本没有那么坏，只是错乱而已：从那个悲惨夜晚，他对她施加恐吓的那一刻开始，经过了之后发生的一切，她相信他很病态……他已经让她惧怕那些享有特权的孩子，那些将他们送到学校的汽车……甚至现在，当某辆高级轿车碰巧停在了学校门口，即使很少见——而实际上，现在很多人都有车了——她也会像以前那样发起抖来，是的，她依旧很不善于管理孩子、教室、坐满了孩子的班级，那些孩子觉察到了她的弱点，对她施行敲诈并将她置于有失体面的境地。他们一直在恐吓她——你还能说什么？——就是这个词。她的两只眼袋如今总在抽搐。她的眼睛已经变成了灰色。白昼正逝入黄昏。一份巨大的、被延迟的恐怖兀自扩张；她颤抖着。她的嗓音已经失去了它的清晰。它在喘息，变沉。

——那你来这儿干什么？不过，似乎是……

——你知道，我们还算是朋友吧。我很留恋那段记忆。

小小的白泡沫球已经在她干裂的薄嘴唇两角开花了。

——事实上，他是独自一个人。对，就是那样。他谁都不是。我也是独自一个人。我想去看看什么人，任何人，从家里出去……我再也撑不住了，我想这会让他高兴的。我也马上要去看妈妈了，在很远的山区，在精神病院。

她没法再多说什么了。人们排起了队。我们站起身。这女人一直沉浸在她的自白之中，这我没意见，因为她并没有问我来访的原因。

钟点快到了。我们必须爬一座山。山顶上有长长一排砖砌的营房。我们看不到犯人们被迫建造的运河堤坝；它们可能很远，或许要把犯人们送过去的宿舍也很远。中午，我们刚到，一份名单就已经拟好了，上面是我们想要见到的在押人员的名字，有人上山把它送到了营房。现在都快到晚上了。女人们都想挤到前面去；一行人越来越不耐烦。

我们在营房里又待了一个小时，处于期待的状态。很自然，本来避免与教授女士（或小姐）同处一列应该是最好的。她的名字落在字母表的末尾，我的则在开头。巡逻兵最先叫到的就有我的名字。没指望过他们叫受访者的名字，而非相反，不过蒂伯留·科瓦尔斯奇同样处于最早的八人行列，所以教授离我很近，就在把我们和在押人员隔开的铁丝网格边上。门开了。灰帽拿在在手上，脑袋和胡子都剃得精光，他们一被叫到就走了进来。

将我们隔开的不过是一道蜘蛛网：显然我对面这个人再也没有浓密、卷曲的头发了。他的镜片也更大了。那副眼镜：很厚，打着螺旋，焦距集中。或许这吓到了我。他笑了笑。一股灼热的波涛涌上心头，但必须要说的一切清清楚楚全在我的心里。开始说话的信号刚一打出来我所有的话就都准备好了。

正待开口，可是在我右边，有人在我之前说话了——透过牙缝吹起了口哨。

——你这笨蛋。你这白痴女人。

感觉不由自主地朝科瓦尔斯奇望去，一个脸色苍白、骨瘦如柴的侏儒，有着扭曲的嘴唇，一双大眼被按进一颗沉重、摇晃的脑袋，向前佝偻着。有一道微弱、青灰的光，没有办法不让我死死盯住这个形象。就这样持续了好几分钟，直到一阵昏厥向我袭来……

醒来是在早晨，第二天或再往后一天，在一个农民家里一张干净的硬床上。在我枕边看护的是"大心脏"的教授女士，户主告诉我，以及"一切全都靠"她而不是他自己。

回到了大学，没有完成作为我此行的缘由的会面。因此，我的其他计划也偏离了轨道。那场昏厥让请假回家，让我计划与弗吉尔·梅赫丁蒂的会面变成了不可能。

五个月或五年后，父亲来看我——恢复，或是平反了，像他们说的那样。他做好了准备要全力以赴重新开展工作。他向我解释说他是被牵连进了"梅赫丁蒂错误路线"——绝不是一桩个人犯罪的问题……与一个被迫离开领导位置的老朋友有关联……然而被过分高估了，以至被打上了不存在的不法罪名。好几个方面都有缺口，位置较弱的党羽都被瞄上了。但这与当时其他的灾难不同，他补充说。有人被判去服苦役，甚至还有被处决的……这是一段艰难时期。会过去的……我们经历了这么多，这个我们也熬得过去……我们必须准备好重新开始，要活下去。他没有扔掉小学里的修辞技巧：

已经毕业了，当时，梦想着在非洲一家电影院里售票。动身去工地。家里的消息很少。只在他们庆祝东卡成年的时候回过老镇。已经在首都新建的大型工厂里工作了。我的下午是仓促的，满满的，它们消失得极快。

谢绝了音乐教授的聊天邀请，除了每两月一次。就是永无止境地倾听她自白这回事：她当我是一个朋友，可怜的东西，她不断地抱怨孤独，尽管她非常活跃，总是陷入与新老熟人的纠葛，变得进退两难，而她不论付出多少代价都不会放弃他们。她总是抱怨学校，那些小小的恐怖。

对我来说，哪怕要找到一丁点合适的建议都很困难。

* * *

真的，光在那时振动得不一样。来自另一个时间的早晨。浆挺的衬衫领子扑动如一只鸟儿僵硬的翅膀。我的愿望是在仲夏里乘一架过山车起飞，向上，向上，越高越好，几乎飞到天上。钢杆会尖叫和嘶鸣，抵达最高点，然后呼啸而下，砸到木地板上。从楼梯上出发：每一次我肚子里的真空都会上下翻腾。

下午我们又见面了。随后入夜的风吹冷了她的双肩。她在打颤。窗户被吹开，发出一声木质的喝彩。在一起，在冷清的走廊上，在一道沉重的白色天花板和小房间的缠绵天空下被碾碎了：给白日梦女孩的同一场温柔噩梦。夜晚的烟雾将犹豫赶走。我们陷入了一场孤儿之间的惶惑拥抱，不可能长久。

有段时间一切都一如往常：什么都没有发生过——证据是每个人的和蔼互动，跟办公室和公寓的邻居，跟前同学，前亲戚，前教授，某些前好友的前妻，跟守时的亚美尼亚女人，她会带给我狡黠的微微一笑，还有跟总工程师的金发女人。没有人指责过我的虚伪。那个特务，米沙，索然无味地跟着我；长笛手在音乐会之间造访我。永远跟随着我的眼睛，乱发大眼的女孩不断地朝我微笑。我们会在走廊里见面仿佛什么也没有发生过一样，偶尔有时间开玩笑，并不真正承认对方也不强求认可。然而，等到她奇怪地离开工厂几个月后，我才注意到了她的缺席。她有某种密码一般的微笑，一种胆小的步态，苍白的手，还有——是的，想念她是太自然不过了。她走得太过谨慎了，似乎也未受妨碍：一个同事访问了她被调去的工厂，证实她气色不错，一如既往的迷人，安静地呆在一边，而且依然年轻。这个补充，"而且依然年轻"，听着有点奇怪：一个安慰似乎又是一个责备。

现在有段时间，下午一直都很无聊。摆脱了长笛手，也放弃了金发女郎，而且不再对跟我在同一个办公室工作的女人微笑了。把自己锁在孤独之中好几个月……好几个月或更久，我不是很清楚。

同时，东卡已经变成了一个大学生，她似乎需要多一些钱。高高兴兴地，她每星期问我要些不大的数额。惊讶我一副枯坐昏睡的神情，她很是担心，提议我们跟她在西班牙语系的一帮同学一起过新年除夕。很多漂亮但又非常年轻的女孩在她身边叽叽喳喳。不认为有可能赢得她们的信任。最后，同意跟我妹妹参加一场"预览"，类似于派对预演，目的是帮助那些彼此还不认识的人。

东卡顺路来接我。她戴着一顶很大的黑色贝雷帽，看上去像是假发一样。它跟她的金发美女肌肤和青蓝色眼睛的对比相得益彰，完美之极。她发现我在盯着她看，便扯下帽子开始掀起她乌黑的长发，一下就把我镇住了，目瞪口呆，仿佛第一次看见她一样。于是她赶忙冲过来让我平静一下。

——别怕。这是我的真头发。你可以拉拉看。对吗！我给它染了色，大家都说好看极了。终于，一个名副其实的多洛蕾斯·伊巴鲁里①，跟我们系很配。

将隐隐的回声平息下来，这个名字让我心中一动。东卡总是漫不经心地提到那个病，是它将她与世隔绝的——或是我们父母坚持要这样。不过，我并没有看到那些往日危机的任何迹象，无论是因为她的掩饰能力还是我的缺乏敏锐。

理所当然，我必须发问，"弗雷德在哪？"东卡耸了耸肩，意思大概是，"他也会到场的。"她似乎已经对她的未婚夫没兴趣了，虽说她曾经为了他而顶撞我们困惑的父母。对我来说，她的未婚夫似乎挺有吸引力的，而且是个正派人。有点尴尬，的确，但却

---

①Dolores Ibárruri（1895—1989），人称"La Pasionaria（热情之花）"，西班牙共产主义运动领袖之一。

是真的拜服于这个女孩的魅力之下,她觉得他"格外深刻""格外文雅"和"格外敏感"。这话更适合形容她而不是他。

无论如何,已经置身于一幢优雅的房子,里面的很多房间都由移门连通。地毯都被卷起来了,灯光也被调低,人们分散成一群群或一对对。在活跃的气氛之下,东卡不停地鼓动每个人来跳舞。她自己的身体意外地犹豫不定,仿佛她感觉自己有危险一样。最后她退到了一个角落里,在一个不认识的人身边,而她的未婚夫则忙于摆弄磁带录音机。理所当然,那个大献殷勤的中年人不停地给她倒新酒,而她一边将它们一饮而尽一边听他用很响的声音讲粗俗的笑话。他竭力想要抹去他们之间的年龄差距,在周围的女孩身上他神奇地大获成功,她们觉得他这种放荡的硬汉类型 *trèsjeun*①,正是她们喜欢的。别的女孩都嫉妒东卡,当下最得宠的她。他们两个再次起身跳舞。他们急不可耐地投入对方的怀抱;他凭借他们的贴近和黑暗两只手占足了便宜。他是个身材精瘦的男人,四十出头一点,一张略有点麻坑的脸,浓密的头发盖住刻着深深线条的额头,窄肩膀,大手,和年轻的笑声。他动作轻盈,将他舞伴的身体弯来扭去。

——你真的是她哥哥吗?

两只黏糊糊的手抓住我的肩膀,扳着我转过身来,并将我拉进一支慢舞之中。我的舞伴想要把我引向另一个房间。任由自己被她领着,并从磁带录音机边上绕过。举臂挺胸,我的舞伴踮着脚尖跳舞。她已经脱了鞋子,像东卡和其他女孩一样。连东卡那位绅士也只穿着短袜溜来溜去。我们在门边停下。曲子已经结束。那女孩

---

①法语:"很年轻"。

倚着我。她已经用胳膊搂住了我的脖子，将我拉低靠近她的耳朵："那人是个林业工程师。他跟女士打交道很有一套。已婚，当然了。有一种很别致的愚蠢。女人喜欢极了。事实上，你们老家伙比这些小男生强，他们实在太年轻太没经验了。"

事实上，当工程师熟练地触摸着他的猎物时，不注意到他骨瘦如柴的长手指上那几个戒指是不可能的。另一方面，他的魅力也起到了作用，因为它似乎已经触痛了我并吸引到了这个年轻女孩，尽管你再也不能把我称为年轻了。唯有懒惰阻止我拿这个劣势来取得优势。我的舞伴展示了一种干巴巴而直接的幽默；她很容易接近又有些顽皮，充满撩人的弹性。她的双乳不停地轻触着我，我都打算调下情了，这时东卡的未婚夫出现在我们身边，头发竖起，手握酒瓶，气得两眼通红。

一边解着她黑色的发辫，东卡已经瘫倒在地板上了，她的嗓音很低，却清晰可闻："我再也不能，浸没在你的倦怠之中，哦波浪……*De vos langueurs, ô lames*①……*en vuestro languidez*②……穿不透号旗与舰旗的骄傲，也游不过囚船可憎的眼睛……*Je ne puis plus*③……辛辣之爱令我醉意昏沉……我再也不能……*Ya no puedo*④……航行……"她滔滔不绝吟诵着她最喜爱的诗句，摇摇晃晃地像一条即将遭遇风暴的小船。她已经让自己走得太远了。丑闻或许很快就会爆发。

女孩的胳膊又拽了我一下。随后，她脱下她的长袜给我看，一

---

①法语："在你的倦怠之中，哦波浪"。出自法国诗人兰波《醉舟》（Le Bateau Ivre）。
②西班牙语："在你的倦怠之中"。
③法语："我再也不能"。
④西班牙语："我再也不能"。

手一只像拿着奖杯一样。她赤裸的白腿随音乐抽搐着，那轰鸣震得房间都在摇，一种像螺丝钉拧进我脖子后面的感觉。我的头很重。攥紧了我的手，我的指甲，以免摔倒。溜到墙边。没人看见我。他们都被炽热、紧张的期望压倒了。去到大厅。用力拉我的大衣袖子。就在那一刻，女孩抓住了我的纽扣。

——你对自己不公平。你不再年轻了。你为什么不要？为什么不……？

她已经依偎在我的大衣之下，充满了温暖。她将自己袒露开来，像一个迷人、无助、有着忧愁热烈眼神的孩子。抚摸她的脸颊，然后是她的睫毛，并承诺过一小时回来。

——如果你逃走的话就会变老。变老是愚蠢的。

她用指甲挠墙。温暖的双眼已因渴望而困乏无神，她留在了门背后。她已经给了我一个痊愈之夜的邀请：女孩原本可能完全失去对抗新一轮失眠所需的勇气的。攀下了楼梯，一直想要回去。在屋外冰冷的空气中回过神来。陷进雪里。想到东卡，搞不懂我们在一起连续交谈为什么从来没超过十分钟：她总是困惑不解、心神不定、兴高采烈。我也没有对她尽到责任。记得她庆祝自己高中毕业那个晚上，也回想起我自己。那个年龄的我，一门心思沉浸在我自己的烦恼之中。

* * *

我父母住在一个新公寓里，透过打开的窗户可以听到远方的夜晚，在山后面。年轻人在跳舞。他们的拥抱在当时显得很大胆。他们在以一种熟悉的方式玩玩闹闹。手拉着手。他们的嘴唇有时仿佛偶然相碰。没有看到东卡先前那场病的任何痕迹；相反，她似乎完全融入了她的同龄人之中。她声音很大，说个不停；她的动作很轻盈。她的胳膊以一种撩人的方式搂住每一个新舞伴。妈妈小心地平息我所没有的困惑：

——你要理解她。她有点小题大做了。她放不下以前发生的事情。无论如何，对一个女孩来说……

这套新词汇把我吓了一跳。唯一能做的就是愚蠢地点点头，从没怀疑过她竟然有这样的现代研究和理解，很明显它们是危险的，因为它们在错误与放纵的方向走得太远了。但是没有时间为鸡毛蒜皮费神了。我在等某一位客人，而当我听见，在隔壁房间，他的妻子正与我们的客人，一名护士道别的时候，我明白了：他没有可能出现了。当时，在东卡读完中学那年，如果我有时间仔细地看看她，并且找到一个方法离她更近一点的话，或许还是有可能为她做点什么的，就像或许有可能为我做点什么一样，假如我一直在等的客人到来的话。简单、无谓的设想，两者都是。

回家参加东卡的第一次订婚，在紧急召唤之下，又一次，是在事情已经转向更糟境地的时候。寒冬已在街头筑起雪堤。随后允许了我自己去寻找那个没来夏日派对的客人。真相是，我的到访并不是为了"给我自己赢回一个妹妹"，像我父母常说的那样。他们一直想要这个女儿，也从来没有厌倦过与她一起重新开始；但我的目标是找到东卡完成高中学业那一年的夏夜里缺席的客人。与此同时，人们单把我挑出来当作一个"有缺陷的模型"，本身就是一个空壳，一种"不平衡"解放了我之后的残留物，而我奇特的寻找正好利用了这一普遍印象。

要找到他并非易事，但最后他还是接待了我。他又掌权了，尽管那五年并未流逝。他有一间合适的办公室,负同样的责再加上新的。任何正常人都会畏惧自由地接近一名高官,只有疯子才能够主动接近一个妻子病危的男人。

——你大概知道我来访的原因吧。

——来看我。

——并为延误道歉。五年不是五分钟,甚至五个月。你曾经安排过一次会面而我没能出现。这大概会让我失去良好的声誉。你不是一个没有严肃的理由就找人来的人。

他扬起眉毛,但让我吃惊的是他迅速进入了我暗自打算采用的语调。表面的逆反并没有令他分神。

——确实。那时候,我找你是为了一件重要的事。证明是我给了自己半年时间来作准备,为了见面时能够无懈可击。考虑到我当时的情况,这是一个挑衅之举,出于骄傲。在此期间事情已经得到了解决。对话不再具有目的。你父亲的痛苦持续了半年多,我承认,可是……

——从我来之后……

——我想对你说你父亲是无罪的。

——就是说,不像表面上那么有罪。

——也可以这么说。但我想对你说他真的无罪。

——六个月或五年的审议对此有无必要?

——我觉得你有点过于敏感了。直到他被释放我都无权断定他是清白的。如果我有过任何别的动作,你或许很容易就会落进受害者的角色——何乐而不为呢。

——对于像他这样的人,本来任何弱点都可能得到原谅。这是显而易见的。

——但这不是一个明确涉及某种罪行或是软弱的问题,而是另外什么东西。如果友谊是一个软弱的标志,那么这个词本身就有一个跟我们习惯的意思完全不同的含义。

已经到时候该让自己回身靠在帝王气派的扶手椅上了。不过,保持安静片刻是正确的。他很明白,而当他确信这个仪式让他可以继续表演的时候,他又开口了。

——你父亲什么也没有告诉你吗?

——我没有问他。他说过一两个字。他不想放弃胜利者的角色,所以我不能用我心里的问题来冒犯他。有一段时间,我都准备把骨肉深情堆在他脚下了,但是他肯定会觉得可疑吧。

——难道你不认为自己是一个胜利者吗?他问我,在他的宝座上烦躁地动来动去。

——那么他真的应该跟你讲的,他继续道。我不喜欢你。你必须知道,我——不——喜——欢——你。你父亲那时遭受的失落是一种无能力的结果。

——当然。他几乎没有学过"能力"方面的战略和战术。一个前银行职员不可能轻易变成另外一种人。

他看着我,像是看一个怪物,攥紧拳头站了起来。我以为他会打我,但他却在房间里来回踱步,柔软的地毯似乎吸收了他的愤怒。

——我使用"无能力"这个词跟你想要理解的意思完全不一样。毕业后我们派他去执行,你父亲也接受了,如你所知,到司法系统工作的使命。在那里他一直收到匿名信揭发身居要职的人们干的坏事。他和我联系,问我报告上级是不是正确的做法。唯一能够解决此事的人是一个危险的个体,一个曾经滥用过自己权力的同志。尽管如此,我依然建议你父亲去找他,我感到自己对发生的事情负有责任。我不知道有些事也跟我有关,在那场告发里面。出于过犹不及的正确性,你的父亲没有告诉我。他想坚持原则。代价就是他失去了自由。他希望自己和他明白正在发生的事情撇清关系,于是他采取了主动,在消极的意义上。

——积极的意义会是什么呢?

——事实上,你父亲有几笔小钱支付得晚了。我们并非活在天堂。在那里我们什么都不用做。你父亲去进见的人向他保证会采取措施的。他给了他行动的自由。假的自由,当然了。你父亲的回应很仓促,而且,像我告诉你的一样,很不恰当,近乎挑衅。他们拦住了他,把他关进监狱牢房隔离起来。就是这样。

是的,就是这样。我正打算问一下父亲同志提到过的更加严重的案件:服苦役的判决,走过场的大型审判,处决。那样做毫无意义。在这些帝王气派的扶手椅上,在这个装潢考究的房间里,在原本就是老上司的新首长面前,讨论恰好停止于应该停止的时候。我们必须安静,花时间仔细思索,谨慎地面面相觑。我们就是这么做的。

——我也有事要问你:关于你所经历的这场危机,有什么不同于原先所说的真相吗?

——一切。原先所说的没有一件事夸张到了足够的程度。想象得不够,而且我要说那没什么大不了的。确认每一个细节会耗费太长的时间。总之,这次会面依然是我的荣幸。我没有权利滥用……

——其实,我正赶着要到医院去一下。如果你愿意的话,我们可以在车上谈。

——不行,汽车开得太快了。

他看着我，笑了。

——好吧，我们走路。

先是宽宽的楼梯，然后是街上，每个向领导致意的人都在向我致意。在前奥地利市政厅——现在是活动家办公楼——的出口处，门卫看我的眼神仿佛我是王储一般。我和陪我同行的当权者没有别的什么可以讨论的，我也不打算详述：唯一的解决办法就是想象我在跟伊莱亚娜而不是她的丈夫同志说话。

——你有一种准确的直觉，梅赫丁蒂同志，把我想象成某个很容易滑进失败者角色的人。我感觉自己像个新生儿。我还有什么机会可以撒谎，也就是说，为自己辩护呢？请问这出乎意料的认同是如何发生的？

——别担心。只要告诉我你想说的东西就行了。所谓我对你性格的直觉是我已经搞明白的东西。一个即将高中毕业的年轻人不能正确地关一扇门似乎不太自然。

——啊，是的，我疲劳得很快，太快了。动作不听我指挥。我总是跟不上它们。我相信如果没人管我的话，又或许如果我干脆让自己在屋子里发呆的话，我都会忘了怎么写字，怎么数数；我都会忘了我的名字和欲望。为了避免彻底呆掉，我在持续的恐慌之下把种种义务强加给自己：去办公室，上班，交替跟其他女人睡觉——算是一种习惯——刮胡子，每天检查我的通讯录并给某人打电话，记忆自己的声音，记忆朋友、同事、一个阿姨、一个长笛手的面孔，我总想在一场音乐会后见到她好跟她上床，可是她刚一离开我就忘掉了她的长相。只是，这不是我真想告诉你丈夫的东西。我想问他是否会允许我在一个公共广场上说话，在一群人面前忏悔。

这些话是对伊莱亚娜说的，事实上。伊莱亚娜保持着沉默。她的丈夫保持着沉默。我保持着沉默。

——我会让你说话的。

——你倚仗的是他们的冷漠。过分指望群众的冷漠大概会很危险。他们的冷漠是有限度的。他们所有的可能性是有限度的。不要过分指望……

吓坏了，几乎尖叫起来，尽管什么也听不到，因为他就走在我身边——高大而沉稳。

——我并没有指望冷漠。我知道这是一个环境问题，不是绝对的……某种暂时的，次要的东西。

——环境问题？次要的你说？同志的乌合之众总在收集物品的大山，紧抓着一堆堆东西藏在他们可怜的塑料外套下面，却忘了他们也在生产这些物品，同样地，他们也视而不见自己是怎样蜷缩在预制板的住宅里，很少自我反省，而他们反省的时候它就简化成了一套"功能性"词汇，像他们说的那样，意思就是麻木不仁地，其实。我一点不比他们强。永久的寒冷，厌恶自己也厌恶他们，标准化的、统一的、汗湿的脸，党徒的怒吼：这一切也一直在啮咬我的存在那脆弱的质地。怎么可以指责我继承了一个为父者的特征呢，他能够做出永久的努力以显示自己是胜利者，一遍又一遍。战败的胜利者，我的意思是。真正的父亲与假设的那个没有任何共同之处：那个从火葬场和鲜血的大市集里归来之后，无法改变与调整他自己或他的感觉的人；我的意思是，那个永远被他们对他和他女儿所做的一切，被他将自己打造成的那种人折磨的人——那个如今唯一的自由就是将自己撒进一个新柴堆的火焰中去的人。你会不会允许我跟他们——那些或许想听的人——谈论我的这一位假设的父亲呢？

伊莱亚娜没有回答。我被自己的诘问之词难住了。最好不要东张西望。那病人默默地听着，不作任何回应。

——也许无论我说什么你都会允许，为了证明任何人都可以说任何话，但随后你就会安插一些伶牙俐齿的好斗之士，在这种英雄时代一毛钱可以来一打，在附近的平台上：一个具备我曾经拥有过的相同质素的好斗之士。他会用一个横扫的动作指向这个城市，它原先何其悲惨，但如今已经现代化了：有热水、冷水、剧场、学院、产业复合体，人口翻番，河水淤集着碱液和硫磺。我的意思是，在学校里我获得了对典型理论，对代表的扎实理解，我曾经想要杀死一个可怜的，典型的，根本没有英雄气概的人，我们微不足道的困惑和气喘吁吁的从属感的受害者。你知道，我的挫败是私人的，一场只与我有关的失败。当那个好斗之士谴责我的时候，胜利将属于每一个人——伟大的集体胜利的结合。从统计学来说我不算数：我是一个异类，而异类的出现并不总是很有趣，这取决于结果是由谁来选择的。

梅赫丁蒂的大手压迫性地搁在我的肩膀上。他严厉地看着我。

——我们到伊莱亚娜那儿去。不要跟她讲我们的讨论。看，我有承受挫败的勇气。

是的，我们要去见伊莱亚娜。我们在公园里。莫妮卡那件事想必会让伊莱亚娜感兴趣的：不幸的一天，当时我竟想杀死一个无辜的钢琴老师。我把手搁在一张盖满了雪的长凳上，不久以前，我曾在那里遇见过伊莱亚娜·梅赫丁蒂。同时，梅赫丁蒂同志已经走到了头里，被我的沉默和缓慢弄得兴致全无。我刻不容缓要去见她——尽管我没有勇气去做这样一件事。那个曾经震撼过儿时的我的女人现在像孩子一样无助，背负着死亡的预感。

我本该告诉弗吉尔·梅赫丁蒂同志,像他一样,我也爱着她。她很久以前的嗓音依然萦回在我耳边。

* * *

最后我想办法赶走了楼梯口冒出来的幻象。从另一个世界回返来拯救我的目光消失了。它不再令我执迷。白天最早的几个时辰,我遵循同样的日常:我想办法将自己拖进从四面八方压上前来的车流;我抵达同一个永恒早晨的山顶——香烟的浓雾,嗓音,梯级,电话,打字机,以及裙子和描图纸的沙沙声仿佛是树林的悄然低语从黎明的雾霭中升起。我服用圆的白色药片,喝咖啡,开始感觉。风湿痛顺着我的骨骼慢慢滴落,始于脚跟,移过我的膝盖和脊椎,随后又再回落到我的脚跟。我的福分是拥有看见米沙的不幸,他跟随着我的一举一动,那是他受训去做的事。

很长一段时间我的公文包里都装着一封信,我一直拖着不打开,从东卡变成了一个荡妇之前:一个娼妓的信,她终于鼓足勇气变成了一个娼妓。即使她是我的妹妹,这也没有惊吓到我。相反,这或许将我们拉得更近了,因为,毕竟,我也像娼妓一样坏,我的意思是,谁不是呢?究竟怎么回事啊。我对年轻人依然很着迷,我想要了解他们,即使我很难接受他们的坦率,他们对当下的饥渴,他们情感运作的有效性……不,情感并非恰当的用词。因此我害怕打开她的信,因为她写下它的时候并没有意识到她将会变成什么:她正处于一个愚蠢的阶段,无耻始终以幻想为食。如今她正在经历另一个阶段,同样令人厌恶的反思阶段。她再次拾起了她的大学学业,昼夜刻苦用功,从不出门。明天,我会看见她跻身于班上居前的学生中间并成为一名道德楷模——这不啻于一件令人惊掉下巴的事情，不是吗？

有一天我接到一个电话，是我有时会遇到的音乐教授打来的——要听新故事和投诉。她哭泣的欲望是无止境的，我意识到她只是想显得伤感和愚蠢来拿那些想要折磨她的人取乐，并且这个游戏还内含隐藏的、自虐的快感：说白了，就是屈辱的乐趣。这个想法让我很感兴趣，实际上，而她则用美妙的嗓音读了一些甜蜜的书信，是写给一名最近应接不暇的情郎的。我开始怀疑信件做过特效处理，被逼真地推到了一个极点，令哀婉膨胀成了报复。她还写儿童故事。它们是她在交配方面失败的一个转换，在兔子和松鼠、麻雀和爱鸟人的王国里上演。

总之，她恳求我去一下她的地方。她需要参加一个学校集会，想要做一次磁带录音——用某台借来的机器——录制她的一个故事，以便当晚在"晚安，孩子们"节目中播出，通过一位前同事，某个蒂伯留·科瓦尔斯奇的干预，他也是一名前教师（教授级）、前校长和前囚犯。我已经不想再讲了，她根本听不进她的大杂烩完全就是一个尴尬——尤其是在她这个年纪：在过去，她会泪流满面，宣称她又病又孤单，她的老母亲疯了而且离得很远。最终，我只是耸了耸肩而已。

有一次她激怒了我，我冲她吼道既然她选择了"恋爱"这个样式，她就有责任从她无数的屈辱中学到一些男人和夫妇的诀窍，以及性交和操纵的相关策略。她马上歇斯底里地发作了一阵。这让我惊骇并缴械。出于愤怒，我大吼说她又胖又丑。但随后我却仿佛是第一次看到了她：一个普通的女人，既不丑也不美，平凡之极。或许一个不错的选择应该是说她原本可以做得更好，如果是作为一个平常的家庭主妇，有几个哭哭啼啼的孩子拽着她的裙子的话。她的两眼生动，有一张愉快的脸，穿着一套相对来说挺考究的，深蓝色搭配小白领的连衣裙。那一刻我才明白，我所知道的有关她的每件事一直在阻止我真正地看见她。

她平静下来以后说的话让我更多了一份惊讶："难道你不明白，我的生命力只有失败的累积才能调和么？疲惫，痛苦，眼泪！幸福对于像我这样的人等同于无物。你需要远远更多的力量才能驾驭这个不幸女人的角色。"惊奇并未就此停止。几天后我在一条繁忙的街上看见了她。她在一种漠然无觉的状态下从路人的身边缓缓走过，头发凌乱，大颗的鳄鱼泪淌下她肥胖、稚气的脸颊——脏脏的泪水流个不停。

总而言之，我没有答应我会做录音，但我们的讨论……她的乞求已经让恶心涌到了我的喉咙口，而就是这样，突然间，我打开了东卡的信。她在三个月前已经逃到了山里，跟随着某个林业工程师，丹·瓦西里斯库。我曾经有此不幸，在我妹妹拖着我参加的舞会上见过那个征服者。

信里满是惊叹号和省略号。在这么多空白之中我辨认出了若干词语大概是教授的话："烟头留在桌上的烟灰缸里。另一只烟灰缸还在床上。两只都在提醒我们，我们存在：我们结合的疯狂不只是一个梦。"她认为我是唯一愿意理解她的人。她告诉我说工程师如何叫她多娜并把她抱在怀里在房间里转来转去，恳求着她：多娜，多娜，多娜。甚至她在这封信里签下的也是这个借来的名字。

工场的噪音一波接一波拍打着我。摇摇晃晃上楼来到老板的办公室。这位前同学是个和蔼可亲的家伙。虽然非常年轻，他一直认真工作，晋升得很快。他已经为自己争得了一个令人羡慕的位子。

至于别的方面，他似乎很清楚什么事正发生在我的身上。离开了大楼，漫步街头，顺路去一下教授家。

钥匙在垫子下面，像她说的一样。从没见过她的地方是这样一种肮乱之状。一个小猪圈，塞了太多东西，全都混在一起。看见各种各样的书籍和信件。我甚至接待了一个住客之手的觊觎者的造访，这人是她从征友栏里捞出来的。几个小时以后，我已成为这破布和文字汇成的一团乱麻的一部分，似乎注定要永远留在那里，与尘埃——这个单间恶臭的残余——联为一体。这时我明白我会杀了她的。这想法并不全然是新的。我知道（并且在沮丧之际时常一遍遍告诉自己）我没有权利去评判她，其实我只是一个所谓的"兄弟"——在地下洞穴中的污泥中喘着气，谦卑的，沉默的，帮凶。我们没有权利去评判与我们相似的人。我们共同的冷漠与沉睡戴着如此之多的脸相，而她篡改一切的，虚假的躁动不过是我们的复杂形象的一个侧面而已——谁又知道它实际上更加恶劣到何种地步？所以现在我感觉到了一种不惜任何代价杀死她的需要——仿佛我能够摧毁我们的集体罪孽、我们的妥协与堕落：被玷污，被贬低，被出卖的善意的机能障碍或痴呆。我会将她毒死，扼死，或射死，用录音机里滴落的声音，我本人则会自杀，伴奏是出自一个黑人妇女的粗嗓门的夏日时光。

医生们对这个冲击的处理极其认真。我没有杀死她。相反，我在她回来之前就悄悄离开了她的房间……我攀下扭曲、狭窄的楼梯，在街上乱逛直到深夜。确实我从办公室和家里失踪了一段时间，但这事可以发生在任何人身上。我有时会把手急急地伸向咽喉对我来说似乎是无关紧要的。不过是一记无伤大雅的抽搐，事实上，他们帮助我迅速地摆脱了它。调查者们（医生和其他人）问我电影院怎么样,海边是不是真有那么多苹果。当然死亡不等人。给死亡一个我送上的吻吧,我告诉慈济修女,她摇晃了我这么多次……看,她重重地倚在我的肩上。她摇着我的手直到我的手指开裂,然后对我微笑。这样最好了,我知道,我现在仍旧是一个人。在事情的过程中,他们问我为什么我总是发冷。如何解释这寒冷,这永恒的凉意?为什么好像我的同事一笑他就会当场怔住,把牙齿露出来?为什么我在人群里感到恐惧和寒冷,在躁动产生热量的时候?当然,摩擦就应该产生热量——这寒冷究竟是从哪儿来的?连续不断的湿冷。见鬼究竟哪儿来的……可怜的讯问者和看守们,他们问了我很多东西,但总是回到这里:为什么我看所有东西都是凝冻的,手、头发、嘴唇,一切都随时可能随着寒冷而折断,前后左右,寒冷,沉睡,和无可逃避的霜冻。最后,他们从一格抽屉里拿出一封信。不,不是东卡寄来的。他们给我看那信封。我认出来了。我心里记得那封信。他们是从我进医院时交出来的外套里面找到它的。是教授,莉莉安娜·祖布楚,上尉的妻子寄来的。"工程师先生,我是那个被你毁掉的女孩的母亲。"这封信就是这样粗鲁——不,不,愤怒地——开始的。"她纯洁的灵魂无法承受这份亵渎。她父亲去世以后,她把她的信任交给了你,一个守护天使,她相信。"我听着医生们愤……不,粗鲁的朗读,没有力气抗议这一次对我外套衬里的侵犯。"你怎么可以做这样的事情?你知道夺走一个姑娘未出世的胎儿意味着什么吗?你知道她的身体和灵魂发生了什么吗?还有多么危险?现在堕胎之后就是监狱,但她什么也没有告诉你,什么也没有。她完全是独自一人承受了这个风险。你对我女儿爱得不够,你也将永远摆脱不了这份内疚!"莉莉安娜·祖布楚太太是对的:我对这超凡脱俗的姐妹爱得不够。我无法爱得足够，确实如此。她所说的内疚是真的：我将这重负放在心中。我不想回答医生们有关这封信的任何问题。他们的活计不是窥探我的外套衬里。最终他们接受了我的沉默，叫我去休息一下。

院方主张是有一个出路的。我应该改变环境，从屋里走出去，出去散散步，另选一个地方工作，到外面，有新鲜空气的地方。我应当耐心，非常耐心。总之，我不应该在一个地方待得太久，也没有任何理由……

这条可怜的木质长凳盖满了雪。只有几道绿色条纹可见，仿佛是一条死鳄鱼锁在飘雪的牢笼之中。所以没有任何意义：我决不可以在同一个地方待得太久。

* * *

他们证明是很体谅的，他们用他们的科学创造了奇迹。效果显现得十分迅速。不到三个月我就成了另一个人，或者不如说以往曾经是我的那个人。我感谢我父亲把我从公共休息室里救了出来，我原本会在那里看到各种受尽摧残的面孔，他们有时在走廊或庭院里就是这个样子，做着演讲，挥舞着双手，可怕地眨着眼睛，把手伸到自己的头发、自己的咽喉，加上全套的咳嗽、痉挛、抽搐和口沫横飞的胡言乱语。作为一个关怀者，父亲证明是认真并且特别有效率的，因为他知道怎么当：有条不紊，对于痛苦十分克制，他熟练掌控着它，像是一个或许能够将我们团结起来的可耻秘密。那开朗、年轻、遥远的护士会时不时地冒出来走进我干净的白色单间，或者来的会是她的老板，带着他的厚嘴唇和那副特有的做派，收拢双颊，用单单一个动作把厚厚的方形眼镜摆正。他每天伸臂握手，用一副随节制的力量而振动的男中音说话。有时上级也会来找我：诊断学教授，紧急无线电报员，分析与康复专家，以及再教育和再鉴定导师。他们极其专注地听我说话。他们向我提问以找出故障所在以及我在想什么。我是一个混蛋。我撒谎。我作弊。我觊觎……不，是欣赏我邻居的工作和妻子。我不曾帮助我的亲近之人。我没有爱的能力。我没有回应过爱。那个大眼睛的女孩和别人不一样。这绝不是笑料。我原本会对这样一个女人做什么？我们原本会互相害怕的吧。她以为我会永远都值得她来保护，来抚弄和哄骗这虚弱的身体：一个骨瘦如柴的男孩，两只眼圈深深的眼睛一看便透，经过夜晚的河流，笼罩在巡逻员的身影之下，他们的眼睛又大又毒像电影摄影机一样。他们点头。他们明白，谈话把我累坏了。我没有力气、耐心、胃口。围绕着我的人们瞪大了眼睛——丑恶，饥渴，忧心忡忡。他们马上就明白了。他们曾经碰到过此类案例。

  他们成功了，当然。所以我睡了：我大睡特睡。睡觉对我来说非常重要，而他们成功了：我一直在睡。然后他们向我解释说我是无罪的。这样的可怕的恶行每天都在发生——不，他们没有说可怕的恶行，他们另有说法，运动，不是运动，不是谬误，不是动机，对，是奇迹：这种奇迹总在发生。神秘，突变，癫狂……是的，是的，小问题。也就是说，女孩最后总会找到另外一个男人的，而我则会找到另一个女孩。我们会成熟的，他们一直这么说。我们会成熟的。这样的事情自会随着时间解决。或许一切都会好的。她是一个过于伤感的女孩，不，不是伤感，是敏感。这是我需要的全部。我最好跳出来。是的，但我……没有说得太多，我向他们解释了——事实上，我总是漠然、健忘，没什么感觉……没有，我并不在乎，证明是我表现出来的样子：像一头野兽，像一个赐福，因为她是独自一人,事实上。他们点头并打手势示意。他们明白我在说什么。他们是对的:我和上尉毫无联系,跟莫妮卡的母亲,那个老太太,关在疯人院里的丽贝卡·斯曼塔内斯库也没有,而去看战争电影也没什么好处,至于那些恐怖电影,那实在是太过头了。原因是我已经做了很多;也许我已经做得太多了。我向他们解释说这不是真的:我有时是工作的,但经常玩旷工,而这并不重要,很可能我并不喜欢我正在做的事情。我耸了耸肩,但他们是对的。

一天下午,我和医生进行了一次有趣的讨论。他前来,把眼镜调正,跟我谈起在扮演失败者——那软弱、无力、恐惧的人——这个角色的时候消耗的可怕力量,加起来远远大于扮演强硬、坚定、隐忍、冷峻的角色——胜利者。前来照看我的医生是对的,而教授女士因此也是对的——哈!她可不傻,那疯子老妇人的女儿,她母亲伏倒在她被处决的丈夫,莫妮卡父亲的坟墓上度过了余生。看,小莫妮并不笨。但变化从所有角度看都是有利的。我专注地倾听着医生,我理解他。他有一副温柔的嗓音,是我的照料者中最聪明的。

他们认为我想杀死教授的企图是恶劣却有趣的,我跟他们说他们也不打断我。我不停地讲述着这个故事,讲得有条不紊,合乎逻辑,他们没有反驳我,没有,一点都没有:这个问题他们已经检讨过一段时间了,这很正常。他们告诉我那冲击(我脱缰的那一刻)……问题就在于此,不过,依然只是一种影响而已。他们在找原因,换句话说就是病因,这样才能对症下药。

治疗非常之好。我可以睡着了。这让他们很开心,让他们平静了下来。几个月后我才理解匆忙开始和结束治疗并无益处,假如某些细节仍在生生折磨着你的话。而对细节太过关注也不太好。你必须以一种有条理的方式工作，休息一下，找点乐子（要合理的），让自己保持忙碌，用心工作，否则的话，你就完蛋了。但首先要明白你喜欢什么，什么最适合你，要全心投入其中，但不要肆无忌惮。宗旨是要治愈自己的 *tristesse*①，不，得意，不……放肆，就是这样，治愈自己的放肆……别再相信你可以把自己变成无论什么样的老东西，或者别人必须要做谁知道什么事情，总之就是你要安分守己，拥抱那秩序，也这是说，你不应该老是左顾右盼。你应该关心你自己的事，为具体的结果而工作。这是可以实现和享受到的。

当然我也无法改变我的行业。这是一个奇妙的行业，像所有的行业一样，除了我应该在露天工作以外，这很容易安排，当然。

他们总是友好地微笑。他们对我说我工作的地方应该没有太多闲暇或无聊的时间——那样比较好——因为你不应该有太多的时间，你也不应该太过在意。你关心你自己的事。别让自己徘徊游荡。我们不可能解决所有的问题。而那些照看我的人，大多数是年轻人，像我一样，他们是这样做的：他们有很多的耐心，确实多得不得了，即使是对一个像我这样的人。我大概需要更加冷静一点，不，更随和一点——我仍然搞不清字母、单词、想法；我偶尔会结巴，但我正在逐渐改善：治疗结束后，我的思考和表达都很清晰。

这是主要的一点——我不可以孤立自己，我应该跟人交往，就应该那样，观察他们的变迁，不，不是变迁，是他们的生活，和广义的生活。以及反过来：我不应该花太多时间左顾右盼，但那只是一种表面上的矛盾。他们对我说不要观察得太多，但我依然应该睁眼看。我不应该拘泥于细节。总之，我应该与别人打成一

---

①法语："悲伤，忧郁"。

片，但要有某种方法。最终一切都会翻转……不，报复自己，腐烂和衰败——看证据吧。我赞同他们所说的一切都取决于我的态度。需要一个意志的努力；毕竟我不是孩子。我会耐心和准确地工作，乐在其中那就更好了……哪怕是最小的事情。比如说：剃须。在一段时间里这是很恶心的，当然。毛发不断地长，永不休止，而且是以各种样式——黑的，金的，红毛，白毛，有的长点，有的短点，脏的，冒汗的……又是泡沫，刀片，酒精——可以让你发疯。除此以外，你还总在镜子里看到自己——那张臃肿、衰老、昏睡、黄色的脸。这正是考验意志力的地方。一次。两次。然后事情又感觉正常起来了——你不再思考一切了。剃须是一项卫生操作，每日的仪式。只是不要停下来思考每一个动作或是分析每一缕毛即可。剃刀、泡沫和酒精在镜子里摆放整齐：不要细看你的脸，但也要避免划伤自己。任何事都一样。问题必须高效、迅速地解决，不必全心全意地投入其中。只是我并不傻，除了意志的履行以外别无他法。

从我的小间，每天我都看见一个小小矩形的蓝色，别无他法。因此我以我的康复来帮助他们。最后，我大概需要积聚力量、意志方能以一种有用的，有助治疗的方式工作。我有意志，确实如此。要我听从他们的所有意见，无论当时还是之后，对我来说并非易事。

但别无他法。我恢复了健康。

* * *

起重机司机和混凝土站的工人来得最早。他们检查集料的状态，应该是最佳配比，没有任何杂质才行。他们测试缆绳、吊斗升降钩、控制杆。司机一定要比别人早到至少半个小时。工作开始时吊斗必须启动，混凝土必须已经配制完成，卡车要随时可以发动。

混凝土浇筑开始时，我们认真制备表面，换句话说，就是处理旧的混凝土层，新的批次会倾倒在上面。清洗干净。一次几根水管，增压水将一切异物去除。然后再用钢丝刷刮擦表面直到完全洁净为止。倒上一层砂浆的薄膜，一种"水泥乳浆"，上面再浇注混凝土。表面的制备需要尽可能粗糙以获得最大的粘度，挺耗费时间的，所以其他工人都是晚一两个小时才到的，但他们也待得更晚。

最好的日子是我们浇注的时候。高容量吊斗在我们头顶摇晃。装满了混凝土，两个斗悬在一根缆绳上从一个方向过来，然后两个空斗悬在第二根缆绳上朝着另一个方向移开。哗哗作响的混凝土在我们身边流动。一团强大的物质突降而下，你立刻就能看出它制备得好不好：不可以太稀，不可以太厚。我们把混凝土振捣器放进去：砂粒互相磕碰，分散又混合，液化逐渐产生，一场不断变得越来越好的融合，直到——完美！我们赶紧尽可能多地浇注。有些人没有对振捣器加以足够密切的关注：他们不调整RPM[①]。这个我已经警告过他们很多次了。浇注的日子是最紧张、最充实的。忙乱的顶峰：人人都很神经质；他们跑来跑去，很容易出错。他们并不总是检查滤网——焊接的钢筋骨架——已经安装在正确位置了，上面的铁锈和污垢有没有刷掉。只要大量混凝土以一种加速的节奏无中断地浇注他们就高兴。他们工作时不说话，他们的动作显出一种顽强。只有基站出了什么问题，或是电力中断——谁知道为什么——吊斗悬在空气中的时候，他们才终于发起怒来。但是假如你要求他们纠正什么东西，或是复查一下什么东西——也就是说假如你用某

[①] "Revolutions Per Minute（每分钟转数）"的缩写。

种方式耽误了他们的时间的话——他们也会发怒的。混凝土出得太稀的时候，必须马上通知基站：配比需要检查，水对水泥或砂砾或沙子的比例必须调整。进行这些更改挺耗时间的。也会出现吊斗关得不完美的情况。水泥乳浆会倒出来。混凝土就会变弱。吊斗就需要修理了。

这种时候很难让工人平静下来——哪怕他们正在浇注水泥。我曾经试过向他们解释振捣器对砂粒的作用只能达到一定的程度。但随着频率的提升，较小的颗粒也会振荡起来的。在每分钟振动3000次时15毫米以上的砂粒会振荡起来。6000次是4毫米以上的，12000次是1毫米以上的。听得厌烦了，他们就向我投来恼火的目光。他们说他们明白了，甚至看上去也的确如此。这并不是太难：频率必须根据混凝土的组成进行调整。结果他们总是忘到脑后，就是赶工，不管不顾。

夏天，浇注的日子是最美的。夏日时光……夏日时光。烈日灼人，吊斗在缆绳上摇晃，好像一艘小型飞船。两个吊斗过来；两个吊斗过去。我们保护着混凝土，因为升高的温度会增加收缩性并导致开裂，特别是材料开始硬化的时候。这我已经跟他们解释过这么多次了。可是他们急着赶工。我看见其中一个怒气冲冲地瞪着我，当时我正第四或是第四次重申毛细管的闭合会阻止蒸发并限制收缩——意思是，我们要遵守规程。这是我们必须做到的。否则……否则，怎么样……这是规程，是关系，也就是说这一条是明确地支持我们，激励我们的——非常重要。

某一刻工地管理建议我转到技术部门，坐办公室去。我应该更适合在那里的工作，或者说他们如此主张。我很细致也很有条理，像他们提到的那样，特别是在一个吊斗突降而下，从湛蓝的空中浇淋水泥雨的时候。

它们在阳光下摇摆的姿态绝妙，这些吊斗——一组令人晕眩的船。它们闪亮。两个吊斗过来，两个过去。如果你不留意，它们就会卸空。有一回，混凝土在我头顶上落了下来，似乎吊斗自己就打开了，并无指令。

他们问我是不是在东张西望，多少有点。他们坚持说我在做白日梦，我心里有事。我确信吊斗是意外打开的。栓钩肯定自己弹出来了。幸运的是，我头上戴了一个头盔。我们都戴防护头盔。夏天有些工人总是不戴。天太热了。如果水泥碰巧溅到了你，你的头发就会满是污垢并且马上结出一层水泥粉尘的膜。我见一个伙计：就好像他已经没了头发，你只看到一顶安全头盔，不，不是一顶安全头盔，一顶灰帽子，一片尘土，一顶奇怪的假发。粉末的长假发，化为粉末的长假发，任性并已石化。当然我不同意转到一间办公室里去。我爱感受寒冷，太阳，落雪，雨；我爱等待混凝土，看它如何流动，如何变硬，如何石化并变得有力。它是某种真实的，活生生的事物。浇注的日子是我们最为享受的日子，归根结底。是我们的行动将我们拉到了一起，它们互相沟通：我们是整体。你感觉你脸颊上的日晒风吹雨淋；身体会响应指令。

起重机、压缩机、车辆、混凝土搅拌车、水泥振捣器无时不在闷响。有时候我几乎等不及吃午饭。疲惫却开着玩笑，我们跑去吃饭，一起。

食堂里一片吵闹声——十分吵闹。你可以听见机器和车辆：你和任何人讲话都很困难。我们等吃的。我们饿坏了。我们不端架子。时不时地食物会太过油腻，或是放了太多的酱汁。有一次，我去找老板反映。我没有找到他。他到别的地方弄吃的去了。我就跟掌勺的女人说话,因为食物最终是取决于她的。她背对着我——弯着腰烹调热气腾腾的一大锅。我走上前问我可不可以跟她说话。她正在品尝味道,手里拿着金属大勺停了下来。她在围裙角上擦了擦手,那上面脏兮兮地沾满了各种斑点和污渍,然后伸出胳膊跟我握手。她的手意外地很小,一个胖乎乎的针垫,上面是香肠般的粗短手指,末端的指甲又长又黑,像动物一样是弯的——一只令我不安的手。

我没有碰它。我慌了神。厨子冲我微笑。她长着小小的牙齿——白,非常白——一张圆圆的、油腻的面孔。她问我有何贵干。她有一副令人惊讶的嗓音——又细又轻。她本人很胖。我不知道还能说什么。我结结巴巴地说我在找负责的人,无论是谁。她回答了一句什么,但我已经退回到厨房门口了。

我当时大概表现得有些奇怪,因为她还记得我。那以后她养成了走出厨房的习惯。她会到食堂里来观察一段时间,如果她瞧见了我,就会对我微笑一下。她的牙齿很白,非常白。有时候,如果人不是很多,也就是说,如果我来得晚的话,她会来到我的桌前。那么大的块头,用她令人惊叹的,细细的,柔和的嗓音,她会问我不想吃点特别的东西吗:她会给我做的。她会把它端到桌上,而我总是看着那双胖胖的小手,上面是香肠般短短的手指和长而扭曲的黑指甲。就为这个原因我好几顿午饭都没吃。这对我来说不太愉快。其他人也注意到了:这让我十分厌恶。有一次在她跟我说话的时候我站起就走了。她意识到我很生气后就没再这样过,但她那双眼睛依然跟随着我。她秘密地跟着我,就从厨房门口,而不再靠近——除了很少几次。有时候她还会问我怎么样,露出她的小白牙笑一笑,就走开了。

我们很晚收工。下午很短，特别是将近秋末或是冬天。在冬天工作条件更加困难。我们浇注得十分小心。水泥的"接合"和硬化发生得很慢。混凝土里的水会膨胀并打乱它的结构。混凝土需要仔细检查以确保它制备正确。我去工作站检查他们有没有减少水的比例，他们有没有选好骨料，他们是否在恰当地加热它们。有时候他们要加热混凝土。温度必须每两个小时测量一次。我提醒过他们这么多次了。这不是我的事，但我知道他们会赶工。他们会忽略重要的细节。他们不管不顾，仓促而就，急于立刻取得结果。他们逼我盯着他们。

即使在夏天。或许尤其是夏天，那时候他们老想着尽快浇注完成，然后在天黑前几小时进城去。他们可不关心在干燥的夏季混凝土表面铺了草垫或一层沙子或锯屑之后还需要洒水。这不是一个大问题，但是需要做的。要是他们想赶在天黑前到镇上去，就会草草了事。

镇子不远，十公里，或许十五公里。它对我并无诱惑力。不过，他们有一天还是带上了我，几乎是强迫的。外面很舒服。天气已经开始暖起来了。这是一个小城市，工地的板房就在附近让它变得更加热闹了。几条街，一个小小的市中心。我们到达的时候，天又凉了下来。风在吹。我们在商场、电影院前走过。我们是一群怪人，我们穿着破旧、泛灰的制服走路的样子就像灰头土脸、疲惫不堪的囚犯，但当地人看我们都习惯了。

我不知道怎么做到的，但我跟其他人分开了。我一直掉在后面。或许我分了心，看着房子和商店的橱窗。他们大概到什么地方去吃饭，去聚会了吧。我朝一条似乎很繁忙的街道走去，走向市中心。

房子都很坚固。人们带着一袋袋面包和啤酒购物归来。我在一个街角停步，靠在一幢小楼，一个乳品店的墙边。我看着一脸好奇的路人；也许他们满腹狐疑，我是谁，为什么他们不认识我。我在他们的城市，在他们的街上，靠在那幢特定建筑的门边干什么？

我走向一条狭窄、垂直的街。阳光突然触到了我，阳光也在触摸着房子。那是一条微光闪烁的街，上面是高树的臂膀在挥动着大而凉爽的树叶……矮房子，每一幢都藏在一道红、橙或绿的屋顶之下。严肃、平和的房子，在一片安宁而一成不变的天空之下。

小街向下通往一座公园。有几条空的长凳。我坐下来。我待在长凳上看着互相推搡的孩子们。他们在跳绳、摔倒、互相使绊。母亲们跑来跑去安抚。我出了公园，走了几步，就几步而已。公园边上是一幢高而庞大的建筑，一所学校。大概是这个市的高中。就几步……我紧挨着混凝土墙。一辆汽车疾速掠过我身边，一辆完全可能撞倒我的汽车。它在学校门口刹住。又一辆绿车疾驶而过。下来两个衣冠楚楚的年轻人——黑西装，白衬衫，领带。他们正在大笑。蹦跳着，他们朝学校走去。汽车猛蹿向前。又停下一辆。高个、温顺的女孩儿们——穿的要么是隆重的长礼服要么是非常短的裙子——也下车了。你可以看到她们年轻嫩白的膝盖，她们确实打着卷的，金色或栗色的头发轻扬。我退出去了。这是一个毕业典礼，我想象是。继续走，走进一个院子。金属门在我身后砰地关上。

我攀上一级台阶。我已经走进了一幢上面还有一层的建筑。我开始爬楼梯。我在楼梯间停下来。很暗。我就这样待着。我不知道该朝哪儿走。我的手紧抓着冷冷的扶栏。我听见人声。有人要下楼来。一扇门在上面的某处砰响。可以听见向下迈出的一步。一步，再一步。我在等待一盏灯被打开。有人喘气。那人正在很困难地下楼。肯定是某个生病的，哮喘的，某个难以忍受的……某个讨厌的可怜虫，某个丑陋的，憔悴的，大汗淋漓的猪猡，正在一步步地挪动着，等待着。或许那人感觉到了我的在场。现在那人正颤着声，令人作呕地呼吸着，一股恶臭。我闪到一旁，跳下两级楼梯。我在院子里，在街上。大门的铁闩在我身后合上了。

街上很清爽，很安静。天气已经凉下来了：冷飕飕的。学校门口不见一个……没有人。我用手抹了一下我的额头。我再次走到街上。正下着蒙蒙细雨。雨点沿着我的步道落下，裹住了我的衣袖和肩膀。我来到路口，乳品店所在的那个街角。我待在那里。雨激活了我。情侣们挽着胳膊走过。他们有一种节日气息：女人梳着可笑的发型，男人僵硬地迈着步。他们责备地望着我。我的装束不怎么得体……不是很对。雨点顺着我的脸颊和双手滑落。谁知道呢？我们必须做好准备。下雨时候混凝土的浇注就更困难了。材料必须要保护好，遮盖好。不可以让雨水冲淡水泥。秋冬季马上就要到了。我们不够时间。我们会用席子，用油布片把混凝土盖起来，这是恰当的做法。我们必须在任何天气下工作。谁也没有任何理由尖叫……没有，不可以打退堂鼓，动摇决心。

紧挨着乳品店的街角，我望着情侣们沿街而行，它的方向是公园，学校，对，学校。他们要去参加典礼，也许吧，对，他们要去参加宴会，毕业宴会。肯定是这个原因，所有的出租车开得都很急：年轻的毕业生都在庆祝自己脱离学校的严格管教。他们如今是这么做的：人人都乘出租车前来。在雨中一动不动，挡在他们的路上：他们大概都以为我是一个迷路的流浪汉之类，胡子上尽是灰尘，头发蓬乱，一件肮脏的制服上涂满了水泥。情侣们仍在经过，现在不那么频繁了，正用同一种轻快、均匀的步伐在走。他们晚了。他们在赶时间。我本应该怀里捧着鲜花送给他们的，把大束大束的蓝花交给那些女孩和男孩。他们早该明白我怪异的外表并无一丝挑衅之意。我是一个此地人，来自附近，是他们的一员。我懒散的动作没有任何暴力成分。只是制服吸了太多的水，像块海绵一样，一条发冷的绷带。

从附近的某处，一支萨克斯管突然响起——一段温暖的旋律，也许是从学校传过来的，一个低沉、沙哑的女声：一支刺耳、灼热的歌出自一张温暖的、金属般的嘴。我想起了我的同志。他们很久以前就完成了自己的小小乐趣。我不应该游荡着离开他们的。我不应该抽身离去，跟他们走散的——我必须回到他们身边。此刻在雾和雨之中，我们的宿舍有如驳船，睡意蒙眬，被这灼热、绝望的旋律所摇撼。在这样的天气里，睡意很深——非常深。我必须尽快回去，我必须找到某辆车，某辆面包车，某辆翻斗车好快点抵达。所有的一切都在那里和解。我有一个屋顶和床和同志们，也就是说，我的职责。

* * *

屋顶和墙壁潮湿，满是夜的气息。而此刻水泥搅拌车的闷响才刚停止，屋顶和墙壁就已和我一同苏醒。多少回，墙壁和我自己的沉睡似乎都处于搅拌车声的保护之下。黑夜在墙背后的声音里过得又快又平静。一静下来，墙壁就打开了它们的毛孔，吮吸起沿着窗玻璃滑动的湿黑空气。滚筒的旋转被卡住的情况很少发生。这时寂静便会入侵并逼迫我感受到午夜。

我的睡眠通常又长又彻底。

白天从一段到另一段的急行，来来回回穿过临时搭建的梯子，为混凝土、电焊机、打桩机和材料而奔命，这活能让人把脊骨累断，把腿跑断。我什么也听不见，除了精确的指令，起重机的磨牙声，喇叭，焊接的噼噼啪啪，混凝土的飞溅，和水的愉悦酣醉。我倒下，筋疲力尽而又快乐：一段已经浇完，明天再浇一段。我的疲劳有一个明确和上升的名字。这样很好。他们把我派到这里做户外工作是正确的。我们的沟通简单而又精确。我们很急。我们没有时间。明天我们要建起另一个早晨的施工平台。我爱我的团队。我们踏实的行动，将我们像兄弟一样团结在混凝土的庞然大物之中，只见它们一幢幢在不分四季、无可索解的光明之下矗立而起。有一瞬间，我们僵硬身体的摩擦和嘶哑的嗓音似乎温暖而又有力。此刻我在短暂的休息时间里漂浮着，在木制营房的黑暗里，仿佛乘在云中的一只热气球上。很快噪音会重新开始，而我就将入睡。直到那时我都可以想象这大地之上的快乐飞行，不带有任何义务。在明天的梦里，我，连同我的职责和我的权利，会再次旋转起来，均匀一致，围着一个固定的、刚性的极点。平平缓缓地，依照正确的做法，我会用均一的步伐攀上那道寒冷、旋转、潮湿的直线。那里依然会有一阵蚂蚁的骚动，上面是一片打着条纹的阴沉天空：云，云的车队，奇怪的轮廓，尖角有如快帆船、风铃，或城堡、骆驼、火山口、颅骨、鳄鱼，以及——谁知道呢？或许我们还将聚会，回复当初，听到彼此的消息，最终，我们会点燃，焚烧，出生，永无餍足，无可阻挡，或许甚至就在明天，而我的兄弟（同类或同胞）依然安全而满意。看呐，建筑材料搅拌车的鼓乐已开始了又一次轰鸣……连同汰料比拌车①的邦戈②……连同邦戈和冈波③,还有……哦,让我们再抓紧一个小时睡到明天,睡到天亮吧。

---

①Tamerialbixer,词义未详,与前半句的"材料搅拌车"(material mixer)音形相似。
②Bongos,一种源于非洲及古巴的小手鼓,常成对演奏。
③Gonbos,词义未详,与邦戈(bongos)字母相同但顺序不同。

CAPTIVI
Copyright ©1970,2011,Norman Manea
All rights reserved
Simplified Chinese edition copyright: 2020 New Star Press Co., Ltd.

图书在版编目（CIP）数据

囚徒／（罗）诺曼·马内阿著；陈东飚译．——北京：新星出版社，2020.8
ISBN 978-7-5133-3998-8

Ⅰ．①囚…　Ⅱ．①诺…　②陈…　Ⅲ．①长篇小说－罗马尼亚－现代
Ⅳ．① I542.45

中国版本图书馆CIP数据核字（2020）第048651号

囚徒

[罗马尼亚]诺曼·马内阿　著；陈东飚　译

责任编辑：李文彧
责任校对：刘　义
责任印制：李珊珊
封面设计：冷暖儿

出版发行：新星出版社
出 版 人：马汝军
社　　址：北京市西城区车公庄大街丙3号楼　　100044
网　　址：www.newstarpress.com
电　　话：010-88310888
传　　真：010-65270449
法律顾问：北京市岳成律师事务所

读者服务：010-88310811　　service@newstarpress.com
邮购地址：北京市西城区车公庄大街丙3号楼　　100044

印　　刷：北京美图印务有限公司
开　　本：910mm×1230mm　　1/32
印　　张：7.75
字　　数：180千字
版　　次：2020年8月第一版　　2020年8月第一次印刷
书　　号：ISBN 978-7-5133-3998-8
定　　价：56.00元

版权专有，侵权必究；如有质量问题，请与印刷厂联系调换。